五味子

走进你我的多彩人生

钮敏 著

作家出版社

图书在版编目（CIP）数据

五味子：走进你我的多彩人生 / 钮敏著 . —北京：作家出版社，2019.10

ISBN 978-7-5212-0749-1

Ⅰ.①五⋯ Ⅱ.①钮⋯ Ⅲ.①散文集－中国－当代 Ⅳ.① I267

中国版本图书馆 CIP 数据核字（2019）第 228082 号

五味子：走进你我的多彩人生

作　　者：钮　敏
责任编辑：钱　英　杨新月
书名题字：纪清远
装帧设计：孙惟静
出版发行：作家出版社有限公司
社　　址：北京农展馆南里 10 号　　　邮　　编：100125
电话传真：86-10-65067186（发行中心及邮购部）
　　　　　86-10-65004079（总编室）
E-mail:zuojia @ zuojia.net.cn
http://www.zuojiachubanshe.com
印　　刷：中煤（北京）印务有限公司
成品尺寸：152×230
字　　数：225 千
印　　张：16.25
版　　次：2019 年 10 月第 1 版
印　　次：2019 年 10 月第 1 次印刷
ISBN 978-7-5212-0749-1
定　　价：38.00 元

目 录

CONTENTS

第一辑

五味子

剪出一片新天地

  1992 年，我在北京青年联合会秘书处工作时，与某报社合办了《青联委员风采》栏目。1982 年成为中国改革开放后第一批个体户的陈兴华，成为我向报社推荐并直接采访的委员之一。

  兴华上初三时是副班长，"文化大革命"开始后，因父亲的出身问题，她一夜之间成了"狗崽子"。工宣队找她谈话，让她写检举材料，与父母划清界限，同时撤了她的副班长职务，之后更取消了她报名参军的资格。1969 年初中毕业，本可以留京待分配的兴华选择了到河北新城插队，四年后，与一家庭出身为小业主的男知青结了婚。

  女儿四岁时，兴华发现了丈夫的出轨行为，但是为了孩子她一直忍着。九年后夫妻二人作为最后一拨回城的知青，一起参加招工考试。结果，男方落马，兴华顺利通过考试，被分配到一家全民所有制的制药厂。为挽救婚姻，兴华自愿把名额让给了他。结果男方恶习不改，又和一女护士有染。无奈之下，兴华只得起诉离婚，并争得了女儿的抚养权，带着孩子回到了娘家。

  1980 年年初，街道给了兴华一个到眼镜厂工作的名额，心灵手巧的她，几个月就熟练掌握了别人需要三年才能精通的技术。一个人带孩子的她当时的月工资仅二十四元，加班一晚八角钱。兴华不甘心就这样过一辈子，工作仅半年，她便开始琢磨着自己做些什么。

一天，河北的一位老乡来看兴华，送她一大袋子涞水县产的山楂。看着这么多红得诱人的山楂果，兴华突发奇想，要不把它们穿成糖葫芦拿到街上去卖？但穿好之后到了儿没敢这么做。哥哥会踩缝纫机，兴华也想跟着学，自己开一个个体服装店。就这样，当时连个扣子都不会钉的她，买了两本通俗易懂的裁剪书。一台缝纫机、一条皮尺和一把剪刀，这就是她起家时的全部家当。她先裁了一条纸裤子，然后用别针别在一块旧布上裁出来。甭说，还真像那么回事！

街坊有两个待业青年，一个叫小生子，一个叫王老二，兴华问他们敢不敢晚上和她一起去大街上张贴小广告，二人爽快地答应了。于是，兴华用几张 A4 纸，上写"好消息！承做筒裤、喇叭裤，取活儿快，仅一周。地址：××街××号"。夜里两点，三人悄悄把小广告贴到中央音乐学院、医院、机关、劳动局大门口，因为天太黑，最后居然稀里糊涂地贴到工商局门口了！

一大清早，兴华父亲敲门说有人找她，原来是第一个客户登门啦！对方是一名年轻女子，想做一条当时非常时髦的蓝色微型喇叭裤。她对兴华说，已经跑遍了全区大小服装店，就是没人敢收。兴华开始为她量腰围、裤长等。待女客户走后，艺不高胆却不小的兴华，在一张一米四的桌子上铺一块床单布，把布料放在上面开始照书裁剪了。裁着裁着，她感觉怎么那么厚呀，一看，不好！把垫在裤料下面的床单也一起剪了，裁出了三条裤腿！因为不会套裁，布料不够了。裁一条裤子仅收八角钱手工费，她却花了四元多为人家配料子。终于，第一条裤子做好了，女客户穿上后感觉非常满意。

居委会负责人在"文化大革命"中是个造反派，曾经在兴华家门口贴过大字报。做服装生意之初，兴华见到那个负责人都是躲着走，结果还是被对方知道了，质问兴华"你到底姓资还是姓社"，口口声声说她是在搞剥削、复辟资本主义。因为是无照经营，区工商局的两位工作人员上门了解情况，兴华流着泪向他们谈了自己的具体困难和创业的艰难。最终，区工商局的主管局长亲自率人来到兴华家，给她送来了营业执照，让她真正成为了我国改革开放后第一批"吃螃蟹"的人。自此，客户纷至沓来，因为活儿越收越多，兴华便开始雇人，接着做衬衫、西服……在当时收入还不很高的情况下，她还热心地为五保户和残疾人免费做衣服。

在当时个体户可是个新生事物，凭借良好的信誉，兴华的个体服装业吸引了北京各大媒体的眼球。第一篇题为《方便群众，不嫌麻烦》的专访及一幅醒目的大照片，为她的服装店又添上一把干柴。见报后第二天，店里一下收了六十多件活儿不说，还有好几位待业青年登门取经。

从 1982 年起，兴华高薪聘请技师，承做起了高档服装。一天，一位女教师登门，红着眼圈请她为不幸病逝的女儿赶制一套红色西服。兴华二话没说接了活儿，一夜之间就把衣服做好，送到了那位教师手上。之后，不仅众多名人来找兴华做衣服，第一届央视春晚还请她做了三位主持人的高档时装和舞蹈演员的十几套纱裙。某日，区长登门了，问兴华有什么要求。当时还在自家支桌子做服装的她，指着门外一块早就看好的四十平方米空地，跟区长说想在那里盖个门脸儿。不久，兴华服装店正式竣工。

渐渐地，国营店受限做不了的活儿兴华都能承接，而且几乎没有返修件。兴华用榜样的力量，不仅为社会解决了青年就业问题，还义务带出了二十多个优秀的徒弟。1983 年，兴华加入了市民建和工商联，成为市青联委员和市服装协会会员。1984 年当选区政协委员并连任四届，1988 年又当选了市政协委员。1985 年，东北地区遭受特大洪水袭击，在市青联举办的赈灾义演现场，兴华一次性为灾区捐款八万元，这在当时可不是小数儿。1989 年，她又为某特殊教育学校免费开办裁剪培训班。经过她耐心指点，那些连生活能力尚缺乏的智障学生，居然掌握了简单的裁剪技术。兴华服装被评为北京市十大品牌后，兴华于 1992 年秋成立了"西友工贸实业有限公司"并担任董事长兼总经理。这是集科工贸三位一体，产供销一条龙的综合经济实体，聚集了社会各方面的人才和智力优势。

从事个体经营十二年来，兴华不是没有过再婚的打算。但总是觉得女儿还小，想着等她上了学吧，等她上了初中吧……直到女儿上了大学，通过熟人介绍，兴华认识了一个比她小三岁的高干子弟。交往一段时间后，对方主动提出给她当助理。但不久便卷着十万元人间蒸发了，还顺带开走她一辆车。虽然凭借智慧最终挽回了损失，但是兴华自此便打消了重组家庭的念头。

十二年来，也有人利用过兴华的热心和爱心谋一己之利。但每当谈到这些时，她往往轻描淡写一笑而过。在兴华看来，还要感谢有这样的人从反面历练了她，让她变得更加成熟和豁达。

谈到今后，兴华发自内心地说："凭现在的家底，后半辈子已不成问题。我只想在多少年之后，回过头来看看自己所走过的足迹，能够为社会造点儿福，给后代留下好名声，我也就心满意足了。"

1992 年 10 月 27 日于北京

"爱拼才会赢"

2008 年，在国内做武术教练的吴登宇和朋友"瘦子梁"从义乌开车来到泰国。之前，他还不知道世界上有个叫清迈的地方。二十八岁的他，只是想做一次牛 × 的自驾，将来老了可以当作给孙子吹牛的资本。二人边驾车边高声唱着"爱拼才会赢"。

依靠导航，他们到达泰国最北的府城清莱并夜宿这里。"瘦子梁"是个心思缜密、处事小心的人。他听来过这里的朋友说清莱 2007 年刚发生过一次 4.5 级地震，便每晚喝一瓶啤酒，然后把空瓶瓶口朝下，置于电视机上。说是如果发生地震，瓶子必先倒，瓶倒必落地，落地必碎，碎了必响，响了必醒，醒了就跑。结果有一天半夜，瓶子真的倒了。"瘦子梁"先跳了起来，摇醒吴登宇，告诉他"快起来，要地震了！"吴登宇一骨碌爬起来，二人只穿着内裤光着脚便抱着头跑出了屋，傻傻地在停车场待了足足一小时。吴登宇狠狠瞪了"瘦子梁"一眼，强忍着怒气回到房间，"瘦子梁"灰溜溜地跟在后面，嘴里还在自言自语："为什么瓶子倒了呢？"

待吴登宇火气消了之后心说，那么危难的时候"瘦子梁"还没忘记拖上他一起逃命，也足以看出他们之间深厚的友情。于是，第二天开车奔清迈去的路上，他主动和"瘦子梁"搭腔："瓶子倒了，你还想着拖上我，够哥们儿！"谁知"瘦子梁"来一句："想什么呢？开出这么远了，我怕一个人把车开回去太累。嘿嘿！"吴登宇笑骂道："要不是正开车，我非把你这孙子从车里给顺出去不可！"

从清迈回国后的七年间，吴登宇的人生发生了巨大变化。他的婚姻遭遇失败，于 2015 年只身一人再次来到泰国清迈打拼。和在国内时的情形大相径庭，吴登宇住在最简陋的公寓，每月最怕房东催缴房租。吃玉米时把里层的嫩皮都咽下了，衣服全部手洗，洗衣水用来冲马桶。用电也很节制，即使是在三十七八度的"热季"也只用电风扇。老旧的电扇边摇头晃脑边哼哼唧唧，但就是没有风。即使坐着或躺着不动，依旧大汗淋漓。为了生存，吴登宇拼命学习泰语，仅三个月硬是过了语言关。

拿下泰语后，吴登宇开始找事情做。不久，便认识了从云南来的大梁。已经来到清迈八年的大梁，个子高高大大，胃口极佳，每次吃面条要点好几碗，呼噜呼噜几口就吃完了。他还曾一次吃过十个荷包蛋，与他一起吃饭的泰国朋友都好奇地看着他。大梁为人豪爽，因为自己吃得多，每次与泰国朋友吃饭他都是主动买单。他告诉吴登宇，刚来清迈时，因为人地两生没少闹笑话。在餐厅，如果吃完一碗饭需要添加时，服务生会再送上一碗。不知情的大梁吃完一碗饭后，举着碗示意服务生添饭。服务生不解其意，便给他送上了一只空碗。大梁连连摇头，继续举着碗用汉语和英语混合着说"再 one"。服务生听懂了"one"，便给他又拿来了一只空碗。

大梁原本是在国内专做蔬菜和鲜花生意的船商，2007 年，从滇南湄公河畔来到清迈。他做过乳胶制品的代销，和朋友一起打理过酒店。从 2014 年起，再婚后的他，把泰国的热带水果和大米销往国内，由妻子在国内接应。夫妻俩配合默契，利用云南的湄公河关累口岸和泰国的清胜口岸这条水路，最终把生意做得很大。

在大梁的帮助下，吴登宇成立了一家武术培训中心，渐渐地在清迈立住了脚。泰国一年一度的"泼水节"到来，吴登宇来到芭提雅度假。这天傍晚，他独自漫步在芭提雅海滩观日落，忽然，一个身着连衣裙、留着披肩发的泰国姑娘，慌慌张张地冲他跑过来，嘴里不断地用中国话哀求道：

"先生，请你救救我吧！"紧接着，从不远处歪歪斜斜地走过来两个洋人，一看就是喝大了，上来就揪扯着那个姑娘，嘴里叽里咕噜说着淫词浪语。显然，这两个洋人是错把姑娘当成做那种生意的女郎了。

看到眼前发生的一切，吴登宇用英语跟那两个洋人解释。谁知其中一人不耐烦地一把把他推到一边，还骂了句脏话。这下可把吴登宇给惹火了，照着那个洋人的肋部就是一脚，把那个混蛋踢出去三米多远。另外一个洋人放开姑娘，冲到吴登宇面前，双拳举在眼前，像猴子一样跳来跳去。吴登宇跳起来一个回旋踢，一下把这个洋人踢倒在地。

突然，一阵警车鸣笛声传来，两个洋人望风而逃。被吴登宇救下的泰国姑娘，对见义勇为的他千恩万谢，吴登宇很仗义地说："这算不了什么，在我们中国有句话叫'路见不平，拔刀相助'，应该的。"姑娘向吴登宇伸出手来："我叫楠迪，中文名字叫温睿洁，在卓智投资公司工作。为了和中国进行合作，我正在努力学习中文。你愿意做我的中文老师吗？""睿洁？哈哈，一个泰国女孩儿，起了一个比中国人还难念的名字。难怪你的中国话说得这么好呢！"

后来，吴登宇和温睿洁在交往中互生情愫。在一家量贩式 KTV，他们唱起了中国情歌，不过把歌词里面的姓改成了："温家溜溜的大姐人才溜溜的好哟，吴家溜溜的大哥看上溜溜的她哟……"

2018 年 3 月 14 日于泰国曼谷

五味子

"这是入秋以来第一场霜，把本来就多姿多彩的大山涂得更美更艳。林中的五味子由鲜红变成暗红，沾着霜花，一串串挂在藤蔓上，一簇簇、一片片，如同被朝阳染红的彩云。"

以上是我曾看到过的关于五味子的生动描述。通过网上搜索，五味子是一种中药，它的名称由来这样写道："皮肉甘、酸，核中辛、苦，都有咸味，此则五味具也。甘酸苦辛咸，说得更通俗一点，即甜酸苦辣咸。"

图片上的五味子，如玛瑙般晶莹剔透，又似樱桃般令人垂涎欲滴，让我产生了北赴黑吉辽、南下湘赣川，一睹南、北五味子芳颜的冲动。然而，五味子的成熟期是在每年的 8 月末至 9 月下旬，现时已进入 2018 年尾声了。因观赏季节的延迟，让我将如下感受付诸笔端并发布于朋友圈——

创作实践终于让我明白了小说与散文的区别：

一、一部长篇小说会选择十几至几十个生活原型，而一部散文集中的人物则会出现数十上百甚至更多。如梁晓声的《随想录》中仅《感觉日本》一文，写到她、他和他们的人物就达三十人之多。

二、如果把小说比喻成一气呵成一泻千里的湍流，那么散文则是一只玉盘中散落的颗颗明珠。如《冯骥才散文——灵魂的巢》被冰心誉为"这真是一篇叙事抒情的好散文，'头'起得'带劲'，这'劲'中有无限的喜乐；'收'得有'味'，这'味'中有深彻的哲理"。

三、小说少则数年、多则十余年可完成，散文也许要用一生的时间去写就。如《赵丽宏散文》是集他从 1969 年至 2003 年所创作的 62 篇精品。再比如，我想去看一种叫五味子的木兰科植物漫山遍野的壮观景象，只好等到来年秋天了。因此，期待与见过五味子繁茂景象的朋友分享。

此文一出，一天之内便欣喜地得到三位朋友的呼应。郭娟说，她家本溪的山上一到秋天，漫山遍野都被五味子染红了，每年到那时她都要上山观赏。艳琴告诉我，在她东北老家的院子里，种着哥哥从山里挖回的五味子。说完，还给我发来了她拍的照片。

郭娟和艳琴所见、所养的是北五味子。走南闯北的闫敏告诉我，他在西藏东部和四川见过南五味子，红彤彤的煞是喜人。当时他以为是一种小野果，出于安全考虑没敢品尝。五味子之于他的关键词是——火红的年代。生于 1954 年的闫敏骄傲地说，五十年代出生的人被称为"共和国的长子"，可以无愧地说，我没有辜负"家长"的期望。

1970 年，闫敏初中毕业被分配到北京汽车制造厂锻工车间打铁十年。每天与数十、上百公斤，加热到 1200 多摄氏度的铁块打交道。积极要求进步的闫敏累活儿、险活儿抢着干，烫伤和磕碰伤不计其数。参加工作仅七年时间，工伤休假近三百天。闫敏一一指给我看，这儿五针，那儿三针，最多一次左手指缝了九针。右手腕骨折仅仅休养了五十天就吊着胳膊上班了。右手不能开汽锤就练习用左手开。有些人在受伤后就借机换其他轻工种了，但是闫敏想都没想，继续坚持在"千锤百炼"的岗位上。

是金子总会发光。闫敏因为工作需要先后被安排到总厂武装部、销售公司、党委办公室任职。其间，闫敏边工作边与妻子带着两岁的女儿完成了"电大"课程的学习。

1986 年，一群来自河南的热血青年组织的长江漂流活动结束后，第二年，全国掀起了漂流热。河南、安徽和北京几乎同时出现了三支黄河漂流队。北京队的组织者找到北汽借用两辆越野车，闫敏被派去配合协调工作，他便成了漂流队里唯一一位不是漂流队员的队员，参与了漂流队从出发到冲击黄河源头的全部活动。4 月中旬，北京队倚仗机动车的优势率先赶到了位于海拔 5050 米的黄河第一县——玛多县。

黄河有两个源头，一个是玛曲，一个是卡日曲。闫敏和司机负责把一组队员们送到海拔 5000 多米的玛曲源头。返回途中，距离玛曲县城营地约十公里时车子没有燃油了。闫敏和司机把车上的贵重物品卸下来，用麻袋包上绑在背上徒步往回走。在海拔 5000 多米的高度，空气中氧气含量低于百分之六十，心肺负担相当于背着二十公斤的东西，何况身上还绑着二三十公斤的物品。

终于返回玛多县城营地，当晚天降大雪。北京队负责人担心雪下得那么大，在源头的队员们别出什么意外，第二天，派闫敏和司机冒雪把队员们从玛曲源头接回来。头天夜间徒步走回营地，又去把因缺油而抛锚的车子拖回来。折腾了半夜的闫敏和司机又拖着疲惫的身体出发了。当天返回营地已是傍晚，天色渐渐暗了下来，可是原本说好当天返回的冲击卡日曲源头的队员还没有回来。焦急等待至午夜十二点，领队决定连夜寻找，闫敏又奉命出发了。在把第二组队员全部安全接回县城的那一刻，疲惫至极的闫敏已累得全身发麻，甚至一度出现了幻觉。

类似这样的任务，在后来的活动中经常会被分派到闫敏身上。他不仅每次都能圆满完成，还经常帮助组织者出谋划策。"黄漂"是中国人首次独自用无动力工具完成大河漂流的探险活动，填补了世界探险史的空白。在漂流过程中，共有七名勇士壮烈牺牲。闫敏说，"黄漂"一个月，影响了他一生。黄河在他眼中，就像一棵平躺的大树，绵延万里伸向遥远的东方，源头的一条条支流就是它的根须，吮吸着大地母亲的营养，养育了两岸的人民。当他站在源头时，深深感受到了大自然的浩瀚与严酷，心底里默默地升起对黄河的敬畏与敬仰。

1988 年，参加"黄漂"时认识的一名电视台记者告诉闫敏，北京电视台要招聘新闻记者，闫敏报了名。考试当天，应试者达数百人，闫敏以为根本没戏，没想到一个月后接到了电视台人事部的电话，让他调档案。

闫敏来到电视台做的第一个大项目，是去西藏拍摄大型纪录片《魂系高原》。主人公是西藏高原生态研究所创建人，在西藏研究考察高原生态十六年的南京林业大学教授徐凤翔。历时八十八天，拍摄制作了《魂系高原》和《小木屋》①两个专题片。个中艰辛自不待言，让闫敏至今难忘的是，在易贡藏布江畔的木屋里，摄制组为他庆贺四十岁生日。没有蛋糕，蒸了一个大发糕；没有红蜡烛，就用红纸卷着的白蜡烛代替。站在窗前，望着眼前的大树、远方的大山，听着隆隆的涛声，闫敏心情久久不能平静——大树、大山、大江何时诞生，何时出现，何时消亡，没人能够知道它们的始末由来。我的人生走过四十年，生命已经近半。唯有珍惜时间、珍惜生命才不负此生。回京前，市委领导指示"要像欢迎英雄一样欢迎闫敏一行归来"。次年，闫敏被评为"北京市百佳优秀记者"，他的事迹在市委组织部主办的"党旗下的风采"电视演讲中获得一等奖。

继 1995 年带摄制组赴拉萨报道北京市援藏干部之后，1996 年 10 月下旬，闫敏参与中国记协发起的《重走孔繁森之路》的拍摄，第三次进藏来到拉萨，登上海拔 5000 米的阿里高原。拍摄期间，闫敏经历了他人生中最大的事件，他的妻子在一次乘坐出租车时发生车祸，导致半高位截瘫。闫敏不得已从西藏返回北京，日夜陪护妻子。以事业为重但同样视家庭如生命的闫敏，在之后的近三年里全力照顾爱人。

将近四年过去，中国藏学研究中心筹拍三十集大型专题片《话说格萨尔》，取材藏族民间说唱体英雄史诗《格萨尔》。闫敏以制片主任身份第四次入藏，在青藏高原一拍就是半年。但是因为某种原因，最终导致该专题片夭折。这件事，给闫敏留下此生最大的遗憾。

---

① 《小木屋》：根据著名演员、作家、编剧黄宗英于 1984 年创作的同名报告文学改编。

1996 年 10 月下旬，闫敏参与中国记协发起的《重走孔繁森之路》的拍摄，第三次进藏来到拉萨。

　　回想四十八年的生命历程，今年已经六十五岁的闫敏感慨道：一路走来，人生已过大半，有过辉煌也有过失败，有庆幸也有惋惜。十年锻工生活奠定了他人生的基础；四次进藏工作塑造了他精神的脊梁。干锻工的累，做记者的苦，成为他宝贵的精神财富和坦然面对生命的资本。

　　　　　　　　　　　　　　　　　　　　　2019 年 1 月 16 日于北京

心气合一"糖人潘"

2018 年年末，我陪同从清迈回京探亲的林昕和雨彤母女游什刹海。一路上，十一岁的雨彤看什么都感到新鲜，吃糖葫芦和章鱼丸子、喝杏仁茶和梨汤。走到后海的烟袋斜街时，她在街面一家悬挂着"糖人潘"招牌的小摊位面前停下了脚步。只见摊位上一溜摆放着"糖人潘"吹出的栩栩如生的十二生肖动物，潘师傅笑吟吟地对雨彤说："小姑娘，吹个小猪吧，猪年好运。"雨彤仰起小脸晃着身子撒娇地对林昕说："妈妈，我要你给我吹。""好的，我来就我来。不过，你可就失去一次体验的机会喽！""嘿嘿！"雨彤不为林昕的话所动，明显摆出一副赚现成的架势。

只见潘师傅从锅内挑出一团麦芽糖，在手里冷却到合适的温度后便开始揉。我在一旁不禁问道："哇，烫不烫呀？""习惯啦！"只见潘师傅先把糖揉成圆球，再用食指压出一个坑并收紧外口，使其成为一个糖包。然后，把收口处快速拉长变细，细到像一根空心面粗细后折断，吹糖人的气道便形成了。潘师傅把气道的一端递给林昕，让她匀速向里面吹气，并指点着："慢慢吹，别着急。好，吹得不错。真棒！"随着糖包越来越鼓，潘师傅开始在上面捏出耳朵、鼻子、嘴巴和脚，眨眼工夫，一只活灵活现的小猪便在潘师傅手中诞生了。

　　"跟变戏法似的，太好玩儿啦！"雨彤兴奋地拍起手来。哈哈，这个小机灵鬼，原来她"牺牲"了与潘师傅的互动体验，是为看一场纯绝技表演啊！

　　接下来，潘师傅用食品色素在小猪的脸上画了五官，又在它的身子下面插上了一根竹签，递给了在一旁直看得入神的雨彤。雨彤开心地接过小猪，细细端详着。"这个可以吃的。"潘师傅笑着告诉雨彤。林昕意犹未尽，对潘师傅说："改天再来向您学怎么吹糖人儿。""好啊！"我也没闲着，在一旁用手机把潘师傅吹小猪的过程全部录下来了，还加了潘师傅的微信，约他哪天给我讲讲"糖人潘"的故事。

　　潘师傅名叫潘青祖，今年五十三岁。他的家乡是河南，从二十岁开始跟父亲学吹糖人，至今从事这门家传手艺已经三十三年了。潘家是从太爷爷开始吹糖人的，到潘青祖这辈，上有一个姐姐，下有两个妹妹，只他一个男孩儿。由于家族"传男不传女"的习俗，传宗接代的重任自然落在了潘青祖的身上。虽说担负着天然使命，但其实潘青祖从小就对这门家族绝技充满强烈的好奇心。才五六岁时，他看父亲成天鼓捣这玩意儿，就托着小腮帮凝神在一旁观看。记得刚开始学吹糖人的那段时间，130 摄氏度的高温常常烫得他手上起大泡，疼得钻心。倔强的他用针挑破水泡，挤出里面的水来，这样就可以快速恢复，继续练习。母亲在一旁直看得心疼落泪，但是，为了不让这门绝技失传，她能做的只是含泪默默地帮儿子抹药包扎伤口。

　　因为对吹糖人有兴趣，潘青祖经常去动物园，只要是感觉能吹的动物，包括老虎狮子，他都尝试着去吹。一般的动物五官都是用食品色素画，只有龙的胡须要一根根扎出来。在他的巧手上，一个个糖包如同孙悟空吹毛变猴一般，瞬间诞生出一个又一个动物精灵。三十几年过去，潘青祖没有墨守成规。比如，过去都是他直接吹，现在把这件事交给了游客。就像前面说到的让林昕吹小猪，又有情趣又卫生。

　　说到吹糖人的技术，潘青祖告诉我，要先买来成桶的麦芽糖，再放入白糖。我问："加放白糖的原理，是不是就像做糖葫芦和拔丝白薯一样啊？为了让糖更加黏稠，定型效果更佳？"朴实的潘青祖连说："对呀对呀，就是这么个原理。嘿嘿！"

"接下来，熬糖是关键环节，火候不到吹不出来，火候过了又该糊了。夏天空气湿度大，糖特别容易化，要熬得老一些。相反，到了冬天比如现在这个季节，熬糖的时间要短一些。"

有道是"牛皮不是吹的"，可糖人那是不吹不行的。吹糖人看似简单，真要达到技术娴熟的程度，要用起码三年以上的时间。潘青祖说，吹糖人最讲究"心气合一"，手动和嘴吹配合默契，还有就是要不断琢磨和改进。初做的前几年，潘青祖也遇到过刁蛮之人，辛辛苦苦为对方吹好了糖人之后，一句"不像，我不要了"，说完便扬长而去。面对这样的人，潘青祖一边用"本来就没几个钱"自我安慰，一边想着既然自己是吃这碗饭的，有人说不像，我就得千方百计做得像才行。

2011 年，潘青祖举家从河南来到北京。一个月的门店租金要一万元左右，每天从早九点做到晚七八点，按一个糖人要价二十到三十元计算，潘青祖每天要吹二三百个糖人，才能将将维持生计。因为学吹糖人辛苦又挣不了多少钱，问到是否已经把绝技传给儿子时，潘青祖说："孩子他会，但是不做这个，他有自己的事业。"很多人想跟潘青祖学手艺，他从中选出几人手把手地教，已经带出了三个徒弟。

凭着勤奋、执着和踏实，潘青祖的吹糖人手艺早已达到炉火纯青的程度。现在，他的摊位前回头客不断。外地包括国外旅行团的游客们，在观看他的表演后纷纷兴致勃勃地与他互动。外国人多让他吹中国龙，虽然听不懂对方说什么，但是看到他们脸上绽放的笑颜和挑起的大拇指，潘青祖知道这些外国朋友对中国的这项"非遗"有多满意多喜欢了。观看并参与"糖人潘"的表演和体验，成为后海烟袋斜街的一道亮丽风景。就在岁末这几天，附近的幼儿园刚刚请他前往表演。

新年刚过，春节将至，往年潘青祖都要到庙会去吹糖人。今年不用了，因为已经名声在外，即使足不出"摊"，游客们也会纷至沓来。

　　　　　　　　　　　　　　　　　　2019 年 1 月 4 日于北京

仿真胜真"花儿金"

2019 年元宵节前夕，我如约来到东城区举办的"非遗过大年，文化进万家"新春庙会。第一个摊位就是我要采访的"花儿金"第五代传承人金铁铃先生的"北京绢花"，同时幸运地见到了与金先生一起在这里参加活动、长得如同"姊妹花"一样的夫人和女儿。金先生的女儿在国外工作多年，是春节前赶回家和父母团聚的。就在这洋溢着浓浓年味儿、文化气息以及阖家团圆的庙会上，在金铁铃的代表作——以菊花为题、飘洒的花瓣似瀑布飞下的《十丈珠帘》前，金先生热情地跟我谈起"花儿金"的前世今生。

与金铁铃先生对话，他用得最多的词是"感恩"。

金铁铃说，感恩文化学者冯骥才先生于 2003 年 2 月 18 日倡导发起了"中国民间文化遗产抢救工程"，给手艺人注入了一针强心剂，抢救了一大批民间文化和"非遗"传承人。之所以这样说，是因为在没有"非遗"传承人的说法之前，手艺人、艺人、工艺美术家等等名头那都是自诩的，实际就是个工匠，无人认可。改革开放后，很多工艺美术工厂纷纷倒闭。无论你过去是多大腕儿，众多艺人基本都退休回家了。实际上，除了剪纸、毛猴等少数项目外，多数项目要经过很复杂的工艺，不适宜在家做。

金铁铃凭借代表作《十丈珠帘》，在全国工艺美术百花奖评比中获得最高奖。

比如绢花又叫"京花","花儿金"做绢花的材料只用真丝的,需要浆、凿、染、捼、粘、攒六道工序,尤其染色是关键,要求追真仿鲜。

以往"京花"多为头饰、服饰花,宫里偶尔会根据需求做一些盆景。金铁铃的父亲金玉林老先生匠心独运,独创了大花篮和各种绢花装饰品。自此,绢花工艺从为杨贵妃遮挡鬓角疤痕为开端的单纯美化人的功能,走向了美化环境的高新境界,这在京城老艺人中非常难得。解放后,金玉林曾为国庆五周年专门制作绢花和盆景,并担任过国庆游行花车的总设计师。

关于"非遗",之前我曾上网查阅过,我国现在共有非物质文化遗产资源近 87 万项,进入国家、省、市、县四级非物质文化遗产名录体系的非遗项目有 7 万项之多,近 1400 项进入国家级非物质文化遗产名录,其中,2007 年,北京绢花录入第二批北京市级非物质文化遗产名录。2008 年,北京绢花经国务院批准入选第二批国家级非物质文化遗产名录。2009 年,金铁铃被命名为国家级"非遗"项目代表性传承人。

"第二,我要感恩父亲的培养和表率。"金铁铃如是说。早在 1956 年,当代杰出的新闻工作者邓拓在《人民日报》发表了介绍"花儿金"的文章,皆因"花儿金"占了几个"第一"。首先是五代直传,从高祖父那辈一直传下来,到父亲金玉林这辈已是第四代传人。其次是工艺第一,按照父亲的说法,"自然界有什么花儿,我们就能仿什么花儿"。"花儿金"祖上就落户在老北京花市,并且从成百上千家做京花的手艺人堆里脱颖而出。经他们之手侍弄出的菊花、梅花、玉兰、月季等等,不是真花,胜似真花,天下绢花无出其右者,成为名副其实的京花之王。"花儿金"从来没有传男不传女的概念,金铁铃有五个姐姐、三个哥哥,从他记事的时候开始,父亲就时常带着他们兄弟姐妹去大公园和田间荒野看鲜花。他和哥哥、姐姐们从小跟着父亲学做绢花,只有他最终成为第五代传承人。

金家在旗,1911 年,金玉林十九岁上参加了禁卫军,成为宣统皇帝的侍卫。次年便入选了善扑营,与京城的"宛八爷"学习跤术,练得一身好功夫。也许是时局弄人,金玉林最终回到花市重拾童子功,自己办厂做花养家，并且在解放前就和我党联系上了，受到党的教育熏陶，坚信"没有共产党就没有新中国"，从心底里认准要跟党走。解放六年后，国家实行"公私合营"，当时很多资本家和小业主都不愿将个人资产交公，金玉林把资产交公并带头入社，成立了北京第一绒绢纸花社，做代理社长。他先后被评为人大代表、劳动模范，并当上了市政协委员，是党在工艺美术行业树立的先进典型。尤其是1955年入党后，他一门心思为党工作，呕心沥血直至得了肺痨。

金铁铃说到的第三个感恩，是感恩"党的关怀和政府支持"。谈到此，金铁铃的话语中充满感激之情。他说，在父亲患病后，到各医院就诊都是一路绿灯，绢花厂的医生还上门为他看病。除平日出行提供车辆外，政府专门发给他一张特供卡，可以购买绿豆等在当年常人不易买到的食品。当年的二轻局局长对金铁铃的母亲说，你不用上班了，在家照顾老艺人吧。直至退休，金铁铃的母亲都算是绢花厂的职工，享受退休工资和医保。

1956年出生的金铁铃，中学毕业后"插场"到十三陵水库管理处，做电工和水文工。1974年，金玉林老先生去世。四年后的1978年，邓小平发表"保护老艺人及传承问题"的讲话。北京市开始寻找老艺人的子女，金铁铃放弃了事业编制单位进了绢花厂。身为"北京市劳动模范"的厂长非常器重金铁铃，把他作为重点培养对象。加上父亲的遗传基因和超高的天赋悟性，进厂四年后的1982年，金铁铃凭借代表作《十丈珠帘》，在全国工艺美术百花奖评比中获得最高奖，并于1995年被联合国教科文组织授予"中国民间工艺美术家"称号。新中国成立三十五周年大庆的大花篮、亚运会和奥运会配合政府做的绢花展览和现场表演，都是出自其间担任"技术创新组"组长的金铁铃和同事们之手，由此，北京绢花开始在国际上产生深远的影响。

金铁铃告诉我，花市大街原来叫神木厂，是明朝时存木头的地方。有了绢花之后，神木厂大街的花朵交易日益兴隆起来，才改名叫花市。作为首都文化中心区的东城区政府为支持"非遗"项目，于2008年在花市大街建立了社区博物馆，其中"花儿金"是博物馆里的"重头戏"，最负盛名。

　　心怀感恩，成人达己。正是怀着这份感恩之心，金铁铃把做绢花当成传承民族文化、老北京艺术和家族荣誉的一种责任和使命。同时，他也道出了自己的忧虑。很多非物质文化遗产项目，其实就是某个人在传承，在继续。如果这个人消失了，那么这项技艺也就失传了。金铁铃的女儿一直在国外工作，他也希望女儿能传承这项备受国家重视和民众喜爱的"非遗"项目，但同时又表示还是要尊重孩子的意愿。

　　在金铁铃接待到访的朋友之际，我与他的夫人和女儿交谈起来。金夫人告诉我，区政府平时也经常组织类似的活动，尤其是每年6月的第二个周六"文化遗产日"。每次活动都是政府出资提供场地外加补贴。据我所知，多年来，金夫人一直默默地和丈夫一起做绢花。女儿自豪地对我说，到目前为止，她已经看到了三本介绍"花儿金"的书和一部微电影。虽然在国外多年，但是因为从小就学做绢花，她随时可以回来接父亲的班。同时，已经去过近五十个国家的她，学到了其中很多国家在宣传传统文化方面的经验，也准备借鉴到"花儿金"乃至"非遗"项目的弘扬和传承上来。

2019 年 3 月 6 日于北京

"卖花爷爷"的跌宕晚年

　　2018年6月初，我在工体路邂逅了曾经的名人——因为在三里屯太古里卖盆栽花出了名，人们都称呼他"卖花爷爷"。12月中旬的一个中午，我又一次在同一地点看到了他，不同的是，"卖花爷爷"已经改卖糖葫芦了。

　　五年前的2014年3月18日，某网站转载了某报"六十五岁老人卖花为养子凑手术费，一天获捐过万元"的报道，呼吁"有路过的人帮他买买花吧，举手之劳"。此后，"三里屯卖花爷爷"的摊位成了三里屯的一大景点，老人只要推着车一出现，立刻就会被路人团团围住，有人拍照、有人询问，车上的盆栽花也很快被买光。有人只是交了钱没有拿花，被"卖花爷爷"发现后说这样不行，不能白拿大家的钱，坚持让好心人把花拿走。于是，有人接过"卖花爷爷"手中的花，趁他不注意时又把花放回去了。某日，我来到位于三里屯的某超市购物，无意中发现"卖花爷爷"正在这家超市门前卖花。于是，我上前选了一盆多肉植物，递给老人一百元，并摆手示意他钱不用找了。老人用感激的眼神望了望我，因担心影响他的生意，我赶紧捧着花儿走了。

　　卖花老人名叫郭和兴，1949年出生，今年已经七十岁了。当年他患癫痫病的养子要做开颅手术，费用大约为一万五千元，而他自己手中仅有四千元。为了补齐手术费，他想到了来三里屯附近卖盆栽的主意，并说

"卖够手术费就走"。

该事迹在得到媒体关注并被曝光后，引发众多网友转发和回应，郭大爷一天内卖掉了三车六百盆花，加上热心市民的自发捐助，总计收入一万六千元，他的养子于3月28日顺利做了手术。

看过上述新闻的我，在去年6月份再次见到他时，曾带着"卖花爷爷"不是说卖够手术费就收，为何四年多过去还在卖的疑问，上前想看个究竟。然而，就在此时，耳边传来"都别看了别看了！""散了散了！"的声音。原来，四名城管执法人员不知何时已半围住了花车。

只见"卖花爷爷"在众目睽睽之下，低着头默默地推起花车蹒跚离去。望着老人远去的背影，我当时内心很不平静——由公众爱心引发的捐助大多是暂时的、一次性的，要解决这样一批人的长期生存问题，还是需要一个完善的社会保障制度啊！

又是半年过去，看到"卖花爷爷"改卖糖葫芦，证实了我曾经的担忧并不多余。也许他的养子手术后病情复发？抑或是没有劳动能力挣钱为他养老？看着寒风中老人佝偻的背影，话到嘴边实在不忍问出口。

第二天下午，我再次经过工体路，没有见到"卖花爷爷"。于是我接着向前走，来到老人曾经卖花的那家超市前，依然不见他的踪影。我向一名看车的中年男子询问，看车人告诉我，过去老人常在这家超市前卖花，但是遭到了超市的投诉。说是老人在这里卖花影响了他们的生意，因为超市里的花和糖葫芦没人买了。结果，"卖花爷爷"遭到城管人员驱赶。年已古稀的他来自农村，没有社保。儿子因为疾病的原因，又不能赡养他。患有严重高血压的老人不得已才继续卖花。现在之所以改卖糖葫芦，是因为冬天花不好养。

应该代他向谁去反映这个现实问题呢？带着这个忧虑，我上网搜索有关"卖花爷爷"的词条，发现某网站曾在2017年6月发布过一条《寻访三里屯"卖花爷爷"不为人知的故事》的专题报道，于是，我致电该网站进行了沟通。希望通过新闻媒体的力量，继续帮助这位需要帮助的老人。

2019年1月10日于北京

手塑人生"面人彭"

采访彭小平先生不是一件容易的事。

彭小平是北京微型核桃面人大师曹仪策的再传弟子，拜曹仪策弟子白波为师，也是"面人彭"品牌的创始人。从 2018 年年底我就开始约他，得知彭先生正在台湾参加"两岸文化交流高雄之旅"活动。回京后，又赶赴南宁。终于，2019 年元月中旬的北京年货大集让他"归巢"了。

这天，我来到老北京年货大集"面人彭"专柜，彭小平当日没有在此坐镇，他的徒弟边女士热情地接待了我。本来我就和彭先生说好"您忙您的，我先来感受一下"，结果，这次的"感受"让我有了意外收获，即徒弟口中的"面人彭"。

来客络绎不绝，边女士见缝插针地向我介绍了柜台上富有特色的面塑工艺品——

"您看一下，这是五子拜寿，根据早年杨柳青老版的年画作为基础素材，考证了服饰、发型，把寿星的慈祥、孩子的活泼生动地体现出来了。"

"您再看这个，很有代表性的一尊观音像。在细节处理上，比如发髻上，您仔细看有一尊坐着的佛，是浮雕的，非常细致。包括杨柳枝、衣服上的褶皱、飘带，非常飘逸逼真。"

彭小平是我国改革开放后的第一批个体户，也是中国"非遗"领域第一位下海的"非遗"传承人。

"还有这个。"边女士拿起一个里面嵌着个小福娃的核桃微型面塑让我看。然后告诉我，彭老师最厉害的就是在半个核桃里捏八仙过海，里面共有二十二个人物，小得像蚂蚁。这是彭老师独创的技艺，叫"蚂蚁塑"。

"这是姜子牙渭水垂钓，您看，这草帽上的纹路、石头上的青苔，包括钓起来的这条比芝麻粒还小的鱼，都刻画得栩栩如生。"

柜台上几件有代表性的作品介绍过后，边女士又热情地把我让进柜台里，捧起一件弥勒面塑让我看。我仔细欣赏品味，发现弥勒的牙齿包括佛珠，都是精致到一颗颗、一粒粒清晰可见。

带着强大的好奇心，我问边女士："你这里展卖的有彭老师的大作吗？"边女士说："他的作品连我们都很难见到了。""看到你刚才介绍的那些作品，彭老师徒弟的手艺已经不亚于师父了吧？""我跟您这么说吧，能做出以上作品的彭老师的徒弟，起码有七八年以上的功底了。"

接下来，边女士又让我欣赏了两件非常有代表性的面塑，一件为左面看是笑脸、右面看是哭脸的济公，再看那细致入微的"鞋儿破，帽儿破，身上的袈裟破"，让我联想起在电视剧中看到的济公的饰演者游本昌；另一件是个性鲜明、神态各异的"金陵十二钗"……

在边女士接待纷至沓来的顾客间隙，我问边女士："你是彭老师的徒弟，看来'面人彭'没有'传男不传女'一说对吧？"

"是的，但我是彭老师年龄最小的徒弟，今年也已经五十岁了。让彭老师最感欣慰的，是他的女儿彭天已成为'面人彭'的传承人。她在这方面非常有天赋，而且酷爱这项技艺，这在当今社会是非常难得的。因为现在的很多'非遗'项目难以为继，一是社会浮躁，年轻人静不下心来做传承；二是很多'非遗'后代志不在此，更热衷于追随社会大趋势守着电脑去做设计和编程等。再就是，因为不是民生必需品，还有人们对所谓手艺人的偏见和对作品的认可度，所以'非遗'产品也面临诸多尴尬。像这几天在大集的作品展卖，我的感触就非常深。我们的柜台前虽然人也不少，但是出于好奇看热闹的居多。我们守在这里，与其说是展卖，不如说是为了这项民俗文化的推广。否则，一旦这项绝技失传，不仅愧对祖先，也是国家非物质文化遗产的损失。"

"作为祖传的独门绝技，不会轻易向外人展示制作过程吧？"因为在某篇专访"面人彭"的文章中看到过此类报道，我有些将信将疑地向边女士求证。

"在这方面我们没有什么忌讳，只是像今天这样的环境，包括光线和硬件条件都达不到，所以没办法展示。实际上，作为'非遗'项目，'面人彭'已经走进了课堂。彭老师还会带着几个徒弟去学校讲民俗里的面塑技艺，并亲手教小学生们尝试和制作。"

数日后，彭小平邀请我收看他做客一家网络直播间的视频，印证了边女士所言不虚。将近一个小时的采访过后，彭先生向众人展示了制作国宝小熊猫的全过程。让我对遥不可及的面塑技艺有了近在咫尺的亲近，不由得联想起自己上幼儿园时跟着老师学捏橡皮泥的情景。彭小平也是从三岁开始捏橡皮泥，可人家一捏就是五十五年，成为名声赫赫的民间工美艺术家。

作为"面人曹"第三代传人，彭小平已经在海内外培养了一千多个徒弟。他带徒弟的秘诀是：学同行的优点，把好的方面吸收过来，而不要总去关注他人的不足。相反，要不断找出自己的不足并扔掉。这样每学习一分，就进步了一点；每摒弃一次，就增长了一滴。"面人彭"就是在这一点一滴中努力着、进步着、传承着。

浏览各种媒体对彭小平铺天盖地的专访报道，他是我国改革开放后的第一批个体户，也是中国"非遗"领域第一位下海的"非遗"传承人。曾拜陈大章、范曾为师研习国画，他的作品《送子观音》让美国前国务卿希拉里爱不释手……给我印象尤为深刻的，一是彭小平的女儿彭天在谈到父亲对艺术精益求精的态度时举的例子。为了创造一个新构想的核桃蚂蚁塑，父亲通宵达旦孜孜不倦。但到了第二天清晨，仍感觉不那么尽如人意，便亲手毁掉了自己的心血之作。二是彭小平在一次接受电视台专访结束时说的一句话："想到节目结束后又要继续我的面塑创作了，内心便有一种幸福和满足感。"五十余年过去，即使是在接受采访这样容易让一般人头脑发热甚至自我膨胀的时刻，彭小平仍然念念不忘他的创作初心，并以此为最大的"幸福和满足"。

春节前夕，从小年起，彭小平又转战到故宫"紫禁城里过大年"庙会，韩美林大师专程来到"面人彭"展区欣赏助兴。他们是三十六年的老朋友，彭小平在朋友圈发表感言道："几十年来，一直荣幸地得到美林大师及老一辈艺术家的扶植庇佑。"

庙会上，彭小平看到有的孩子拿着压岁钱来买面人，心中着实感动。因为他曾定过一条各大庙会中"不卖给小孩儿面人"的原则，起因是不想让家长有负担。用他的话说："小孩儿花几百元买个面人，一旦摔坏了，家长心疼钱，我心疼面人。"所以，在庙会上，面对拿着压岁钱来买面人的小孩儿，彭小平告诉他（她）：小朋友只能买小的。看着孩子高高兴兴地买了小面人跟着家长离开，彭小平心中既温暖又顺畅。

平日里，彭小平注意听取客户们的回声。顾客的任何一条意见或建议，他都会虚心采纳，冥思苦想，从中找到有益的部分。之后，又通过多种渠道反馈给客户，从来没有用寥寥数语一回了之过。回忆自己风风雨雨走过的数十年，彭小平无限感慨地说："面人彭"是在众人的关心爱护下成长起来的。"非遗"传承人与民间大众的浓浓的感情，借由小小的面人维系在一起了。

痴迷、专注、执着、超越，我想这八个字就是"手塑人生捏百态"的彭小平画像。

2019 年 3 月 18 日于北京

钮氏状元厅

　　因为我的钮姓罕见，从小就引人好奇。但是，又由于人们对钮祜禄氏耳熟能详，所以总被问："你是满族吧？"每当这时，我每每不乏幽默地回答："不是，但是我对生活很满足。"

　　其实，我的祖籍在浙江湖州。2017 年秋，住在嘉兴的堂弟在钮氏家族群发布消息："'钮氏状元厅'已于 9 月 9 日开业，明年又是钮福保先生考中状元一百八十周年，特此公告。"看到堂弟的这条公告后我很汗颜，已经步入花甲之年，还没有去过自己的老家湖州。于是，我和两个妹妹约定，在 2018 年秋天前往湖州拜谒祖先——晚清道光年间湖州的最后一位状元钮福保先生。

　　姐妹三人来到湖州，怀着景仰之情来到了位于小西街的"钮氏状元厅"。接待我们的讲解员叫钮敏敏，因为是我名字的叠音，两个妹妹连连称奇。从 2017 年"钮氏状元厅"开业之日起，二十六岁的钮敏敏开始在这里工作。敏敏告诉我们，半小时后她要接受市电视台的专访。因为在湖州，把一个家族的故居列为省级文物保护单位，唯钮氏家族一家，它是湖州乃至杭嘉湖地区仅存的科举文化的厅堂建筑，因而引得各路媒体纷至沓来。

　　眼前的"钮氏状元厅"，虽然不是我想象中的雕梁画栋、富丽堂皇的状元府邸，却有着独特的江南韵味和丰富的文化内涵，传承着江南翰墨书香的精神风貌。走进钮氏状元厅，只见堂中廊柱上有一副巨幅对联："芝草无根礼泉无源人贵自立，户枢不蠹流水不腐民生在勤"，以灵芝没有严密庞大的根系，清甜的泉水往往找不到它的源头，常转的门轴不遭虫蛀，常流动的水不会发臭，引申为有福之人不一定就出生在贵族，为人要自我勉励，不可妄自菲薄，应当勤劳奋斗，才能取得成就。敏敏说：这是钮氏先人激励后裔自强不息、奋发向上的家训。作为有着两千多年历史的名门望族，乐善好施、崇文重教，一直是钮氏家族的家风之志。在湖州城内至今仍流传着"钮大善人"的叫法。多少年来钮氏行善之举在湖州广为流传。

瞻仰了钮福保先生的雕像后，敏敏带我们走进展厅，听她的讲解，仿佛在上一堂生动的历史课——

钮福保先生是湖州名重一时的书法家、画家和医学家。清嘉庆年间，家住小西天的钮福保十四岁就考取了秀才。都说出名要趁早，可他不急于一时考取功名，而是一边读书一边教书。于二十年后的1838年，时年三十三岁的钮福保才进京赶考，被皇帝钦点为一甲一名。敏敏还给我们讲了当年的一段佳话，当年与钮福保同时参加殿试的有时年二十七岁的曾国藩，还有比曾国藩小一岁的左宗棠。也就是在这一年，年仅十五岁的李鸿章正在悬梁刺股，发奋苦读，准备考秀才。更有趣的是，有个叫张之洞的小娃娃刚刚举行了抓周仪式。而这年发生的一个重大历史事件是，一心要做中兴之君的道光皇帝，终于下定决心严禁鸦片，委任钦差大臣林则徐赴广东禁烟。

高中状元后，钮福保先生对原来的钮氏西支宗祠进行了局部改造，作为"状元厅"，用以陈列钮氏各代"中试"者的各类故物。他不仅饱读诗书，而且能书善画。今天在北京的国子监庙里，陈列着一批进士题名碑，其中道光二十五年的进士题名碑，就是钮福保先生书写的。

湖州电视台的两位记者来了，因为敏敏要接受专访，便介绍另一位讲解员小赵继续接待我们。小赵对我们说：1854年，四十九岁的钮福保先生在钮氏旧宅本仁堂安静地离世。因为后人把钮氏旧宅作为"仓库"保护起来，太平天国时期和八国联军进军中国时才得以幸免于难。然而，"文化大革命"中，小西街的很多建筑和街道被拆旧立新，失去了原有的古韵。1998年，尽管"钮氏状元厅"被列入了湖州市文物保护单位，2005年又被列入浙江省文物保护单位，但是去过的族人发现，除了一块写有"浙江省文保单位、湖州市文保单位"的石碑，房屋破败不堪，里面空无一物。直到2017年9月，修旧如旧的"钮氏状元厅"终于正式开馆。

在湖州逗留五日，我们姐妹三人一连去了三次"钮氏状元厅"。第一次重点参观状元厅内部，倾听钮敏敏和小赵的讲解；第二次主要游览了厅外的建筑。我看到在钮福保先生讲学的群雕尽处，有两个高中生模样的男孩子正坐在台阶上学习切磋。江南翰墨书香的精神风貌得以传承，由此可见一斑；第三次是欣赏"状元街"的夜景，这条街因宋代湖州第一位状元贾安宅把状元府建在了小西街而得名。"诚信示范街"五个大字成为这条千年古街的文化名片，夜色中的重楼叠院和小桥流水，在五彩斑斓的街灯点缀中一一呈现，更能让人感受到独特的江南韵味。让我不由得想起了元代大诗人戴表元在游历湖州后兴致勃勃写下的不朽诗句："行遍江南清丽地，人生只合住湖州。"

"家谱是来自先祖又流向未来的河"。从湖州回京后，我查阅了父亲生前留下的第一部《吴兴钮氏家谱》（吴兴即现在的湖州）。早在1996年，第一届钮氏家谱编辑组修成了首部钮氏家谱。翻开家谱世系图，钮福保先生尊位第十一世，我们这辈排在第十五世。

2007年第二届编辑组成立，并在同年召开了首届湖州钮氏文化研讨会，于2017年编辑了《吴兴钮氏家谱续编谱》，让钮氏的文化基因有迹可循。我设法联系上编委之一的钮小惠先生，得到了这部珍贵的续编谱。身为钮氏传人，我将把八字钮氏文化铭刻在心，并世世代代传承下去——"人贵自立，民生在勤"。

2019年2月6日于北京

"二〇后"

在 2018 年 12 月 18 日庆祝改革开放四十周年大会召开的第二天清晨，我原来厂子的老同事华姐在群里分享了一条信息：

"昨天通信员给老爸送了张小字条，是院儿里的一位老干部王昭伟伯伯写的。1983 年干休所共有五十名警卫部队的老干部，三十五年过去，现在只有七人了，而且平均年龄九十三岁，其中一人还患有阿尔兹海默症。看过这张小字条，我由衷感叹他们不愧是一代忠诚的共产党员！"

紧接着，华姐发来那张小字条的照片，上写："张景轩、戴怀清、黄志杰、张志民、王文和、孙玉秀同志：18 日习主席的报告非常重要，建议我们认真学习。2018 年即将过去，祝各位健康长寿，思想一定要跟上发展的形势，在 2019 年继续前进！王昭伟"。华姐补充道："这张字条王昭伟伯伯写了一式六份，由通信员送到每位老干部的手中。"

一纸感动众人心，立时群情激荡！"真是赤胆忠心，敬佩！""'跟上发展的形势'这句话体现了这代老共产党员的毕生追求。""几位老共产党员都是'二〇后'，还在想着紧跟形势，努力学习。一辈子献身革命。非常感动！""真应了那句话，共产党员是特殊材料制成的人。"

本来，我有一篇文章是计划写"三〇后"的，华姐的分享在让我由衷感佩的同时惊喜异常。因为，我没有敢想去写"二〇后"。在 2015 年 9 月 3 日，中国人民抗日战争暨世界反法西斯战争胜利七十周年纪念日大阅兵中，有一支方队，平均年龄高达九十岁。虽然皱纹满面、白发苍苍，但胜利的豪情依然洋溢在每一位老兵的脸上。但时隔不久，就听到他们当中那位"第一车、第一排、第一座"的百岁老兵去世的消息。某日，我在微博上看到了这样一句话："知道为什么今年反法西斯七十周年要搞这么隆重吗？因为可能下一个十周年就没有抗战老兵了……老兵精神永垂不朽！"今天，一下子就有七位"二〇后"如七座山峰屹立在我面前！我心头立刻产生了书写以华姐父亲为主线的"二〇后"故事的冲动，于是拨通了华姐的电话。

华姐的父亲张景轩伯伯 1929 年出生，是七位老干部当中年龄最小的。他出身于农民家庭，是家中长子，十四岁时立志当兵打日本，母亲不同意。他就在时任妇救会主任的大姐帮助下，以去县城卖黑豆为由，离家当兵了。1949 年中国人民解放军最后一批"南下"之后，经过千里挑一，张景轩从福建调回位于北京的中共中央警卫师，其任务用当时调他的首长的话说是"到中南海保卫毛主席"，不过要降一级，而且只做警卫。

带着崇高光荣的使命感，六十年代初，张景轩被调入钓鱼台国宾馆。因为国家领导人大多晚上开会，张景轩几乎天天加班。从此，他成了一辈子守护在首长身边的人。

华姐告诉我，父亲平时很少跟她和三个妹妹讲他的事情。如果说父亲在她眼中是一本书的话，她只看过书皮儿，没往里面翻过。直到 1998 年父亲六十九岁时住院做心脏搭桥手术，华姐日夜陪伴父亲半个月，才从他口中听到了大半生的经历和感受，让华姐真切体会到了父亲这本书的厚重。父亲时常挂在嘴边的三个字是："我命好。"某场战役，过河前几百人，过河后仅剩几人。

通常，怀有一颗感恩之心的人常常伴随着自责和自省，张景轩也不例外。从福建来到北京前，张景轩的一个战友想要他的一把油布伞。他对那个战友说，现在正是雨季，如果我的衣服淋湿了，怎么去见毛主席呢？就因为这件事，张景轩时常跟老伴儿说，一别也许再也见不到了，当时真应该把伞给那个老战友留下。

一口一个说自己"命好"的张景轩，其实也经历过坎坷。在钓鱼台国宾馆做到第六年，也就是"文化大革命"开始后的某日，突然来了一辆车，把张景轩带走了。原来，他的大舅子在一次贴毛主席画像时，不慎手指头戳进了墙的砖缝里，把画像划了一道口子，而那道口子又恰好划在毛主席脸的部位，为此被打成了"现行反革命"，身为妹夫的张景轩也因此受到株连。本来是要把张景轩调出警卫一师的，被了解他的卫戍区司令保住了。张景轩跟着司令以军宣队的身份去某企业"支左"，才保住了这身军装。

"文革"结束后，张景轩在留在地方还是回到部队的两个去向上，毅然选择了回部队，尽管因没有更高职位空缺，只能继续担任原职务。一个偶然，张景轩见到了当时把他带出国宾馆的负责人。对方尴尬地问："你是怎么回来的？"张景轩绵里藏针又不乏机智地回答："你让我走，是毛主席又让我回来的！"过后，张景轩跟老伴儿说："我知道，其实他当时也是没办法。"

2006年华姐儿子参加工作前，张景轩叮嘱他："到单位后，要尊重领导，团结同志。"孙子连连点头，可他的第三句话"不拿公家东西"一说出口，孙子愣住了。转过头来问身边的华姐："妈妈，什么是公家呀？"华姐用最简单直接的话给儿子解释："爷爷这话的意思是说，不是你的东西你不要动，不要拿，不要占。"也许不忘初心的张景轩一直以此三点作为信条，孙子听到之后却蒙圈了。

说到"跟上发展的形势"，华姐告诉我，给六位老干部写那张字条的王昭伟伯伯已经九十三岁了，还在2015年参加了"大阅兵"。他有电话不打，写了六张一模一样的字条，让通信员挨个送到每人手中。其中的孙玉秀伯伯不幸患了阿尔兹海默症，散步时有人跟他打招呼问早饭吃的什么，他回答"不知道"，那人不明就里，还对其他人说："老孙怎么变得那么不实在了？"有人告诉那人说："这还算是正常的，有一回我在路上碰到老孙，问他去哪儿转了，他用食指立在嘴上对我说：'嘘，我上山打游击去了。'"闻听此言，那人立时明白了一切。

华姐的母亲比父亲大半岁，也是从小就参加革命，鬼子来了还在舞台上唱歌跳舞。一开始，华姐的奶奶不同意二人交往，认为一个女孩子不应该整日在外面抛头露面。最终结果，用张景轩的话说就是"没听俺娘的"。生活中，母亲对丈夫和孩子柔情似水，说起话来慢声细语。华姐说，父亲的性格像极了《激情燃烧的岁月》中的石光荣，对几个女儿十分严厉，幸亏有母亲"罩着"。但是时间长了，女儿们又悟出"不怕爸爸张口骂，就怕妈妈找谈话"。谁做了错事，母亲都是单独找谈话，抽丝剥茧又针针见血地谈，直谈得那个女儿心服口服，再没有下次。在母亲的经典语录中，"有话送给知人，有饭送给饥人"对华姐影响至深。

退休后，张景轩每天在院里种菜，成熟采摘后在机关门口摆上分给老战友们。回归土地的生活，让他感到幸福和满足。他和妻子给儿孙们留下的遗嘱是：临终前不做创伤性治疗，死后不搞遗体告别，骨灰海撒。母亲还把二老的"寿衣"整整齐齐叠放在衣柜的一角，并告诉身为长女的华姐，说是"避免到时候抓瞎"。父母的豁达感染了华姐，让她对此也渐渐释然，认为尊重父母的意愿才是对他们最大的孝顺。如今，她最大的心愿是，把老爸老妈当佛好好敬着孝着。有道是"家有一老，赛过一宝"，我有两宝，是多么幸福幸运啊！

2019年春节期间，应华姐之邀，我和几个姐妹来到位于公主坟的警卫一师大院，瞻仰了屹立在公园进口处的张思德[①]塑像。在张思德塑像面前，我重温着毛主席的话："我们这个队伍完全是为着解放人民的，是彻底地为人民的利益工作的……"

2019年2月12日于北京

[①]　张思德：1915年出生在四川省仪陇县一个穷苦农民家庭。1933年12月参加红军，曾经担任过中央警备团警备班长和毛泽东的卫士。1944年9月5日，他带领战士们在陕北安塞县执行烧炭任务时，即将挖成的窑洞突然塌方，他奋力把战友推出洞去，自己却被埋在窑洞，牺牲时年仅29岁。

你若盛开，清风自来

春节过后，我如约来到位于北京繁华的前门大街的"都一处"烧麦馆，拜访了都一处门店经理孟令宏先生和都一处烧麦技艺第八代传承人、烧麦技术督导吴华侠女士。

传承创新入"非遗"

有着二十余年餐饮管理经验的孟令宏经理，如数家珍地向我介绍说：据史上记载，都一处烧麦馆开业于清乾隆三年（1738），距今已有二百八十一年的历史。都一处最早俗名叫"醉葫芦"，因门口挂一破酒葫芦而得名。创业人是山西省浮山县的王瑞福，最初是一家以经营烧饼、炸豆腐、烧酒为主的"王记酒铺"。因为生意做得还不错，四年后盖了一间门面的小楼，增加了玫瑰枣、马莲肉、晾肉等小菜。清乾隆十七年（1752）除夕之夜，乾隆皇帝微服私访深夜回京，因京城仅"王记酒铺"一家还未

经过层层筛选和考核，2008 年，二十五岁的吴华侠被确定为都一处烧
麦技艺第八代传承人。

关门，便进到铺内用膳。可口的饭菜，热情的服务，让乾隆皇帝龙颜大悦。于是，派太监赐匾取名"都一处"，意为京都只有这一处，又赐一"虎头匾"。为此，很多人争相来都一处看匾，生意立时兴隆起来。同治年间又增添了烧麦，其特点不仅皮薄馅满，而且味道极佳。追溯历史，烧麦技艺从元朝时就有了，有记载曰："以面作皮，以肉为馅，当顶做花蕊，方言谓之烧卖。"[①]烧麦从和面开始，一直到上屉出盘，共有十六道工艺。明朝时管烧麦叫"沙帽"，清朝时又叫"鬼蓬头"。历经辛亥革命、抗日战争和解放战争，都一处幸免于难没有倒闭，但生意受到了影响，直至新中国解放才获新生。

1989 年，都一处获得中国美食节最高奖项——金鼎奖。十九年后，第八代烧麦技艺传承人吴华侠为迎接奥运会自创的五彩烧麦，又获得 2008 年第八届金鼎奖。除主营烧麦外，都一处于 2003 年经查阅各种典籍文献、拜访名师，恢复了乾隆白菜、马莲肉等传统名菜。形成了"以烧麦为龙头，以鲁菜京菜为基础"的经营特色。也是 2008 年，都一处烧麦制作技艺被列入国家非物质文化遗产名录。纷至沓来的荣誉让都一处名声大振，全国各地的游客包括中外友人纷纷慕名而来。

传承技艺和精神以及传统的晋商经营理念，使都一处的经营范围不断扩大，吸引众多中外游客纷至沓来，目前已发展到五家分店。为此，都一处引进很多外省市人员来京工作，前面提到的吴华侠就是其中的优秀代表。吴华侠师从烧麦技艺第七代传承人李金秋，李师傅不仅向她传承技艺，更多的是传承一种精神。选定吴华侠做都一处第八代传承人，正是由于她具备一种坚忍不拔、任劳任怨、勤奋向上的精神。因此，不拘一格降人才，千挑万选，经多方面考核，最终将吴华侠定为都一处第八代传承人。孟经理说，家族传承可能更偏重技艺，而吴华侠是励志奋斗的典型，传承了一种积极向上、拼搏奋进的精神。因为我们不仅要传承好技艺，更要把这种认真严谨的精神传承下去，这样才能使我们的老字号基业常青。

---

① 到了明清时代，"烧麦"的名称也出现了，以"烧卖"出现得更频繁些。

感恩奋进创奇迹

　　1983 年，吴华侠出生于河南一个工农家庭。父亲当时在钢厂上班。两年间弟、妹相继出世后，一家四口的生活和三个孩子的学业全靠父亲一人的收入维持。作为家里的老大，吴华侠打小就把自己当男孩，早早就懂得体恤父母，为家人分担。母亲不识字，父亲从华侠上小学三年级开始经常给她写信，让她从小就知道了父亲的不易。同时，虽然农村有重男轻女的习俗，但在华侠年幼的心里，感觉父亲十分看重她这个长女。因而产生了一种特别强烈的意识，要把自己当成大人，平日里说话办事给人一种少年老成的感觉。她从小就非常勤快。在家里帮母亲做家务，去地里浇水、收菜。有几年跟奶奶生活在一起，奶奶教会她乐于助人。华侠看到邻里的一位留守老人需要帮助，一放学先到这位老人家去，帮助她挑水劈柴、烧火做饭。周围人的夸赞和肯定，更让华侠增添了一种使命和荣誉感，做任何事都要求自己干到最好。华侠说："有道是'环境塑造人'，如果不是当时生活在那样的环境中，也就没有现在的我。"长大后，华侠对弟妹说："你们安心做自己的事业，不用太多为家里的事分心，有什么事情由我来扛。"

　　我看到吴华侠在朋友圈发表的一段感言，诠释了她对父母的感恩和对家庭的责任与担当："我很庆幸父母从未宠过我，而是用另外一种方式把我养育成一个知恩图报的孩子。他们生活拮据，从来不舍得为自己多花一分钱，一心只想着我们这些儿女，有这样的父母我很开心，同时也很难过。因此，我要做一个不单单是只感激帮助过我们的人，更会善待任劳任怨的家人，因为只有家人，才会不管在我们做错什么事情后，都会永远不离不弃地陪伴我们。"

　　吴华侠来都一处工作其实是一种机缘巧合。1999 年，本来应该上高中的她选择放弃了学业。她想自己学一门手艺，早日工作，帮助父母减轻生活压力。看了韩国电视剧《我叫金三顺》，吴华侠花几百元学费去学做蛋糕，单一品种好学但是不具挑战性。一个偶然的机会，她认识了一个专门做食品的朋友，介绍她进了一家饮食集团公司，开始学做点心，包汤圆、包子和饺子，结果把她的潜能激发出来了。因为她做的所有面食都很有特色，便开始不满足，又向厂长提出想学做烧麦。白天工作完，晚上加夜班接着学。有一次，因为太累，在案板的柜子底下睡着了。醒来后得知，厂领导巡视的时候，让伙伴们给她盖上了一件棉大衣。吴华侠说，直到现在想起这件事，心里还是暖暖的。后来，集团所在地要改建成一座绿色公园，拆迁前，厂领导把吴华侠作为优秀员工推荐到都一处工作。

初到都一处，吴华侠从刷屉、洗碗、扫地等杂活儿干起。接着，学做都一处的品牌——炸三角。但是，吴华侠一心想做烧麦，每天八点到店悄悄学艺。2005年，因为前门大街改造，只能留二十多个人，吴华侠被调去了方庄店。店经理赶巧就是原来那家饮食集团公司的厂长，在吴华侠到店后的第二天，便当众宣布她做烧麦主管。时至今日，吴华侠将那位厂长视为自己事业上的第一位贵人和恩人。

我老家在南方，儿时的记忆中烧麦多是糯米腊肉馅的。吴华侠告诉我，都一处的烧麦，主要针对北方人大多喜欢咸口、皮薄、馅大、多汁的特点，最初以猪肉、牛肉和三鲜馅为主，随后又根据季节时令的变化，增添了鱼、蟹、虾肉和鲍鱼等海鲜馅的烧麦，还有韭菜、荠菜、百合、荆芥等多种素馅相配制成的四季烧麦。

在近三百年的发展过程中，都一处形成了一整套精湛的烧麦制作技艺，其中烧麦的擀皮工艺堪称一绝。常言道"包子有肉不在褶上"，可烧麦在有着各种令人垂涎馅料的同时，恰恰讲究一个"褶"字。要求擀出的烧麦皮每张都是二十四个花褶，代表二十四个节气。吴华侠通过实践和创新，终于实现了把烧麦皮擀出一百零三个褶的跨越，创造了都一处前无古人的传奇。抱定老字号更需要与时俱进的信念，吴华侠又在烧麦的外形创意上下功夫。先是研究玫瑰烧麦，一开始中间为玫瑰花心，周围一圈绿叶。包出来之后发现绿色太多，进而想到把皮的上一半用红色，下一半用绿色。就这样，一朵艳丽的玫瑰烧麦在吴华侠的手中诞生了！之后她又不断出新，"五环烧麦""炫彩鲍鱼烧麦"相继问世。

问起吴华侠十几年来不断创新的精神和动力，她说："我喜欢做什么事情都用心做到极致，也就是用我们的匠人精神，做好工作中的每一个细节。因为所有的大事都是小事积累起来的；时刻充满危机意识，并且不断地突破，才能走得更远。"

千挑万选出"大侠"

如孟令宏经理所言："我们传承的是百年老店，有责任和义务去守好这份基业。无论是技艺还是菜品质量以及用人，都是经过严格把关的。当年二十五岁的吴华侠正是经过层层筛选和考核，于 2008 年被确定为都一处烧麦技艺第八代传承人。"

2018 年 1 月，北京市"不忘初心跟党走，圆梦京华谱新篇"百姓宣讲团之东城分团赴房山区、丰台区、海淀区进行宣讲。吴华侠以"从打工妹到'非遗'传承人"为主题，讲述了自己十几年前怀揣梦想走进北京，专心学艺，埋头苦干，终成'非遗'传承人的奋斗历程。

在选人带人方面，吴华侠坚持延续了带她的领导和师傅传承的用人标准。即有德有才者破格使用，有德无才者培养使用，有才无德者坚决不用。按照以上标准，对"进门者"除培训外，每个月都有一次考核。第一名作为年底优秀员工候选人，这也是都一处独特的管理模式。对所带徒弟实行轮班制，督促他们既相互制约又并肩前行。

吴华侠始终坚信：用人情做出来的朋友只是暂时的，用人格吸引来的朋友才是长久的。平日里，她注意不断修炼、完善自己，以"活到老，学到老"作为座右铭。个子不高甚至看上去有些单薄的她，被周围的同事和朋友们称呼为"大侠"。一是因为吴华侠对待朋友很仗义；二是因为她办起事来雷厉风行，不像一个柔弱的女孩子，而是具有一种大侠的风范。再就是因为她名叫华侠，所以朋友们有时干脆直接称呼她"大侠"。

为迎接新中国成立七十周年大庆，吴华侠琢磨了好几款烧麦，但总感觉不满意。不是不合时宜，就是花色还不够有新意，她摩拳擦掌地表示，一定要尽快把这款烧麦赶在今年上半年前研制出来。

通过几年的自学，已经拿下本科学历证书的吴华侠还有一个心愿，作为都一处第八代传承人，她想写一本书。撰写都一处二百八十一年的历史和前七代传承人的创业经历。她说，自己十几年一路走来都有贵人相助，我也应当以自己的智慧回馈培养自己的师傅和领导。

从农家女到打工妹，再到成为都一处第八代传承人，吴华侠最深切的体会是，只要你坚持不懈努力付出了，就一定会得到相应的回报。努力后的你会发现，自己要比想象的更加优秀。她时刻要求自己永远记住一句话：跟别人学、跟自己比，越努力，越幸运，越担当，越成长！年轻的时候，投资自己，才是最好的选择。当你有一天踏踏实实做出了成绩，就会发现，你若盛开，清风自来！

　　　　　　　　　　　　　　　　　　　　2019 年 3 月 25 日于北京

"色难"

论语里有一个词叫"色难"，大意是说子女对父母和颜悦色是最难的。可是，自从三十五岁的依依罹患精神分裂症以来，这个词的意思倒过来了，是母亲尹冬梅一直在看女儿的脸色行事。这一切，还要从依依患病的起因说起。

天资聪颖的依依从小学习成绩优异，十六岁上高中时，曾经作为交换生去澳大利亚读书一年。2008 年毕业于上海复旦大学，二十五岁时嫁给了大学时的初恋男友贺强。按说，两个人是同学又都是初恋，应该了解很深了吧？但贺强的一个致命恶习，却是在二人结婚之后才渐渐暴露出来的，那就是家暴。在依依生产后坐月子期间，有两天儿子消化不良。一次，在给儿子换尿布时，依依抬了一下儿子的身子，不想一泡稀不偏不倚，蹿到了身旁贺强的脸上。孰料贺强不由分说，上来照着依依的脸就是一巴掌，顿时把依依打得鼻血横流。自此噩梦开始，在以后的日子里，贺强如同开了杀戒一般，动辄便对依依大打出手。

儿子三岁时，因为在一件小事上说了谎，依依一气之下打了儿子一巴掌，这一幕恰好被下班回家的贺强进门后撞到了。看到儿子在哭，贺强哄着把儿子领进小屋，一边对依依破口大骂，一边拿起剪刀向她比划着。依依在同贺强争夺剪刀的时候被划破了脸颊，结果去医院缝了三针。还有更极端的一次，一天，依依哭着给尹冬梅打来电话，说贺强拿刀逼迫她自己毁容。也就是从那天起，依依的精神彻底崩溃了！

在患病的三年内，依依前后自杀了三回。第一次，是在她又一次被贺强家暴后，突然跑上了阳台。当她半个身子已经越出阳台的一瞬间，被贺强一把抱住了。已经六岁的儿子从自己房间里跑了出来，攥起小拳头照着贺强的腰猛捶三下。然后，指着父亲的鼻子说："我告诉你，从今往后，你要再敢打我妈妈，我就打你！"

第二次是在单位的办公室，同事们都外出办事了，依依独自一人在办公桌前坐着坐着，突然想要跳楼。但转念一想办公室就在二层，即使跳下去也死不了呀！这时候，恰好尹冬梅给依依打来了电话。依依哭着对妈妈说："妈妈妈妈，我不太好……"边说边不停地抽噎。尹冬梅赶紧对女儿说："闺女，你在单位等我，哪儿也别去，妈妈马上过来！"当尹冬梅心急如焚地赶到时，看到依依抱着肩膀坐在单位大门口的台阶上等她，立时松了一口气。

第三次是依依和同学去厦门旅游时，住在同学家里，她站在阳台上时不时向下张望。同学发现她情绪不对，一面提醒她不能做傻事，一面悄悄用依依的手机给尹冬梅发了一条微信，尹冬梅立即给依依打过来电话……

尹冬梅陪依依去医院，只听女儿对医生说，自己看到的所有东西都是不真实的，尤其是经常出现幻听。每当她站在阳台上的时候，总有一个声音在告诉她："跳下去吧。跳下去，你就解脱了！"

虽然三年来经历了凌迟般的痛苦，但是，当有人问起就女儿目前这种状况，有没有做好最坏的心理准备这一残酷的问题时，尹冬梅的回答是：我总不能严盯死守女儿一辈子，假如有一天她真的走上绝路，我自认为身为母亲做到了该做的一切，内心也许会有渐渐平复的那一天吧。从另一个角度讲，如果女儿的病一直不好，我就是拼上老命也要帮她把离婚官司打赢，争得应得的财产，并把她托付给能够照看她的人。终于，在 2018 年年底，尹冬梅帮助女儿与贺强办理了离婚手续。但是，由于依依患有精神分裂症，儿子被法院判给了贺强。

经过之前三年的药物治疗，又脱离了十年痛苦婚姻的牢狱之灾，依依现在的状况之好是尹冬梅没有想到的。单位领导也对依依给予了最大的理解，对她说："你先回家休息一段时间，等什么时候身体恢复了再来上班吧。"依依开始把关注点转向曾患胃癌的尹冬梅，每天为妈妈做三顿可口的饭菜。新年伊始，依依陪伴尹冬梅前往云南度假旅游，当她拿起相机对着尹冬梅说"妈妈，笑一个"的时候，尹冬梅看到，那个聪明伶俐、乖巧懂事的女儿终于回来了！

痛定思痛，尹冬梅分析了为什么现在罹患精神疾病的人越来越多这一严重的社会问题。已经年过六旬的她生于五十年代，家中兄弟姐妹多，经济条件又不好，加上父亲的过早离世，从小培养了她应对挫折与不幸的强大内心。而从"八〇后"开始的独生子女这一代，从小大多被娇生惯养，没有经历过挫折教育，缺乏自救能力。因而在遭遇生活的挫折时便张皇失措，因无法承受和调整而导致长期的焦虑、沮丧甚至抑郁。生活对依依的历练也许太过严酷，但是尹冬梅看到如今浴火重生的女儿，从心底里感到莫大的欣慰。

2019 年 2 月 21 日于北京

什刹海胡同游

什刹海的对面就是北海公园后门，虽然我已经于 2018 年年底拿到了"老年卡"，可以享受北海公园门票免费，但是平日里，我仍然喜欢去游连个大门都没有，只有一个"莲花市场"牌楼的什刹海。

2019 年元宵节傍晚，我乘公交车至北海公园北站，心想今天破个例，先进北海公园看看有没有灯会什么的吧。尽管之前已经知道故宫和景山公园有灯会，但是同时也得知那两个地方已经人满为患。然而，进了公园之后，眼前一片黑暗，我不得不打开手机上的手电来照明。只有远处的白塔塔身和岸边有一些灯火，于是我用手机试拍了两张，发现居然把白塔照出了"蜡烛"的效果。也罢，还是去老地方的什刹海吧。

走进莲花市场，只见两岸灯火通明，游人如织。孩子们打着灯笼，大人们放着带灯的风筝，老人们抖着空竹，更有一对对、一群群的年轻人在岸边拍照。沿着火树银花的河岸，走上银锭桥。因为人流太过拥挤，辅警在一遍遍用扩音喇叭播放着："请不要在桥上拍照停留！"我快步过桥，进到因清代盛行售卖、形状又酷似一根大烟袋的烟袋斜街，各家门店前色彩斑斓的装饰灯让它们变得立体起来。边走边品尝蟹黄灌汤包、老北京爆肚等各色美味小吃，我发现从银锭桥开始，这里集中着不少"非遗"项目——"益德成闻药鼻烟传承所""老北京剪纸""烤肉季"，还有去年年底就在这条街上见到的"糖人潘"……

正是这一发现,让我这个老北京人萌生了想对什刹海一探究竟的强烈欲望。

第二天上午,我第 N 次来到什刹海。正欲沿湖岸漫步,身边一辆辆胡同游三轮车从身边经过,车夫们用各地方言讲解什刹海的声音不断涌入耳鼓。嗨,我怎么忘了他们?叫一辆三轮车,既听了故事,又省了脚力,何乐而不为?

于是,我向一辆停在岸边的三轮车走去。"师傅,我是老北京人,是个写书的,想乘车听你讲解什刹海。不过,讲的故事要清晰准确,你看可以吗?"师傅是个憨厚的山西汉子,他有些面带难色地对我说:"我只知道皮毛,只怕帮不上你。如果你要听最详细最准确的,还得找我们桥长。他是老北京,做车工(三轮车师傅们的自我称呼)整二十年了。""桥长?他怎么称呼?""他叫任正贤。""他叫什么?能挣钱?"对方的怀仁口音,把"任"说成了"仍",让我的幽默细胞瞬间发散。"哈哈,他是比我们能挣钱。我们收一百,他收一百五。他姓任务的任,我有他手机号。"

不愧是桥长,我给任正贤打手机,他约我在银锭桥西侧见。一见面我就对任师傅说:"听车工师傅们说你是桥长,他们都归你管吧?"任师傅一听哈哈大笑说:"我天天在桥边长着,只管我自己。""那我就跟你聊一百五十块钱的?""得嘞,那就从这座银锭桥聊起。"

"什刹海由前海、后海和西海组成,今天我只带你游前海和后海。这座银锭桥是北京的地标性景点,桥这边是前海,过了桥就是后海。它的形状两头宽中间窄,为防洪水做成拱形,形状似元宝倒扣,因而取名为银锭桥。是北京城唯一站在平地上就可以看到西山的桥,所以叫'银锭观山'。与东郊时雨、西便群羊、南囿秋风、燕社鸣秋、长安观塔、回光返照、西直折柳并称为'燕京小八景'[1]。对面就是有'南宛北季'之称的'烤肉季'。

---

[1] 燕京小八景:"银锭观山"位于什刹海的前海和后海之间,"东郊时雨"位于京城朝阳门外东大桥地区,"西便群羊"位于京城西便门外,"南囿秋风"位于北京城南的南苑,"燕社鸣秋"位于京城大兴区采育镇,"长安观塔"位于西长安街旧时的"庆寿寺双塔","回光返照"位于米市大街东侧原有的"二郎神庙","西直折柳"位于西直门外长河两岸。

有联为证：'客旅京华，问道季家何处？香浮什刹，引来银锭桥边。'"任师傅口若悬河地开讲了。

经过后海北沿 44 号的醇亲王府（溥仪的父亲、监国摄政王载沣的府第，因此也称摄政王府）和 46 号的宋庆龄故居，来到著名的后海酒吧街。因为这是非典时期形成的独特景点，原来这条街上的酒吧都是民居，"非典"期间，娱乐场、酒吧、歌厅、舞厅、电影院全部关停。没地方玩儿不行啊，有人就把沙发放在门口或河边上，因为户外空气通透，引来很多人在此落座观景，同时也吸引了商家的眼球。于是，商家们抓住机遇，租下民宅，改成了酒吧。无论一间半、两间、三间或更多房屋，一律称为"酒吧"。按照任师傅的话说："得病肯定不是好事，但因此住户有了租金，商人能赚钱，毛巾厂改做口罩，洗涤灵厂卖'84 消毒液'，白醋买不到，食盐断档了……这叫什么？说好听了叫因祸得福，说不好听叫发国难财。所以，什么事情都要从正反两方面看。"谁说坐任师傅的三轮车只是逛景听故事，原来还有人生哲理讲给你听呢！

行至鸦儿胡同 6 号，任师傅指着一座二层西式小楼对我说："你看，那就是萧军的故居。'文化大革命'开始后，房产被归公，没有了写作的地方。他只好把屋脚不到两平方米的储藏室布置成了创作室，只能摆一张写字台、一把藤椅，所以萧军给这间创作室取名叫'蜗蜗居'。没有阳光，白天写作都得开灯。"

"蜗居"还不够，还要加上一个字叫"蜗蜗居"，难以想象这位鼎鼎大名的大文学家，在"文化大革命"期间，竟是在这样狭窄逼仄的环境中，写下了《萧红书简辑存注释录》《鲁迅给萧军萧红信简注释录》及《萧军近作》等不朽之作。

"后海南沿 26 号，这是民国时代的'文化奇人'张伯驹和夫人潘素的故居纪念馆"，"这里是大翔凤胡同 3 号院，有两排平房和一座两层小楼，这就是女作家丁玲的故居，是她晚年居住的地方。现在是《民族文学》杂志社"……接着，任师傅在一座民居前停了下来，问我眼前是什么。我用心看了一阵回答："没看出什么门道呀！"他说："其实你已经回答了，眼前不是门吗？我就是要给你讲讲这门道。"

"在古代，门墩的形状代表主人家的身份，学生不背书包而是背着书箱，所以取谐音'书（香）箱门第'，门墩是石质似书箱的长方形状，表明这家主人是文官。高级文官的门墩，是箱子形上雕狮子。如果门墩是石质似抱鼓的圆形状，表明这家主人是武官。高级武官的门墩，是抱鼓形上雕狮子。有道是'文方武圆'。还有一种木质门墩，门里门外像枕头一样是平齐的，就是普通人家，所以称为'平民百姓'。现在我们说'衣冠禽兽'不是好话，但是在明朝时期，所有的文官们的官服正前方的补服上只能绣飞禽，而武官们的补服上只能绣走兽。'衣冠禽兽'一词表明你是做官之人，有身份地位。但是，到了明朝的中后期，好多为官者不干好事，所以后来用'衣冠禽兽'形容穿着人的衣服不干人事的狗官了。"任师傅如是说。

走过柳荫街27号的涛贝勒府，来到位于前海西街的全国重点文物保护单位的恭王府。"恭王府并不以恭王著称，乾隆时期是和珅的家，所以曾叫作'和宅'。由于和珅的贪婪，被嘉庆皇帝扳倒查办后，这座豪宅就成了皇帝手中的赐物，在家族中几经易手。到咸丰皇帝时，就赐给了同父异母的弟弟奕訢。奕訢世袭王位恭亲王，宅邸最终落名恭王府。而和珅府邸原来的一座花园，成为后来著名的诗人、文学家、剧作家、考古学家、历史学家、翻译家、教育家、社科院院长、政协副主席、书法家，外加古文字专家郭沫若的故居。"任师傅一口气道出郭沫若先生的十几个身份。

正说着，有一个载着三名乘客的车工跟任师傅打招呼："哟呵桥长，就拉一个人啊！""一个人也是千金，怎么啦？"

与同行调侃过后，任师傅回过头来朝着我这个"千金"问道："大姐，你也许见过水牛、牦牛、奶牛、黄牛、肉牛，可是你见过真'牛'吗？"因为已经见识了任师傅的幽默，我知道他这么问肯定话里有话，于是笑而不答。抬头望去，眼前是位于地安门西大街的什刹海体育运动学校。呵呵，原来真"牛"在此！冠军榜上，李连杰、张怡宁、马燕红、张楠、王涛、罗微、滕海滨、冯坤等四十四位世界冠军获得者赫然入目。

......

胡同游最后一站，回到身为"桥长"的任师傅动身时的银锭桥畔。百密一疏的是，他讲的关于什刹海名称的由来，尽管依然绘声绘色，却不是我所了解的"先有什刹海，后有北京城"之说。据考证，什刹海也不是十座庙的意思，只是一座庙的名字。该寺位于德胜门内，初名十刹海，后改名为什刹海。"十"并非实际数字，而是表示"众多刹那则成海"之意。由于这座寺庙非常有名，逐渐变成了地名的代称——"什刹海"，直至成为北京这座历史文化名城的金名片。

2019 年 2 月 28 日于北京

独家门派 "彩蛋张"

　　认识 "彩蛋张"，是 1990 年 6 月某日，在北京市团市委开展的弘扬中华传统文化活动现场。当时，我看见大名鼎鼎的 "彩蛋张" 和一位年轻女子在展示彩蛋工艺，便上前与他们打招呼。"彩蛋张" 身边的一个轮椅和一副拐杖引起了我的注意，还没等我开口，他便主动告诉我："我是一个残疾人，自幼患小儿麻痹症导致双腿残疾。" 然后，他又指着旁边那位模样清秀的年轻女子介绍说："这是我爱人安雪，她是健全人。"

　　"彩蛋张" 本名张伟明，北京市人。1955 年出生后才四个月，就入了父母单位的托儿所。因为过于年小体弱，不幸被脊髓灰质炎病毒感染。患病时高烧一直不退，最终患了小儿麻痹症。为了给小伟明补钙，母亲把烤酥的鸡蛋皮碾碎了夹在馒头里喂他，抱着他四处求医问药、做针灸。那个年代赶上了 "大跃进" 和三年自然灾害，导致营养极度缺乏。在其他小朋友已经蹒跚学步的时候，张伟明只能在床上爬。一天，大人们都去上班了，他从床上跌到地下，爬出了门外，在温暖的阳光照耀下，不知不觉间迷迷糊糊地睡着了。醒来后，看到蓝蓝的天上飘着一朵大大的白云，像极了他想象中的老天爷头像。张伟明看了许久，默默地对着那朵白云说："老天爷啊，你为什么不让我像别的小朋友一样能走、能跑、能跳呢？为什么

彩蛋張 溥傑

末代亲王溥杰题字"彩蛋张"，让张伟明的彩蛋艺术作为开门宗师第一代，成为独家艺术流派。

只让我像小动物一样在地上爬行呢？"六岁半时，张伟明第一次到北京积水潭医院儿科创伤骨科做手术。在接受了第二次手术训练半年后，他才可以架着双拐直立行走。

父母白天上班，担心儿子被其他小朋友欺负，便把张伟明一人锁在屋里。实在百无聊赖，他便伏在桌子上涂涂画画。被父母发现后，到文化用品商店买来当时六分钱一盒的彩色蜡笔，给他画画儿用。张伟明还记得第一次临摹的画，是一本小人书上的大红马和和平鸽。因为他特别羡慕大红马四条健美的腿和鸽子一双翱翔的翅膀。九岁才上小学一年级的张伟明，开始临摹八个"样板戏"里的人物和王杰、董存瑞、罗盛教等英雄人物的头像素描。结果，被一个住同院的朱姓小朋友发现，便把张伟明带到他家里玩儿，由此认识了他的父亲画家朱曜奎先生。

当时正是"文化大革命"期间，朱曜奎教授被打成"黑画家"，从江西"五七"干校回家养病。他看了张伟明的大量绘画习作，认准十三岁的小伟明很有灵性，是一株学画画的好苗子，便悄悄地将他收为了学生。从此，张伟明师从朱曜奎教授，潜心学习西洋绘画。从美术基础理论、作画技巧开始，继而攻习人物、写实，具备了扎实的写实造型能力。

1975 年，张伟明从北京汇文中学高中毕业，两年后赶上恢复高考。他曾先后报考了在京的几个专业院校美术系，文化和专业课都通过了，但在面试时皆因肢体残疾原因功亏一篑。张伟明永远记得在那个特殊时期，北师院美术系一位姓纵的老师给予他的鼓励。纵老师对他说，只要有恒心，不一定非要科班出身，"草台子"出来的人照样能成才。纵老师的一番话，让一度心灰意冷的张伟明从此振作起来，立志上好围墙外的大学并拜师求学。一年后，当其他几所美术院校再给张伟明发来通知，让他去参加复试时，他把通知书作为纪念物收藏了起来，再也不去受那份刺激了。接下来，张伟明报考了北大经济学院大专班，主修广告设计专业。完成学业后，到本市某企业做了工会宣传干事。

1985 年某月的一天，一位单位同事拿来一对漂亮白净的大鹅蛋，请张伟明在上面作个画。怀着几分忐忑和兴奋，张伟明试着画了一对《红楼梦》

人物仕女图，结果居然成功了！求画人非常满意，如获至宝般摆到了家中最醒目的位置，由此也开启了张伟明从事彩蛋绘画的创作欲望。他买回许多白色的鸡蛋，画成各种题材的彩蛋。之后，便以自然鸟类、家禽蛋壳为作画原材料，小到鹌鹑蛋、鸽子蛋、鸡蛋、柴鸡蛋，大到鸭蛋、火鸡蛋、鹅蛋，最大的是鸵鸟蛋。运用中西绘画表现之所长，创作出仿景泰蓝、青花、漆器、秀玉等视觉系列的彩蛋佳作。有位外国朋友看到他画的《哪吒闹海》，误以为材料是青花瓷的，想象着手感会很重。结果用手一拿才知道，原来是用空蛋壳画的，不由得啧啧称奇。

张伟明所绘彩蛋，最早被《北京晚报》头版刊登图片，后又被《三月风》杂志、中央电视台、凤凰卫视、《北京日报》《人民日报（海外版）》《中国日报》专题报道。之后，"彩蛋张"作品摆上了北京友谊商店、燕莎商城等多家涉外店堂的工艺品柜台，每当西方国家复活节和圣诞节到来，立马被外国朋友抢购一空，他们争相购买成套的彩蛋带回国，作为礼物送给亲朋好友。

1987年4月，爱新觉罗·溥杰八十大寿前夕，有朋友专门找到张伟明，请他为溥杰先生画一组彩蛋。于是，张伟明为溥杰先生画了一组六枚的松鹤《万寿图》彩蛋，并亲自登门送给溥杰先生。溥杰先生见到这组彩蛋后欣喜异常，他说在旧时代见过有人画的彩蛋，是直接在煮熟的鸡蛋上涂上颜料，画上纹饰和小动物，拿到集市上去卖。谁家婚庆嫁娶或者是生了小孩儿，便摆上涂染得花花绿绿的鸡蛋图个喜庆吉祥，把画上花鸟的彩蛋放在新生儿的周围，以庆贺新生命的诞生。与见过的彩蛋相比较，溥杰先生认为张伟明画的彩蛋风格独特，既有中国画的笔墨造型，又有西方绘画色彩的表现力与装饰性，的确与众不同。说罢，溥杰先生兴致勃勃地走进书房，挥笔写就"彩蛋张"三个大字，签名加印后送给了张伟明。末代亲王题字号，让张伟明的彩蛋艺术作为开门宗师第一代，成为独家艺术流派，从此蜚声海内外。

1987年夏，一位姑娘慕名前来，请张伟明为某出口产品儿童玩具做包装盒设计，她就是安雪。张伟明的设计中标后，安雪代表单位前来酬谢时，发现了他画的彩蛋琳琅满目，惊叹太漂亮了！太喜欢了！张伟明潇洒飘逸如徐悲鸿一样的风度，让年方二十二岁的安雪不禁怦然心动。以借阅《简爱》《钢铁是怎样炼成的》等文学名著为由，二人开始了交往。一来二去，便由熟络到确定了男女朋友关系。当得知自己健康漂亮的女儿要嫁给一名残疾人后，身为父母及家人，从一开始反对到逐渐接受，最终在安雪的坚持下，他们的爱情之花终成正果。

当时，张伟明在华夏出版社任美编，安雪在某出版社印刷厂工作。北京民间艺术研究会通过人民日报社国际部找到张伟明请他入会，不久便参加了首届中国长城民间艺术节，结果一炮打响。随后，张伟明创办了北京市首家彩蛋张艺术设计制作所。妻子安雪为此辞去工作专门辅助丈夫，从抽蛋液、打磨蛋壳、着底色开始，逐渐跟张伟明学会了画彩蛋。结果，一家外文杂志在采访夫妇二人时，把安雪画的彩蛋照片也一同刊载了。儿子耳濡目染受父亲影响，从小喜欢画画，也从画彩蛋开始走上了艺术道路。结果，儿子的彩蛋作品还上了北京电视台的少儿节目《七色光》。现留学英国伦敦，主修雕塑专业。

自 1985 年开始致力于研究彩蛋这门中国传统民间艺术以来，张伟明本着"以彩为先，意为上，绘为主，理为尽"的艺术创作宗旨，创作了以《青花五虎图》《陕西社火脸谱》《情趣》《嫦娥奔月》《李白·将进酒》《鹤情月下》《苏州园艺》《哪吒闹海》等为代表作的精品，形成了彩蛋艺术题材广泛、画功精湛、创意独特、古朴典雅的张氏风格。1991 年夏，在香港第三届"国际展能节"上，张伟明为中国代表团一举斩获艺术表演技能第一名。

张伟明的彩蛋作品曾出展加拿大、美国、德国、新加坡、日本等许多国家，深受世界各地人士的喜爱，并被众多国际友人收藏。他不仅是一位杰出的民间工艺美术家，多年来，更致力于推广民间艺术，热情参与各种公益活动，历时十一年，为某品牌世界儿童复活节画彩蛋大赛免费赞助所有蛋壳，并亲临现场为来自世界六十多个国家的获奖孩子们颁奖，讲解并示范蛋壳作画要领。

前几日，我在见到张伟明的妻子安雪时，听她由衷感叹道："跟伟明结婚后，向他学到了很多东西。伟明不仅人品好，心地善良，性格幽默、风趣、诙谐，多才多艺，而且还很会聊天。如果不是腿有残疾，凭他的口才完全可以登台去说脱口秀。伟明不仅仅专心彩蛋艺术的创作，生活中家庭的概念和责任感也很强，对孩子的培养教育特别用心。今年年初，在我膝关节滑囊炎急性发作的那段日子，伟明不仅承担起了日常家务劳作，还要每天陪我去医院做针灸、推拿按摩、烤电、熏艾草治疗。结婚前伟明曾对我说：我身体有残疾，生活上会给你带来很多麻烦，你要考虑好。我毫不犹豫地回答他：以后我就是你的腿，无论走到哪里，我永远会陪伴在你身边。结果这一次倒把他累得够呛。在我治疗休养的几个月里，伟明人累瘦了一大圈。"

一个成功男人对家庭和社会强烈的责任感和担当，在张伟明身上体现得淋漓尽致。在公众面前，他是一个神话；在妻子面前，他是完美好丈夫；在孩子面前，他又是一位称职的好父亲。狮子座的他，永远以乐观坚强的一面示人，以至让家人和身边的朋友常常忘记了他肢体的残疾，甚至感觉他比健康人还要强大。这，就是我认识的张伟明——独家门派"彩蛋张"。

2019 年 4 月 2 日于北京

"开心海豚" 曹缘

2018 年 11 月初的一天，我经过社区宣传橱窗，看到了由东城区培养输送的六位奥运冠军的照片，包括乒乓球运动员张怡宁、羽毛球运动员张楠、射击运动员陈颖、跳水运动员曹缘、体操运动员何可欣和滕海滨。作为东城人，一股强烈的自豪感油然而生。于是，我在群里发表了一番"体育强，中国强"的感慨。不到十分钟，我就收到了好友王燕的微信："曹缘是我同学的儿子，姐姐如有需要，我可帮你们联系。"

就这样，我和曹缘的父亲曹永林见面了。

听着曹永林历数曹缘的骄人业绩——九岁便获得全国少年比赛冠军，十四岁斩获 2009 年全运会男子双人十米跳台冠军，十五岁勇夺 2010 年国际泳联跳水世界杯男子双人十米跳台世界冠军，更有两届奥运冠军的艰辛和荣耀——2012 年十七岁时获伦敦奥运赛男子双人十米跳台冠军，2016 年二十一岁时参加里约奥运会，拿下男子三米板单人跳水冠军……共计夺得十四个冠军、十一枚金牌。当我连声赞叹年仅二十四岁的曹缘就能取得如此辉煌的成绩时，曹永林感叹地说："实际上，他和每个奥运冠军一样，在鲜花和掌声的背后，是十几次的生死轮回啊！"话虽这么说，曹永林在聊起儿子时，用得最多的一个词却是"开心"。

曹缘五岁时，因为生性淘气，母亲怀疑他有多动症，担心年幼的儿子惹事，便把他送进了前国家跳水队队员彭园春开设的跳水训练班。结果，曹缘如同一只快乐的小海豚，一跳进水里就不想出来。这种从十二岁起就开始的训练已历时十三年，手上的指纹都被水拍没了。机器人似的训练，枯燥到几乎让人崩溃。每周七天，曹缘要训练六天半。每天五点钟起床出早操，吃完早饭开始训练，一直到晚上七点，接着再上两个小时的函授大学。训练时教练要求注意力要高度集中，不能走神，甚至不能出声，这是跳水运动比其他项目更高的要求。

平日里，曹永林想跟儿子电话聊两句，都要等到晚上十点以后。真到聊起来，他又担心儿子睡得太晚第二天起不来，往往匆匆结束。一个二十出头的男孩子，也喜欢玩儿手机打游戏，但这些对曹缘来说只是奢望。

实际上，曹缘有着比普通人更多的兴趣爱好。他被伙伴们称为"钢琴王子"，是因为从很小的时候就开始学钢琴。结果仅学了二十多天，他就能弹奏一首完整的曲子了。伦敦奥运会结束后在鸟巢庆功，曹缘就现场弹奏了一曲法国钢琴家理查德·克莱德曼的代表作《水边的阿狄丽娜》。流畅的琴声，让大家看到了他作为运动员的另一面，从此便有了"钢琴王子"的称呼。曹缘还有个绰号叫"模仿达人"，模仿起迈克尔·杰克逊的太空漫步《比利·金》来惟妙惟肖。他的语言模仿能力超强，包括上海话、四川话、广东话、英语、西班牙语、俄罗斯语。曹缘还喜欢打篮球、台球，下象棋，也喜欢看小品、听相声。虽然，每天枯燥的训练把他从事这些爱好的时间几乎压缩到零，但对于正是玩儿心最重年龄的曹缘来说，丝毫不影响他做一条"开心海豚"。

天分如同天平，让曹缘的付出和努力完美地成为正比。正如他的启蒙教练李薇薇所言：曹缘能够走到奥运会的赛场上，是实力加运气的结果。曹永林说，谈到实力，曹缘这孩子训练刻苦，很有悟性。说到运气，在每个重要阶段，他都遇到了好的教练。在训练中，曹缘的手腕和腿都受过伤。2010年开始右手手腕骨折，之后又出现了腰椎隙裂。2012年站在伦敦奥运会跳台上的曹缘腿部还绑着绷带。十七岁，正是长青春痘的年龄，曹缘既能喊出"腿残也要拼奥运"的豪言壮语，又能开心说出"就当去伦敦玩儿玩儿"这样充满孩子气的话。

因为天分高运气好，让曹缘认为一切奖项都得来太易，完全没有如普通人想象的那种上天摘星星的难度。因为在曹缘身边比他努力的人多了，但是不少人很悲情，平时训练比谁都不差，可一到比赛就失水准，关键时刻掉链子。另一方面，跳水和乒乓球项目一样不属冷门，即使拿了冠军，也不会产生像刘翔夺得110米栏奥运金牌那样的轰动效应。虽然曹缘也会偶感自己已经到了一个瓶颈，但是，为备战2020年东京奥运会，2019年春节，他只和家人吃了一顿年夜饭，大年初二便匆匆赶回了集训队。

身为父亲，曹缘对曹永林无话不谈。所以他自认为最理解儿子。除夕之夜难得父子相聚。曹永林问曹缘："缘儿，爸问你，你现在的愿望是不是有两个，一是夺冠东京奥运会，二是交到称心如意的女朋友？"

对于父亲说的第一个愿望，曹缘表示认可，而且对于拿奖拿到手软的他来说应不在话下。至于交女朋友，因为曹缘的接触面太窄，几乎没有正经八百地谈过恋爱。曾经有个美籍华裔女孩儿追求过他，仅通过网络沟通两个月后，女孩儿就提出让曹缘去美国定居。这对心系祖国的他来说是难以接受的，结果无疾而终。虽然曹缘跟曹永林说过很向往过普通人的生活，但是面对父亲说的第二个愿望，他这样回答："爸，说心里话我很想交女友。但是，如果现在找，势必会影响训练。您知道的，跳水训练要求极其严格，分分钟不能走神。"曹永林立刻明白了曹缘说这番话的意思。看着眼前这个开心阳光、励志又出息的儿子，真是他心中的骄傲啊！

为了孩子的前途，曹永林希望曹缘能不懈努力。同时，行事低调的曹永林说：孩子再优秀，跟家长没有半点儿关系。作为父亲，我只在背后默默关注和祝福他就是了。

2019年5月4日于北京

第二辑

老少幽默

"普通人" 冯巩

1990 年 3 月中下旬，我随全国青联组织的青年代表团赴日本参观考察，有幸与中国著名相声表演艺术家冯巩同行，并协助他负责文化交流活动。

相声在这里同样拥有观众

在我们离开首都机场前，许多人认出了冯巩。有个小伙子还冲他喊："嘿，哥们儿，到国外说相声去呀！"没想到，一句亲热的玩笑话，在东京真的变成了现实。

在由外务省安排的欢迎晚宴上，与我们会面的六位日本朋友中，居然有五人粗通汉语。这大概是外务省为便于两国青年之间的交流而特意安排的吧？这一下，本来被我们说成是"英雄暂无用武之地"的冯巩可来了精神。只见他走上台去，对众人说："我的搭档牛群不幸于 1991 年 3 月 ×

日……"

听闻此言，在场的人都睁大了眼睛，里面分明是大写的"啊？！"……

"在八宝山……"

"怎么着啦？"

"拉肚子了！"

"咳！"

"所以，我的搭档换成牛群的妹妹牛（钮）敏了。"

接下来，在大家热烈的掌声中，冯巩眉峰一蹙，一段即兴相声便脱口而出。内容是善意地讽刺一个男青年，想发扬助人为乐的精神帮助一名女青年，结果由于方法不当，反遭女青年谴责的经过。冯巩那惟妙惟肖的表演，引得在场众人大笑不止。

在热烈的掌声中，外务事务官先生走上前去，紧紧握着冯巩的手，用略显生硬的中国话连连说："太精彩了，真是太精彩了！我完全被相声艺术的魅力征服了！"

"现代迷信"使冯巩成了"过于普通"的人

在集中了电子世界尖端技术的东芝科学馆中，一台多少带有现代迷信色彩的小小仪器——性格测试仪，引起了我们浓厚的兴趣——你只消在自己最喜爱的两种颜色下面分别按一下电钮，这台仪器便可迅速将测试结果展示在你面前。

当解说员小姐问道"哪位愿意试一试"时，经过大家异口同声的推选，冯巩走到性格测试仪前。只见他思考片刻，按下了桃红和乳白两种色彩的按钮。几秒钟后，测试结果出来了：

"你为人很好，知识面广，别人都信赖你，喜欢你。"

听到这里，众人频频点头，相视而笑。

"然而，正是由于你的谦和礼让，又使你显得过于普通。"

这最后一句评语，立刻令众人哑然瞠目。

误会过后的惊喜

在大阪，我们饶有兴致地观看了东西方艺术巧妙结合的宝冢歌剧①。步出剧场后，只见大门口和便道上站满了等候演员签名的日本女学生。忽然，一名清丽可人的女大学生朝我们跑过来，脸上挂满喜出望外的神情。一开始，我们以为那个姑娘是冲冯巩来的，都把目光集中到了他身上。

可是，姑娘径直跑到我团一位蒙古族男青年面前，伸出手热情地问候："尼玛先生，还认识我吗？"尼玛立即认出了对方，握住女大学生的手说："你好，由美子小姐，没想到我们在半年后的今天见面了！"

原来，由美子是在半年前访问内蒙古时与尼玛相识的。临别时他们彼此祝愿："下次相逢在日本！"今天，众人见证了这段中日友谊的佳话，一场误会带来了一个惊喜。我忽然意识到，这是在异国他乡的日本啊！很难想象，如果是在国内，冯巩像现在这么抛头露面又会是什么情景呢？不过，也许正因如此，冯巩终于难得地做了一回真正的普通人。

1991 年 4 月 20 日于北京

---

① 宝冢歌剧团是 1914 年（大正三年）由日本阪急企业创始人小林一三创立的大型歌舞剧团，本部位于兵库县宝冢市的宝冢大剧场，团员全部为未婚女性。从 1913 年（大正二年）开始招收团员。最初的宝冢歌剧团仅仅是一个有着 20 名少女的巡回演出"歌唱队"；一百多年后的今天，它已经成为拥有成员 400 余名、毕业生 4000 余名、在全日本乃至世界都享有盛名的大型舞台表演团体，也是全世界演出次数最多的歌舞剧团。

"静中求悟"的笑林

进入笑林客厅兼书房的七米斗室，首先映入眼帘的是墙上悬挂的醒目条幅——"静能生悟"。并排搁置的两个书橱中，摆满了《软科学词典》《世界知识大辞典》《世界民俗大观》《大百科全书》等书籍。

笑林，原名赵学林，相声大师马季的弟子和国家一级演员。一位技艺精湛、风格独特、深受观众喜爱的著名相声演员，在事业如日中天的时候突然偃旗息鼓，静静地啃起累计二十五门课程的法学研究生专业来，让众多笑林的粉丝迷惑不解：已经功成名就了，干吗还要去过艰苦的学生生活？笑林的回答很简单："要奉献给观众更好的作品，就得下苦功夫学习。"

从 1990 年 9 月开始，笑林进入北京青年政治学院，当起了"一心只读圣贤书"的苦行僧。开始，有的朋友担心他坐不住，孰料，他除去参加政协会和两场义演外，推掉了全部社会活动，成为了同学们公认的"全班最静的学生"。就在这"静"之中，笑林悟出了修炼、超然之"道"。

仅有初中文化水平的笑林，要越过"三级跳远"而一步到位，学习难度可想而知。说不清有多少个夜晚，他把自己关在宿舍里学习至深夜。一次，手表停了，当他在自我安慰"时间还早"之时，不觉东方已是鱼肚白。

英语这块难啃的骨头，笑林竟嚼得连渣子都不剩，先后背下了四本教科书，取得了优异的成绩。笑林的追求并不止于此，他还努力将哲学、心理学、美学、伦理学等诸多课程的学习与相声艺术紧密结合，先后写出了《论相声艺术的社会功能》《有关心理障碍的笑疗法》等十几篇论文，受到教授和有关专家的好评。从"一级演员"到"优秀学员"，这条看似珍珠穿起的彩路上，浸透着笑林的多少心血啊！

近年来，面对外面世界的诱惑，笑林虽然把"超脱"二字谨记心头，然而也偶有"不够超脱"之时。1992年除夕之夜，这位作品及表演曾连续五年入选中央电视台春节联欢晚会的著名笑星，在电视机前那份难受劲儿就甭提了。走着、转着，他的心理又渐渐平衡起来："瞧着吧，等我毕了业，一定拿出叫好儿的来！"

1992 年 2 月 18 日于北京

后续:笑林没有食言，他于1995年荣获"侯宝林金像奖"，同时获得"八大金像"的美誉；1997年参演了中央电视台春节联欢晚会相声《送春联》；2001年，在中央电视台春节联欢晚会表演群口相声《咱也试一把》。

我最后一次与笑林见面，是2013年在一个朋友女儿的婚礼上。接受过太多采访的他，依然提到二十一年前我写他的这篇专访。婚礼后，我把与笑林的合影发至他邮箱，很快便收到他的回信："谢谢，保持联系。"谁知，这六个字竟成为他的绝笔。两年后，年仅五十九岁的笑林因罹患白血病，于2015年3月23日离世，永远地离开了他热爱的舞台和喜爱他的观众。伴随我们一代记忆的"笑林广播电台"从此永远停播。

同学趣话

　　阔别四十三年的初中同学，通过微信群终于聚到一起了。安长群是当年班里最默默无闻的了，给我留下最深印象的是他标志性的憨笑。四十多年过去，见到老同学时他还是像当年一样，憨笑地看着别人海阔天空地聊。健谈的王军见状，主动上前与长群搭讪。

　　十分钟过后，王军刚想再换个人继续聊，不想长群突然冒出一句："哎，你知道王军现在忙什么呢吗？"王军瞬间崩溃……

　　聚餐时，我打开牙签罐问邻座的长群是否需要，他来了句："不用不用，（牙）隔一个掉一个了。"众人已笑得前仰后合，可长群呢，还在那里犹自默默地憨笑着。长群啊长群，你认不出王军那段到底是真的还是故意逗人的呀？我可是被你整蒙圈了。

　　酒足饭饱之际，王军突然冒出一句："晚上咱们吃什么呀？"我们班年龄最大的马哥跟了句歇后语："后妈打孩子——还一顿呢。"长群更是语出惊人，整出了下一句歇后语："老虎吃蚂蚱——夹（家）吃去！"

　　前面提到的马哥，他也是幽默大王一枚。第二次聚会，马哥跟大家聊起天来包袱不断。他说："想当年我们上学时该有多单纯啊！别说跟女生说话了，连见着带女字边的字我都赶紧翻篇儿。退休以后路上见到熟人，总被问起:'老兄,每天在家干吗呢?'我回答:'练剑呢。'对方好奇地问:'哦?可以呀!你练的什么剑?''剑(贱)骨头呗!''咳!'"

饭桌上,马哥告诉我们,前一次同学聚会回家后,夫人拿起马哥的手机,一张一张地细看聚会时的照片。当看到马哥和一个保持距离的女生合影时,脱口问道:"这是谁啊?""这是我们班班长。""哦。"夫人面无表情地继续翻看着照片,看着看着,忽然眉毛拧紧了——只见一个身着白色羽绒服、头戴红色毛线帽的女生倚在马哥的肩头,她立刻侧过头来用审视的眼神盯着马哥问:"这又是谁?"

"哈哈哈……"马哥把嫂夫人的表情和口吻模仿得惟妙惟肖,引得众人开心大笑不止。

八一建军节之际,曾是高中同学的路路、春华、连成、贵锁、老魏,五位在青岛当过海军的男生聚会。路路因为太兴奋喝高了,春华主动开车送他回家,连成一路陪同。因为春华和连成都没去过路路的家,连成问路路:"你手机密码多少?我给弟妹打电话问一下。"路路舌头似短了半截,呜里呜噜地说:"指纹识别。"连成又问:"哪个手指?"路路答:"大脚豆儿。"春华跟了句:"连成,甭问他了。打开所有的窗户咱们先兜兜风,等他酒醒了再说吧!"

大学同学里有两个男生,一个叫肖伟,一个叫达伟。同学群建快两年了,某日,一个男同学突然冒出一句:"达伟是肖伟吗?"我看了之后立马跟上一句:"肖伟是肖伟,达伟是达伟呀!"达伟更以迅雷不及掩耳之势回道:"钮敏,你说得对,达伟就是达伟,我自己可以作证!"

2017 年 1 月 24 日于北京

快人快语理发店女老板

2017年，我来到临沂采风，日程安排满得像开锅粥一样要溢出来。头发该理了，这天早七点，我便走上街头，心说只要是开着门的，哪家理发店都行啊！

连续经过三家都是门扉紧闭，终于发现了一家"百姓理发"早早开了门。看到门上写着"平头、刮脸"，以为是男士专门店，刚要继续往前走时，又瞥见招牌下的广告在"平头、刮脸"后面标着"染烫"二字。我心说：嗯，这应与女性沾边了。

进得店门，上了年纪的女老板热情地迎上前来打招呼："恁（你）起得怪早哈。"从坐下那一刻起，女老板的话匣子从打开就没合上过——

"恁看俺像五十岁？那俺太高兴了！好多人说俺像六十，把俺都气蒙了。俺看上去显老，是十年前得上一场大病落下的。俺干这行二十多年了，凭手艺给儿子买了房。恁问俺老伴儿做啥？离啦！他一天到晚光知道喝酒。俺也不寻思找了，两大摊子凑到一起怪麻烦。俺知足，每个月挣上四五千块钱儿，儿女都怪孝顺。恁是北京来的，跟恁唠这些，搁熟人俺都不说……"

理完了，我刚想道声谢，女老板把我身上的围布摘下来一抖说：

"理完啦，怪好！"

一个月后，我再次走进这家"百姓理发"店，又一次见识了女老板的快人快语。

"俺寻思恁在临沂住这长时间，肯定不是光待着，是有啥正事吧？看看，俺说对了不是？因为吧，俺第一眼看恁就像个文化人。恁要是写俺，一准能拍成电视剧。俺这辈子太惨啦！嫁错了人，上次跟恁说过了。俺儿两岁时有一天夜里拉稀，拉得快没气儿了，俺让他爹带儿上医院，他就是不起床说死不了人。是俺跟邻居借了二十块钱一个人带儿去的医院。俺弟说俺这辈子做得最对的事就是离婚。

"俺常跟俺儿说，你一定要学会自立。自己不肯起来，别人都来扶你也没用。帮得了你一时，谁也帮不了你一世。只要是自己挣的，吃好吃孬没人笑话你……

"好啦！哟，这旮（地方）有点翘，不管它了。俺手艺一般。不嫌孬恁还来哈！"

2017 年 8 月 10 日于山东临沂

鲍　比

　　女儿喜欢猫。在她一岁多的时候，我妈妈养了一只黑白相间的小花猫，叫非非。按猫龄，非非已相当于二十多的成年人了。一次，女儿睡醒后看房间没人就哭泣起来，非非比谁都着急，围着她转来转去，一副不知所措的样子。最后，索性把自己的猫脸凑近女儿，那意思仿佛在说："别害怕，有我呢！"

　　等大人们赶过来时，女儿已破涕为笑，脸上还挂着泪珠，嘴里一声一声地叫着："非非！非非！"女儿每叫一声，非非都"喵"地回应一下，真好像在应答似的。我小妹赶巧看到了这个场景，想象力丰富地说："嘿，想不到我小外甥女又蹦出个猫姨呀！"

　　看到女儿这么喜欢猫，我就给她买了一只手动玩具猫，还把手伸进猫肚子里，边唱《咪咪曲》边随着节奏比划："咪咪好，好咪咪，我的咪咪真美丽……"女儿乐坏了，每天吃完晚饭，准让我给她表演这个节目。最后她也学会了，又反过来给我们表演……

　　一晃二十年过去。2009 年的一天，我下班回到家，女儿一脸神秘地让我去阳台看看"谁"来了。

　　在阳台的角落里，我看到了一只刚出生不久的小雄虎斑猫。只见它通身是铜棕夹着黝黑色的斑纹，脑门儿上，几道黑灰相间的竖纹活像大写的英文字母 M。那双溜圆锃亮如琉璃球般的眼睛下面，是琥珀色镶黑边的小鼻子，而最具虎豹特征的，要数嘴边一排排像删节号一样的黑色毛孔，还有栽在上面一根根跃动的银色胡须。难怪我上街为波波艾买猫粮时发现，猫粮、猫罐头以至猫砂，几乎都选这样的猫做"形象代言"呢！

在饶有兴致地欣赏了一番新来的小虎斑猫之后，我对女儿说："宝贝儿，你也给它起个名吧？"

"我都起好了，叫鲍比。"

夜深人静时，鲍比经常摸黑爬到女儿的床上，用两个后爪踩出一个小窝儿来，舒服地趴下。有时我怕它惊醒已经熟睡的女儿，便把女儿的卧室门关上，不让它进屋。没想到这个小机灵鬼居然直立站起，用它的小爪子一下一下地去扒女儿卧室的门把手，更妙的是，它居然能够把门扒开，然后得意地"喵喵"两声蹿上床。真没办法！

白天，它常常蜷成一团酣睡。而只要你喊一声"鲍比"，它立刻就会嗖的一下抬起头，眼睛瞪得溜圆地看着你，可要是看你只是干叫而手里没有任何"干货"，它又会不满地咕噜一声，然后转过身子，继续它的美梦。

冬天到了，晚上要关阳台门，同时也把阳台上的猫食和粪棚挡在了门外。粪棚是女儿上网买的，有个小门，挡住了不雅的猫粪和带来的臭味儿，我们都很喜欢。阳台的门把手太高，鲍比够不到，每当要去阳台吃食或排泄时，它都会跑到主人身边喵喵叫，引导着你去给它开门。事毕，又欢快地跑回来，用它凉凉湿湿的小鼻子蹭蹭主人的手臂甚至脸颊，以示谢意。

这只乍看样子有点凶的小猫咪，原来如此灵性十足、温柔可人，鲍比越来越招人喜爱了。

女儿经常用一把柔软的小刷子为鲍比梳理毛发。哈，鲍比很是受用。女儿刷完它的后背，它会主动翻过身来，让你继续把它的小肚皮也刷上一刷。人心换猫心，鲍比伸出蜷成一团的茸茸小爪，抚摸着女儿的脸来回报。尽管这只可爱的小毛爪也许刚刚盖过猫粪球，但女儿还是欣然接受了这种零距离的亲密接触。

鲍比最爱吃鸭肝，因为它看到我每次都从冰箱里给它拿，便记住了。每次我一开冰箱，它就跑过来，欠起身子用爪子似乎要够到冰箱里的什么东西。无奈它个子太矮，每每都是徒劳。当我把一块鸭肝掰碎放到阳台上它的猫食盆里时，它几乎蹦跳着跑到阳台上，头也不抬地呼噜呼噜吃了起来。但是如果没到喂食时间，我只要拿完东西把冰箱门关上，它就会失望地嘀咕一声，然后放下身子，该干吗干吗去了。

鲍比还爱吃糖炒栗子，但是它只吃怀柔板栗。有时女儿买回其他牌子的，哪怕冠名以"栗子王"，它只要用鼻子嗅一下，立刻就能辨别真伪。然后转过身来，像受了委屈的孩子一样，趴到猫窝里生闷气去了。因为这和不给它鸭肝吃的性质不一样，它可以理解吃饭有时有晌，但不能容忍食品"假冒伪劣"。

2015 年夏，朋友邀请我和女儿去泰国清迈协助打理酒店，一去要三个月。于是，我和大妹商量把鲍比寄养在她那里一段时间。恰好大妹刚刚捡了一只流浪猫黄黄，也是个男宝宝。六年过去，按猫龄算鲍比已然是叔叔辈了。当它从猫笼里被放出的那一刻，硕大的身躯立刻把还是幼儿的黄黄吓得屁滚尿流，噌的一下跑到了卫生间的洗衣机底下，再不肯出来。

后来，听我大妹说，黄黄从洗衣机下面探出身来，悄悄溜到卫生间门口张望，发现鲍比总是卧在猫窝里呼呼大睡，没有丝毫要加害它的意思，便蹑手蹑脚试探着出来了。一开始，它冲着鲍比"哈吼""哈吼"地叫，想从气势上压倒对方。没想到鲍比无动于衷，完全不理会它的叫板。接下来，黄黄便试图和鲍比套近乎，在它身边转着看着，并保持着时刻准备逃跑的架势。鲍比看了黄黄一眼，懒洋洋地换了个姿势，眯上眼睛继续它的美梦。

野猫就是野猫，估计在一群流浪猫里摸爬滚打练出来了，黄黄一看庞然大物的鲍比原来不过如此，胆子越发大了起来。它凑到猫窝前，用小爪子扒了扒鲍比，似乎在说："嗨，这个猫窝看上去不错呀！"

猫窝是女儿给鲍比买的，从小睡到大如影随形地带了过来。鲍比瞟了一眼少见多怪的黄黄："那是，小主人买它的时候，你还不知道在谁的腿肚子里转筋呢！"黄黄近乎哀求着问："让我也进去感受一下好吗？"接下来，鲍比做出了一个完全出人预料的举动——只见它立起身来抖抖身上的毛，一下子跳出了猫窝。又不屑地瞄了一下黄黄，那意思仿佛在说："让着你小孩儿吃屃屃。"然后便在一旁的沙发上躺下了。于是，黄黄堂而皇之地进到猫窝里，满足地眯上了眼睛。

　　惦记着鲍比的女儿让大妹发两张爱猫的照片，大妹把鲍比和黄黄一起看电视的照片转了过来，同时发来一句话，一看就是为鲍比代言的："放心吧小主人，俺们哥俩好着呢！"

2018 年 3 月 21 日于北京

婚恋网奇葩三则

　　某日，我原来在报社的同事，离异十余年、年过五旬的明玉告诉我，她从 2017 年年底上了某婚恋网，想试试看能否找到如意郎君。结果，近一年过去，她遭遇了各种奇葩的经历。

奇葩的"择偶条件"

A 君：1956 年出生，离异有一子

　　一天，明玉收到了一封来信，对方这样写道："经典简介：本人被授予国际专利法公认的自攻博士能力学位，并以超然的成就达到了多项重大的开拓性的高科技成果！攻克专业 30 年，精研检索国际专利 900 万卷，成果超然事业大成专利专家。专利独占全球（经济收入将超然丰厚），所言承担法律责任！

　　"本人属风华正茂之年（见国际年龄新标准）！当今国际人年龄新标

准如下：17 岁到 65 岁是年轻人，66 岁到 79 岁是中年人，80 岁到 100 岁是老年人，100 岁以上是长寿人。百度可查人年龄新标准，一目了然！

"古人曰男人八十可生育，女人五十更年期天经地义。本人六十一岁当然正成熟风华正茂之年！至少在二十年之内仍阳光不减，中年睿智，壮体巍然释放光环也！三十年后虽已九十有三，但仍为通常老龄非怪也！渴望未来巨笔家产由贵夫人及之子继承也！

"觅知音者为妻！如有意可加我微信 × × × × × × × × × × ×，凡加我者请提供 × × 网中本人的 ID 号码及昵称。谢谢！"

网上不乏一旦索要了微信或 QQ 号便杳无音信之人，往往在他们人间蒸发没有几日，明玉便可接到自称是某婚姻介绍所打来的电话，问她是否已在 × × 网找到了称心如意之人。如果她的回答是否定的，便开始被请求加微信，发来几张优质男照片。如果想见其中某位，需先交数千甚至上万元。对此，明玉的回答一概是："No ！"

像 A 君这样坦诚而且第一封信就主动提供微信号的还真不多见，明玉便添加了对方。一上来，A 君把在 × × 网的自我介绍又发了一遍，明玉客气又不乏幽默地回了句："能做点儿接地气的介绍吗？比如家住哪里？子女父母情况、工作情况等。""我已移民美国，有一子，父母均离世。目前在 × × 集团主营 × × 业务。"A 君做了二十几字"接地气"的介绍后，便问明玉："你英语很好吧？达何程度？"在明玉回答只是大学时学过一些后，A 君大度地回答："理解，这是小事。"然后说出了一番让明玉下巴差点儿没掉下来的话——

"重要之事是我还想生一个宝贝，这是现代医学技术可以做到的事。不知你有否勇气也？"

把下巴托回原位后，明玉回复道："很遗憾，本人心有余而力不足了。"

"人工手段很多呀，六十岁女人也可生。"

"其他都可商量，唯独此事实在力所不及。抱歉！"

"那我无语了……"

明玉心说：无语的应该是我好吗？

奇葩的"自我介绍"

B君：1959年出生，离异有一女

某日，明玉在网上搜索符合自己择偶条件的男士时，一篇出自B君的自我介绍让她忍俊不禁——

"时光荏苒，弹指间吾辈已为皓首之人。回首往事，感慨万千，怎一个苦字了得！欣慰小女已能自立，事业略有小成。一日偶染小疾，举目无助，备感凄凉，不由得自问：难道非到三根（喝水湿脖根，撒尿湿鞋跟，走路扶墙根）时才后悔没有寻找那一半？草木尚且知春，何况人乎？趁现在身体尚佳（智：从一数到十不费吹灰之力，如果不是头被蜻蜓撞过、树叶砸过、小猫踢过、鸭子踩过，就是数到二十那也绝对是小菜一碟。体：追个瘸贼打个瞎匪不在话下）。此时不找，更待何时？在下只是个略识几字的樵夫，西瓜大的字识不了一箩筐。手里没有什么大奔（本）大砖（专）。有些人是拿本子（学历）蒙饭的，洒家是靠本事挣钱的。我既不会咬文嚼字，也不知斟词酌句。俺只会说大白话：组合家庭不单是享受幸福，更重要的是承担责任与义务！爱一个人不但是喜欢她的优点，同时也要包容她的不足。花前月下，缠意绵绵固然是一种幸福。风雨同舟，同甘共苦也是一种幸福！

"希望你是瓜子脸，但是尖可不要朝上。方脸也有其风采，但不要每个角都是九十度。圆脸亦可爱，但不要圆得篮球运动员见了想拍、排球运动员见了想打、足球运动员见了想踢。你若受伤，我会心痛得难以承受。不求你貌美如花，但一定要气清质雅。不求你穿着光彩照人，然切不可五个衣扣没了仨，剩下两个还扣不齐，走起路来踢里踏拉。不求你苗条似柳，然万不可如日本大相扑一般，不然到你下花轿时我抱你不动，却将我

砸个半死可如何是好？嗜烟、酒、赌此三种洒家是万万招惹不起的，勿谓言之不预也。

"吾非绅士，也绝非浑人。怜香惜玉之心尚存几分，懂得一个男人应在外不惧刀斧，回家畏妻如虎。休戚与共、举案齐眉、相濡以沫乃我之信条。我不敢求轰轰烈烈、大富大贵，只求合眸之时由衷而叹：此生有尔相伴，足矣！

"本人在仪表方面很讲究，逢年过节基本上洗脸。我是 2018 年春节期间在 × × 网注册的，那几天我把脸洗了，所以拍出的影像要比平日里年轻精神几分。

"感谢关注过我、给我来过信的仙妹、仙姐、仙姑、仙姥姥、仙奶奶们。真心祝愿你们早日在这里找到幸福！

"注：本人是靠眼睛谋生的，极为重视保护视力，不敢长时间上网，也不与人在网上聊天。有些信件未能及时回复，望诸位谅之。"

明玉对这位充满幽默感的 B 君有些好感，便写了一封打招呼的信："你好！"

隔日，明玉收到了 B 君的回信："感谢你的来信。但我现在已陷于窘境，实不忍拖累你。祝你早日寻找到幸福！"

至于对方陷于何窘境，抑或仅为一句托词，对明玉而言，这些都已经不重要了。

奇葩的"没办法先生"

C 君：1956 年出生，离异有一女

注册半年后，明玉终于遇到了一名让她心动的男士——C 君。照片上的 C 君看上去慈眉善目、儒雅随和。他告诉明玉，退休后除了在原单位返

聘，还在业余时间写一本名为《人类与自然的关系》的书。

共同的兴趣和爱好让 C 君感觉与明玉相识恨晚，他直言经过与明玉数日的沟通，"心情有些久违的激动"，希望能够与她见面。但因为马上要陪老板去朝鲜，要半个月才回来。而且到了那边入关时手机要上交，待出关时返还。明玉表示可以等，结果在"失联"的情况下，生生等了他十五天。

第一次与 C 君见面是在卡拉 OK 歌厅里，因为两个人都喜欢唱歌。当明玉唱到《荷塘月色》时，C 君按捺不住激动的心情，二人本来分坐两处，他终于情不自禁地移到明玉的身边，凑到她耳边说："你唱得太动听、太温柔了！"说着，把左脸颊贴在了明玉的右脸颊上。明玉不仅没有回避，还温柔地用左手抚摸了一下 C 君的右脸颊。

那天是周末，C 君与明玉见面后直接回女儿家了。一对活泼可爱的外孙和外孙女是 C 君甜蜜的牵挂，每个周末他都要回女儿那里，陪外孙去游泳，给外孙女做她最爱吃的炸酱面。

当晚，C 君给明玉发微信说他和女儿吵起来了。起因是女儿不同意父亲与明玉交往，因为她一直想撮合父亲与母亲复婚。C 君曾经告诉过明玉七年前与前妻离婚的原因，直接的导火索是前妻不理解他的追求，曾经一气之下把他辛苦撰写几年的手稿撕毁了。为此，他先是离家出走半年，归来后依然不能释怀，终于和前妻办理了离婚手续。离婚后，一直生活工作在天津的 C 君来到北京发展。

女儿的反对没有阻断 C 君与明玉的往来，二人经过三个月的相处后，初步确定了男女朋友关系。周末到来，当 C 君准备过明玉这边来看望她时，路上接到了女儿打来的电话，说是 C 君在天津的小妹也就是女儿的老姑突发心脏病住院了，因为女儿跟老姑比跟他还亲，她让 C 君明天一起赶往天津看望。明玉关切地说："那你就在天津住上一天吧，不用急着回来。"

第二天临近中午，明玉主动给 C 君发微信问："你妹妹病情如何？好些了吗？" C 君回复："我上了女儿和小妹的当了！女儿怕我不肯来，在路上才说实话，是她妈妈让车把右大腿股骨撞折了。我小妹在医院照顾她两天两夜，今天我们去医院把她接回家了。女儿让我先照顾她几天，我让小妹去找保姆，然后我就回京。"

明玉万万没想到，比影视剧还要狗血的情节竟然发生在自己身上！调整了一番情绪，她以自己都难以置信的冷静回复道："事已至此，抓紧找保姆吧，等你回来。"

"好的，你自己多多保重，我尽快想办法。"

第二天，C君给明玉发来微信说："从去年起女儿就逼我复婚，我坚持不同意！这回，她和我小妹借此机会把我叫回来。倒还没提此事，即使提了我也不会同意。"

"我有个预感，你前妻、小妹以及你女儿以打苦情牌组成了逼复婚联盟，关键看你本人态度了。"

事态的发展果然不出明玉所料，第三天，C君告诉她："昨晚小妹来了，苦口婆心地劝我辞了工作回天津。还是那句话，我是不会与她复婚的，就是看她挺可怜的先帮帮她。唉，没办法！今天大妹也来了，让我照顾她直到拆线，等好些了再找保姆。真没办法，看来至少要半个月了。"

C君一口一个"没办法"，明玉再大度，也终于有话要说了："之前你说女儿让你照顾几天，找到保姆就回来。现在又说要半个月后回来，感情是排他的，虽说她是你的前妻。"

"女儿和两个妹妹说只能我帮她了，她被撞这样也挺可怜的，此时离开她，一来伤难好，二来也会失去女儿、妹妹和家人。望你理解。"

到了第四天，C君向明玉说出了这样一番话："女儿和大妹都不让我走，说等她好了再说，唉，真是没有办法！我太对不起你了！女儿和俩妹妹、还有她（前妻）七十多岁的大姐都来了，全不让我走。理由是离婚时的情况不比现在，我已经有了一双可爱的外孙和外孙女，而且女儿的妈妈只有靠我照顾了。真是没办法。唉，赶上这个事，真对不起你了！我很纠结！她们天天都在逼我，要我和她复婚！"

从一口一个"真没办法"，到一口一个"真对不起你了"，明玉从中听出C君的态度已发生了质的变化："如果单纯为了照顾病人，我完全可以理解。所有人逼婚我都不去非议。我唯一在意的是你的态度。但是现在你自己开始动摇了，我已经没有了坚持的理由。"

"她们说什么也不会让我走的，我已经感觉到了，否则只有与女儿、妹妹等家人决裂。因为我提到了你，她们更不放我走了。"

"好的，你不用再纠结，我全都明白了。你能顶着这么大的压力，把我是你女朋友的事情告诉她们，表明了你对我的诚意，也证明我对你的这段感情没有白白付出，这就足够了。祝你幸福，'没办法先生'……"

2018 年 10 月 5 日于北京

泰国人的"慢性子"趣谈

只有在一个国度相对长时间生活一段，才能了解这个国家国人的习性。2015 年年初和当年 6、7 月间，因为旅游和帮助一位同胞打理酒店，我先后两次来到泰国清迈。2018 年 3 月至 4 月，又因协助某华人投资商会工作来到曼谷。在三赴泰国、近五个月的时间里，对泰国人的"慢性子"颇有感受。

2015 年年初，我和女儿来到泰国清迈旅游。酒店经理是中国人，一位约莫四十来岁的高个子中年男士，姓梁。因为个子高，周围的朋友们都叫他大梁。

某天下午，大梁发微信给我，说有货车已快到酒店门口，让我帮忙去迎一下。我快步来到酒店大门外，等了近十分钟不见货车到来。担心司机不认识酒店，我便跑到路边左右张望。又是十几分钟过去了，还是不见货车的踪影。担心误事，我给大梁发微信，让他转告货车司机快到时给前台服务员 Lisa 打电话。大约五分钟过后，只见 Lisa 拿着手机过来告诉我："货车司机来电话说有点事耽搁了，快到时再打电话。"又是半小时过去，货车终于到了……

2015 年 6 月初，我二度登上了飞往清迈的客机。在清迈机场出关后，说好来接机的 Lisa 却遍寻不见，于是我拨通了她的手机。手机接通了，Lisa 告诉我，她还在酒店呢，因为临时有点儿事把时间耽搁了。Lisa 让我别着急，在出口处稍等，一会儿就到。将近两小时后，Lisa 终于到了，姗姗来迟的她一再向我表示歉意。

泰国人洗衣服爱把包括内衣等全部衣物都放在洗衣机内，Lisa 也不例外。这天，她把衣服放入洗衣机后便外出了。恰巧我也要洗衣，等她不回。我打开洗衣机一看，还好，里面都是外衣，我便把机内洗好的衣服帮她晾上了。

就在第二天，我拿着脏衣服上到天台，发现洗衣机里又是洗完未拿出的一缸衣服，整个一下午衣服都没有被她的主人取出。再帮她晾上吗？可一看机内大部分都是内衣，顾虑涉及"个人隐私"，又把洗衣机门关上了。

第三天清早，我想这回 Lisa 该把衣服晾上了吧？结果上天台一看，呜呼，衣服还在洗衣机里。不得已，我去敲她房间的门，她在里面说了句"等一等"。

半小时后，我发现洗衣机终于被腾干净了，立刻见缝插针放入自己的衣服。都快洗完时，Lisa 来到我房间外说了声："阿姨，可以（洗）了。"

渐渐地，在和泰国人接触的过程中，我发现"斋焉焉"是除了"萨瓦迪卡"（你好）之外，泰国人最爱说的一句话，意思是别着急、慢慢来。这句话最能代表泰国人的性情、心态和生活方式。

某些情况，泰国人的"慢性子"也会误事。比如，当遇到"急性子"的中国人时，真好比"慢郎中遇上了急先锋"。

2018 年春季，我再次应朋友之邀来到泰国。这次是到的曼谷，协助新成立的某华人投资商会做宣传推广。商会的办公室里有个来自湖北武汉、名叫沈建的男青年。平日里工作勤勉的沈建只有一点让我琢磨不透，每天上班他几乎都要迟到十五分钟左右。

一天清晨刚刚上班，会长来办公室找沈建。当看到沈建座位空着时，立马给他打手机，问他为什么不在商会。沈建在电话那头解释了什么，会长恰好有急事，生气地说："我不管你什么理由，如果不想干了趁早告诉我，或者我给你找地方去高就！"说完，便挂断了电话。

事后，我关切地问沈建："今天的事不会影响到你吧？"沈建告诉我：每天他都和秘书长一起坐商会派的车上班。本来从公寓到商会开车十分钟左右就能到，可接他们的泰国司机每次都要绕着走。他其实知道有一条小路可以直接到商会，但是每次都要开上大马路绕一圈，结果要用二十多分钟才能到。沈建跟司机说能不能抄近道走时，他总是以小路拥堵为由，一口一个"斋焉焉"。也许对他来说，只要接上沈建他们就算是上班时间了。

这样一来便苦了沈建，害得他几乎天天上班迟到。尤其是当时秘书长因为母亲病重赶回了国内，每天就他一人乘司机的车上班了。在被会长一通批评之后，沈建主动提出不再坐商会的车，改乘"绿皮车"（泰国的小公交车）上下班了。

办公室里还有个泰国小伙儿颂差，和沈建是好朋友。颂差正在努力学习中文，我对他印象不错，直到回国后还与他保持联系。

9月中旬，颂差给我拨通了微信语音聊天，告诉我他和姐姐将于28日来北京，希望能在29日那天见个面。我高兴地对他说：好啊，欢迎欢迎！你28号来京后与我联系吧！

我推掉了29日的其他事宜，计划当天陪颂差姐弟俩游故宫品尝北京小吃。结果，28日一直没有收到他的任何信息。我给他发微信不回，电话也不接。29日一天，颂差依然杳无音信。傍晚，我终于在朋友圈看到他的一条分享，人家已经乘高铁从北京奔了石家庄。

10月3日，已经回国的沈建发来微信语音告诉我，他在9月28日见到颂差了。因为曼谷直飞北京机票太贵，颂差姐弟俩计划先到武汉，然后乘高铁去北京，他请沈建帮买两张高铁票并送到机场，为此，沈建特意请了半天假，很早就来到机场迎候。从大屏看飞机明明已经降落，但沈建无论怎样打电话发微信，就是联系不上颂差，直急得他抓耳挠腮。一小时后，颂差终于打来电话并告诉沈建他在哪儿。这时，距离高铁发车仅剩一个多小时了，二人来不及寒暄便匆匆告别。望着颂差姐弟离去的背影，沈建到了儿也没弄明白，在飞机降落后的那一小时里他们去做了什么。因为，按照我们国人的习惯，被接机人在飞机一着陆就会迫不及待地打开手机，告诉接机人我已经到了、我在哪里找你云云。相反，让接机人因为联系不上被接机人而急得不知如何是好的事情，还真是闻所未闻呀。

　　听完沈建的上述语音，我笑着回复他说："知足吧小盆（朋）友，我昨天终于收到颂差回曼谷一周后发来的微信，他说：'对不起，因为我们到北京那天时间不太多……'"

2018 年 10 月 28 日于北京

老少幽默

"您太会聊天啦"

某日去某银行办卡，窗口内的小伙子看了一眼我身份证照片后感慨地说："您头发一直这么多啊！"我看了一下小伙儿的头发明知故问："你这话的意思是？""您看我的发际线越来越靠后了，想问问您是怎么保养的。"小伙儿眉头紧锁。"这好办，只要你每天向顾客发出白月光般的微笑就 OK 啦！"小伙儿听到我的话，眉头立马舒展开来。

聊完养发，银行小伙儿接着说："看身份证您有点儿变化，但不大。"我回答："那是因为人步入老年以后，只剩量的变化了，再过十年还是老人。年轻人可就不同了，帅小伙儿十年后成了大叔，是质变。但是没关系，只要不油腻就行啦！"

我的一番话让小伙儿忍俊不禁，连说："您太会聊天儿了！"

"因为蛋疼"

"九〇后"的外甥，先前给自己起了个昵称叫作"因为蛋疼"。一天快递到了，外甥不在，我妹妹开门准备代收。快递小哥核对收件人，念到"因为……"时不由得抿着嘴儿乐。"蛋疼"一般的含义是指无聊的状态，但为避免尴尬，后来外甥把昵称改为了"隔壁老王"。然而这回更有戏剧性了。又一日，快递小哥送货至家中，在门口喊道："隔壁老王的快递！"妹妹透过猫眼看了一眼，对快递小哥说："送错了！"快递小哥反复看包裹："地址对呀！"一旁的妹夫连忙提醒妹妹："没错，是他的快递！你忘啦，儿子改昵称了！"

童言无忌

外甥从小就擅长巧用同音字。四岁多的时候有一天看电视，西班牙斗牛士精彩的表演深深地吸引着他。解说员的一句"西班牙斗牛经久不衰"话音未落，只见斗牛士从牛背上摔了下来。外甥立刻笑得前仰后合，指着电视对我妹妹喊道："妈妈，你快看啊！还说不摔（衰）呢？看他摔（衰）得那样儿！"长到七八岁时，外甥跟着妹夫去青岛玩儿。妹夫看到朋友五六岁的小男孩儿称赞道："小伙子越来越酷了！"男孩儿听了美滋滋的。外甥一听爸爸夸别人的儿子便来了句："裤衩的裤。"顿时，那小男孩儿的嘴噘得可以拴头驴啦！

　　小妹乔迁新居，邻居有个五岁多的小男孩儿，初次见到小妹时好奇地问："阿姨，你是外国人吧？"小妹心说难道我长了一张像外国人的脸吗？于是赶紧向小男孩儿说明："我不是外国人呀，我是北京人！"但是他仍然一本正经地说："不对，你就是外国人！"小妹抿嘴一笑："那你是哪国人呀？"只听小男孩儿大声回答道："我是沈阳人！"

　　邻居要出门，四岁的小孙女幼儿园放假了，她让我帮着照看半天。我们在大床上搭积木，女孩儿说口渴了，我正准备下床去拿水杯，她突然冒出一句："奶奶，你别站着下啊，要不床该塌啦！"小鬼灵精，你这是拐着弯儿说我胖啊！

　　朋友和女儿还有小外孙三代人一起出游，临出门前，小外孙仰起小脸一本正经地问朋友女儿："妈妈，你戴胸罩了吗？"妈妈用食指掩住儿子的嘴说："小男生不许瞎问这个。"儿子扭着小胖身子一脸无辜地回道："那有什么的，你是妈妈呀！"

2019 年 3 月 24 日于北京

虚拟生日

2018 年教师节前夕，我和两个同学去看望初中班主任、10 月 1 日即将八十八岁高龄的陈彩菊老师。陈老师见到我们三人，高兴得合不拢嘴。师生相谈甚欢自不待言，最让我走心的话题却是陈老师谈起她生日的由来。

这就奇怪了，人的生日与生俱来，除此还有什么由来？且听我细细道来。教师节 9 月 10 日，距陈老师的生日仅二十天了。我们对老师说："今天来为您过教师节，也提前祝您八十八岁生日快乐！""您的生日恰好是国庆节，和共和国的生日一起普天同庆啊！"谁知陈老师在一阵开心大笑后对我们说："孩子们，你们还不知道，我这个生日是虚拟的。"陈老师的一句话，顿时搞得我们三人一头雾水。

"我家中兄弟姊妹多，父母过世又早。我第一次上户口的时候，怎么也说不清自己的生日。只记得我是属马的，因为上小学时背过的小书包上面，姐姐给绣了一匹马，这样推算应该是 1930 年出生。可又不知道具体月份，我当时想自己不是叫彩菊吗？秋天的菊花，那就是秋天生的吧？再一想，一不做二不休，索性又对工作人员来了句：'就报 10 月 1 号吧，国庆节，好记！'"

原来，耄耋之年的陈彩菊老师的乐观天性是与生俱来的呀！

无独有偶，七十出头的编剧成先生，在一次聊天时谈到母亲的养育之恩，曾经说过这么一句话："其实我的生日是自己选的。"

成先生告诉我："高中毕业时填登记表，其中生日一栏我问母亲，母亲说只记得我何年生，不记得具体何月何日了。依稀记得是个雪天，这么说来应该是冬天。那个年代，毛主席他老人家的生日无人不晓，急中生智我便填了 11 月 25 日——12 月 26 日各减一。"

我问成先生："母亲记不住您的生日，是不是与您家兄弟姊妹多有关系啊？"

"是的。母亲前后生过十二个孩子，其中两个双胞胎姐姐和四个哥哥不幸夭折了。"

在一篇怀念母亲的文章中，成先生这样写道："呜呼，我伟大慈善的母亲，可怜的末代小脚女人，大字不识一个，我还怎敢抱怨她老人家记不清我生日呢？正如她笑问我：记下生辰八字有啥意思？供你们几个孩子吃穿，能活下来就很不容易了。"

最难忘成先生在文章最后写的一句话："如今父母都远去了。每当临近我的生日，总会怀念起父母天地大恩，禁不住暗自流下伤心的热泪……"

2019 年 3 月 29 日于北京

第三辑

爱在人间

让 座

看过陈凯歌导演的电影《搜索》的人都知道，高圆圆饰演的身患绝症的美女因为没有给一位八十开外的老爷子让座，并在老爷子指责她时，赌气地对他说除非坐到自己大腿上，搞得车上的人个个义愤填膺，还被记者摄像并上了电视新闻，引发了蝴蝶效应般的网络暴力。由此可见，年轻人给老人让座当属天经地义，老年人接受起来也心安理得。

好友彦玲就曾遭遇过类似的事情。平时喜爱运动的她，即使在怀孕四个月时也不显怀。一天她从始发站乘公交车，坐到了一个空座位上。车行驶两站后，上来的人越来越多。一位约莫七十岁的男性长者，站在了彦玲的座位旁边。也许他以为看上去很知性的彦玲会马上站起来让座，然而站了一会儿，他看到彦玲无动于衷，便愤愤地冒出一句："没有道德！"相比较，我怀孕的时候因为显怀，可比彦玲幸运多了。刚一上公交车，不等售票员发话，有热心乘客都会帮我说话："哪位让个座吧，看她多累呀！"

如前所说被让座对老者和孕妇应是幸事，但是，如果你刚刚五十出头，突然遇到有人给你让座，又会作何感想呢？我就遭遇了两次关于"让座"的尴尬。

一天，我刚走进地铁车厢，一个正要下车的中老年妇女站起身冲我摆手："坐这儿来，我下车。"我走过去刚要坐下，突然，一个长发披肩、着装入时的姑娘抢先一步坐在了空座上，嘴里还振振有词："凭什么呀，我还就不信啦！"

旁边有人对姑娘侧目而视，我呢，不但没生气还暗自高兴：她说"凭什么"，言外之意不就是说我还没具备被让座的资格吗？说明自己没老，呵呵！

母亲节那天，我上了公交车，一个中学生模样的女孩儿起身对我说："您坐这儿！"我虽然道谢之后坐下了，但心中对自己说："还自认为不老呢，这不，几天工夫就有人给让座了。"正想着，小姑娘又开口了："是这么回事，我们语文老师今天布置的作文是《给像母亲的女性让座》。"原来如此！小姑娘的母亲顶多也就四十多岁吧？她给我让座，不是更说明自己没老吗？我不由得又一次沾沾自喜了。

话说回来，人总有一天真会老到走不动道儿。但是只要拥有一个好心态，就会感觉人生处处是风景。

2013 年 10 月 13 日于北京

晓　华

晓华是我 1975 年高中毕业后去怀柔插队时结交的第一个当地女友。

来到大队第一天晚上，主管书记在大队部给新知青们开会。他首先给大家介绍了各小队的队长，待队长们退下之后，带上了一溜穿着黑衣裤的男人。书记郑重其事地对知青们说：他们是村里的地富反坏右分子，你们要记住这些人的长相。明天我还要派人带你们分别到这些人的家去认一下，以免以后串错了门。

当时正是秋收时节，第一天下地干的活儿是割稻子。镰刀还拿不好的我，像个新理发员一样，不会像社员那样去齐着根割。费了九牛二虎之力，还是把稻茬割得高低不平，并被社员们远远地甩在后面。埋头干到一半，当我用袖管擦拭如注汗水的一瞬间，抬眼望去，最感动的一幕出现了——一个戴着草帽、身穿花上衣黑裤子的女社员正对着我的稻垄，挥舞镰刀刷刷刷迎面接过来。已经割到垄头的她，把最宝贵的休息时间给了我。在我泪水和着汗水向她道谢后，她抬起头冲我憨憨地一笑，让我看清了一张如红透的山杏般俊俏的脸。她就是晓华。

收工后，晓华让我去她家串门，我欣然答应了。当走进一家地上铺满猪草的小院时，我立刻意识到：坏了，这不是右派分子吴先的家吗？我正进退维谷，一个身材高挑、面容和善的中年女人从屋内迎了出来，热情地让我进屋坐，是晓华的妈妈。此时转身走已明显不合适，我低着头快步进了晓华的家。

正屋里，坐着晓华的父亲吴先。我不知该如何称呼他，幸亏吴先立刻对晓华说了句："干了一下午活儿，快让你的知青朋友上堂屋吃晚饭去吧。"我不敢耽搁，找了个借口仓皇离开了。

吴先的右派分子身份，没有影响我和晓华的交往。我当时想的是，吴先是吴先，晓华是晓华，我只要以后不去她家就是了。我比晓华大一岁，两个人一起上下工；她还是在干活儿的时候接我，无论开苗、割麦子还是收玉米；收工后还经常约上一同去公社看电影，有个女社员看着眼热，甩出了一句："谁还没个仨薄俩厚的？"晓华则跟上一句："谁说不是咋的？"结果，说闲话的那个女社员翻了一下白眼儿，闷口了。晓华对我说的一句话让我至今难忘："我最喜欢看春天的钮敏！"

一天，晓华对我说："我爸看你跟其他知青不一样，想跟你聊聊，不知你愿意不？"其实，我也对吴先当年为什么被打成右派心存好奇，但是……晓华看出了我的顾虑："你在晚上十点以后来俺家，那时候各家都差不多睡了，没人会发现。""好吧。"

月上三竿，我悄悄溜进了晓华的家，吴先早已在正屋等候。交谈中得知，吴先是黄埔军校第××期学员。仅凭这一点，在1957年被打成了右派。吴先写得一手好字，每当春节来临之际，街坊四邻拐着弯儿托他写春联，他都是有求必应。只有在田间地头干活儿的时候，和其他地富反坏强制劳改时，才能提醒社员们，他是个另类。

1977年年初，我入了党并当上大队党支部副书记。当年8月，十年"文革"结束。年底，吴先的右派分子帽子终于摘掉了。受大队党支部委托，已经是副书记的我，在大队广播室宣布了这一决定。

三年过去，我结束知青生活回城进了工厂。入夏后的一天，我下班回到家，看到单元外的石凳上坐着一位男性老者。我以为是饭后纳凉的老人，刚要进单元门，只听那位老者冲着我道了一声："钮敏，我是吴先啊！"

因为太出乎意料，听到这声呼唤后，我竟然呆立在那里一时说不出话来。然后，惊喜地说："吴叔叔，是您啊？您什么时候到的？""我到了有一小时了。""那您为什么不进家呀？""我敲了一下门，开门的是你妹妹。她一见我吓了一跳，立刻把门关上了。""怎么会这样？我妹妹也太不懂事了！""不怪她，也许我来得太唐突，又一路风尘仆仆灰头土脸的，把她给吓着了。呵呵！"

原来，吴先驮着一袋新稻米，居然骑着自行车从怀柔赶来看我。当时，把我感动得语无伦次："这这这……叫我说什么好呀？您是上年纪的人了……这大老远的。快快，快进家吧！"

这是我最后一次见到吴先。

1982年冬，晓华带着她的新婚丈夫来我家送喜糖。看到她一脸幸福地依偎在新郎的肩头，让长她一岁的我心生羡慕，由衷送上了祝福。谁知这一别沧海桑田，竟然过去了三十三年！

2015年春，我和几个同在怀柔插队的同学相约来到各公社，看望曾经的伙伴。我按照记忆来到了晓华的家，熟悉的院子和瓦房不见了，代之以两层小楼。我见到了晓华的妈妈和弟弟，得知吴先已经于1987年因患心肌梗塞去世，年仅六十一岁。晓华因为做房产中介，已搬到县城去住了。

当晓华妈妈拨通晓华的手机，让我跟她通话时，我只问了句："晓华，你听出我是谁了吗？"电话那边立刻传来熟悉的声音："你是钮敏姐！"一不做二不休，告别晓华妈妈和家人，我立即赶到了县城。

只能依稀从五官看出原来样子的晓华，如今已是一对龙凤胎外孙、外孙女的姥姥了。"你不是说过最喜欢看春天的我吗？现在的我还能看吗？"任由喜悦的泪水在脸上流淌，二人相拥时我这样问她。"无论再过多少年，姐长成啥样我都爱看。而且不光春天，是一年四季！"

"妹夫呢？"

"离啦！"

"还记得那年你俩去我家，你可是幸福得一塌糊涂啊！"

"你成长了他还原地踏步，生拉硬拽也没用！本来想拖个两年试试能不能回到过去，结果人没回来，倒把情分耗没了，他出轨了。领完证那天，我回家后干了一锅面条！"

"那你有什么打算？你比我还小呢。"

"小啥呀就差一岁。我好不容易熬成一个人了，再找也没地儿搁呀！围墙里的事儿都经过了，还有啥好奇的？再说，有了外孙和外孙女之后，我忙得连得病都没工夫啊！"

还是如前一样的快人快语！

"叔叔的事儿我听阿姨说了，想当年他驮着大米骑着自行车去看我，直到今天我这心里头都过意不去。"

"老爸毕竟去世快三十年了，四个月前我大弟刚刚去世，到现在我还没缓过来呢。"

终于理解了为什么晓华的容颜变化这么大，原来在我们分别后的三十几年里，她经历了这么多常人难以承受的生离死别！唯一不变的是她通达乐观的天性。

晓华，就按咱俩约定的，这辈子都做姐妹！

2015 年 1 月 17 日于北京

定安印象

　　海南各大市县都有自己的宣传标语，这些标语字数虽然不多，却能体现各个地方的资源特色和价值取向。比如我去过次数较多的三亚，口号是"美丽三亚，浪漫天涯"，再有就是定安，它的口号是"静美定安，祥和家园"。乍看两个地方的口号，一动一静，一个浪漫，一个现实。但真正给我留下更深刻印象的，不是人山人海的三亚，而是人迹罕至的定安。

树的随想

　　狐尾椰子、丝葵和榕树　2016年冬，我来到海南定安度假。在小区散步时，我看到这样两种树，狐尾椰子和丝葵。因为距离相近，两棵树的叶子缠绵相交，而树干却一棵光滑如帛，一棵长满倒刺。也许这样的"互补"才能使其长久和睦相处吧？试想如果两棵树干或都光滑或皆长刺，岂不是前者了无情趣后者又针锋相对？

　　同样在小区里，我看到了两棵合体的榕树。它们原本各自独立，然而左边的那棵由于不断向右边那棵倾斜靠拢，直至与之融为了一体，树干的周长也萎缩成不及右边那棵树的三分之一。如此倾情忘我固然令人唏嘘，细思却为其失去自我而喟叹！

　　美人树　有了前次树的随想，在小区散步时，我便格外留意独具南国特色的其他树种。一棵全身长满钉刺的"怪树"吸引了我的眼球，我好奇地用手试探着触碰其中一根刺，还真扎手！我向门卫打听这棵"怪树"的名字，对方抱歉地说他也不知道。"怪树"高约七米，直径约三四十厘米，绿色的树皮，从树脚一直到树梢，密密麻麻地长满了锥状的刺，每一根刺约一厘米长，整棵树就像穿了一件天然的防护外衣，令人不敢接近。

　　经从网上搜索得知，这棵全身长刺的"怪树"有个很好听的名字——"美人树"，又称美丽异木棉，属于木棉科，原产地是南美洲的巴西、阿根廷等地。每年晚秋时开花，满树姹紫嫣红。它是绿化和美化公园、庭院、人行道的高级树种，极具观赏性。但是，因为浑身都长满了树刺，所以只能看不能摸。

　　过去只知玫瑰带刺，今天认识了美人树。由于具备天然的防护能力，所以美人树很少病害。季节关系，无缘得见美人树花开时的绚丽多彩、美丽动人。不过，倒也给人留下无限想象的空间。

　　护花树　对植物有所研究的人也许会质疑，从没听说过有这么一种树啊？的确，"护花树"的树名是本人给取的。

　　某日，我行走街头，偶然发现路边一棵已经被包好护衣的树与众不同——裸露部分探出了一朵娇艳的牵牛花。

　　受冷空气影响，海南当时经历了多年来少有的强降温天气。我猜想：肯定是园林工人在给树木包护衣时，发现了这枝攀附在树上的牵牛花。因为花的藤蔓盘根错节无法移走，于是好心的园林工人手下留"花"，在护衣上开了一个"窗"。

　　慈悲为怀的园林工人，匠心缔造了"护花树"，更赋予大自然一份温馨、雅致与神奇。

菠萝蜜和五花肉

看到这个标题也许有人会发问，菠萝蜜和五花肉，两个风马牛不相及的食物之间能有什么关联呢？

有"热带水果皇后"美誉的菠萝蜜，吃起来味道香甜又很清爽，我和女儿在三亚度假时经常买它。那里的水果商贩们都是把菠萝蜜一块块剔出来，放进一个塑料盒里，非常方便。来到定安后，我们漫步农贸市场水果摊，却不见剥好的菠萝蜜果肉。只见台子上放着一个如巨石状的菠萝蜜，你要多少，小贩们便在"巨石"上拦腰整切多少，理由是这样更利于保鲜。这天，我拎着切下的约五分之一大的菠萝蜜，又来到猪肉摊，买了一条五花肉。

回家后，我望着硕大的菠萝蜜，真有一种老虎吃天，无从下口的感觉。我试着用一把锋利的水果刀切菠萝蜜，在费了九牛二虎之力剔了一盘菠萝蜜果肉后，发现双手粘满黏黏的白色胶状物。于是，我用洗手液反复洗，打开煤气灶用火燎，但怎么都去不掉，只得暂且作罢。

到了做午饭的时间，我开始切五花肉。红烧五花肉是女儿的最爱，隔三差五我就要给她做上一回。我把五花肉切好用水洗手时，奇迹出现了！满手的胶状物在切完肉之后纷纷脱落在水中。

这究竟是什么原理呢？怀着强烈的好奇心，女儿上网搜了一下，她边看手机边念给正在做饭的我听：菠萝蜜的黏液属于有机物，不可溶于水。还由于其特有的黏性，一般弄到手上会很麻烦。因此，当你要去除这些黏液时，需要用有机溶液如酒精或食用油等擦一下，效果会比较好。

原来如此！

由此我联想到，如果在剔菠萝蜜前，我用五花肉把手和刀具充分抹一遍，那些黏液不就粘不到手上了吗？而且，我这个用五花肉去除菠萝蜜黏液的方法，比用酒精或食用油更方便经济。既能品尝到味美鲜甜的菠萝蜜，又吃上了香喷喷的红烧五花肉，一举两得啦！

真是实践出真知啊！我对女儿说，"要不要班门弄斧，向海南的水果商贩们介绍我的这一'经验之谈'？可以预见，率先支持这一'经验之谈'的，肯定是参与捆绑销售的猪肉商贩们。你说呢？"女儿听后立马赞成说："嗯，这个可以有！"

实在的生意人

之所以多次来到定安，是因为有个好友在这里买了别墅，但是她还没到退休年龄，一年之中也就是春节期间过来住上半月左右。所以，邀请我到她位于定安的家居住写作，并告诉我这里突出的特色是安静。

安静归安静，美中不足的是住的地方离菜市场远了些。这么说吧，当我做鱼时发现没葱了，就为这根葱去趟菜市场，徒步往返要四十分钟。

这天，想吃韭菜猪肉馅儿饺子了。因为路远，我一想赶早不赶晚，一大早就来到了农贸市场。驻足一个猪肉摊前，我对长相憨厚的卖肉小伙儿说："请来一斤猪肉馅儿。"对方略带歉意地对我说："阿姨，真对不起，我这里没有现成的肉馅，要不我帮您剁一下吧？"说着话，只见他拿起一把大刀，将一条肉从45度角横着切，底部不切断。切完一面后，将肉翻过来，在背面从45度角竖着切，底部还是不切断。然后，从整条肉上面90度角横切到底，开始剁起馅儿来。

眼看着来他摊上买肉的人越来越多，他客气地对买主们说："稍等一下，我马上就好。"个别买主等不及，到别的肉摊去了。见此情景我有些不落忍，对小伙儿说："差不多就行啦，别耽误你做生意。""没关系，再剁细点吧，要不不好煮熟。"因为小伙儿用了前面的窍门，后面只用了两分钟左右，肉馅儿便剁好了。

递上肥瘦相宜、精细匀称的肉馅儿，小伙儿客气地向我道了句："抱歉阿姨，让您久等了！"影响了他做生意，还向我道歉。从卖肉小伙儿身上，我体会到了定安的宣传标语"祥和家园"四个字，真的不是一句口号。

多少年没吃剁肉馅儿的饺子了，咬一口，便吃到了里面实实在在的肉粒，加上香气四溢的韭菜和鲜美浓郁的汤汁，身在异乡的我由衷地赞叹了一声：家的感觉真好！

2016 年 1 月 23 日于海南定安

爱在人间

真爷们儿

2015 年年底，小妹和小妹夫双双赴爱琴海旅游，在爱琴海处处留下他们的恩爱倩影。回酒店的路上，小妹忽觉手腕有些空落，一看不由得大惊失色——原来，小妹夫送她的白金手链不知何时不翼而飞了！小妹赶紧打开手机看二人在爱琴海边的合影，发现自己那高举的手腕上已空空如也。也许，白金手链在她跳"海上芭蕾"时已被甩入爱琴海中了！

为了不让老公扫兴，小妹一路隐忍着。回到酒店后，小妹夫还是从她难掩的郁郁表情看出了端倪。问其缘由，小妹如实道出。

原以为老公不怪她已是谢天谢地，万没料到小妹夫张口来了句："这手链伴随你满世界跑，好几次都有惊无险，今天终于丢了，何况是丢进了爱琴海。再给你买个更好的不就结啦！"一句话，小妹夫的大度、幽默，更有对小妹三十年的爱意尽在其中。

无独有偶，一次，我在海南的某餐厅用餐时，老板的母亲帮忙拿餐具，只见她把消过毒的碗碟打开，又用开水烫了一遍摆在我们面前。我道谢后说："麻烦您再拿两双筷子。"老太太赶紧拿过筷子，以略含歉意并自责的口吻说："看我老糊涂了，把最主要的事给忘啦。说起我这糊涂劲，前几天下雨，我一大早打着伞去外面扔垃圾，结果把伞一起扔了。下午要出门发现伞没了才想起来，跟我家老头一说，他来了句：'咳，不就是一把伞吗？只要你不把存折扔了就行啦！'"

这两件事让我由衷感叹，两个男主人公都不愧是真爷们儿。有了这样的真爷们儿，夫妻间少了多少误会争吵、是非口舌？平时，我们总在各类影视、小说等文艺作品中为那些真爷们儿感动着，以为那不过表达着人们的一种希冀。通过以上两则真实的故事，你是不是觉得其实真爷们儿就生活在我们身边呢？

母女俩

2016 年年初，我来到海南三亚度假。一天在酒店吃早餐时，在我对面坐着一对先到的母女 (因长得太像，一看便知)。容颜娇俏、留着一头瀑布般披肩长发的女儿向我打听，是否也向所住酒店每天交九元的税钱。在得到我肯定的答复后，姑娘说："也不知道其他酒店有没有这个规定，反正我是头一回听说。"姑娘说这话的时候，我发现在同桌用餐的一个着装时尚的中年妇女，不自觉地用不屑的眼神瞟了她一眼。

姑娘显然没有注意到这一细节，接着对我说道："听说话就能感觉到您身体真好，中气特足。""还好，谢谢！"我看了一眼她身旁衣着得体、风韵犹存的妈妈说："你妈妈身体和精神看上去也很不错呀！"但见姑娘冲妈妈挤眉弄眼地一笑，却什么也没说。妈妈用疼爱的眼神看了女儿一眼，然后向我报以礼貌的微笑。

随便聊起别的话题，姑娘告诉我她在俄罗斯读研，趁着放假回国，用自己打工攒下的一点儿钱陪妈妈来三亚旅游。我一下子明白了，姑娘为什么连每天几元的酒店税钱都那么"锱铢必较"，原来，她是在用自己国外留学期间辛苦打工挣的钱陪妈妈旅游啊！我问母亲，女儿在俄罗斯留学，你没过去看看她顺便旅游一下吗？因为我在女儿留学俄罗斯期间，曾经去圣彼得堡看她。既享受了天伦之乐，又游览了金碧辉煌的冬宫和潾潾碧水的涅瓦河。"还没去过呢。"妈妈回答完这几个字后，母女俩又是相视一笑。

母女俩用餐完毕，跟我打过招呼，女儿便走到了母亲身后，把妈妈的座椅向后拉。我正奇怪姑娘为何有此举动，让我泪奔的一幕出现了——原来母亲是坐在一台轮椅上！而在刚才整个用餐交谈过程中，我对此竟毫无察觉。

母亲因何坐在了轮椅上？女儿不在身边的日子里谁来照顾她？如何陪着坐在轮椅上的妈妈游三亚？一系列的问题一齐涌出了我的脑海。但是，喉头仿佛被什么卡住了一般，我一句话也没有问出口。

"姑娘，照顾好妈妈！"我极力克制住如酒店前的三亚湾海浪一样起伏翻涌的心情，笑着与这对母女挥手告别……

感恩的心

受朋友之邀，赶赴东莞为一场"形象大使"比赛当评委。前一天的傍晚，我乘机至深圳宝安机场，朋友特意预约了一位模范出租车司机吴师傅为我接机。

"模范"二字果然名不虚传，吴师傅提前一小时便来到机场等候。就像掐好了点儿一样，飞机落地我刚刚打开手机，他的电话便打了进来。上车后，我看到吴师傅穿着整洁，车里也很干净，一上来就给人一种很舒适的感觉。

车子刚开动，吴师傅就提示我车里备有矿泉水和充电器。我打开一瓶矿泉水，边喝边夸赞吴师傅车开得稳，他说："我一是想象着乘客手中端着一杯水，要保证把车开得不让乘客手中的水洒出来那么稳；二是我一直把乘客当成自己的老板，为老板开车不稳行吗？"

听到吴师傅一番话，我心想，这个司机真是与众不同啊！这时，吴师傅又开口了："请问，您想听什么音乐吗？因为到东莞要一个多小时，如果您想休息，我就不放音乐了。"

我更觉得这辆车真是太特别了，于是我没提出要听音乐也没有休息，而是和司机聊了起来："我坐别的出租车时，放不放音乐这件事，几乎所有司机都没有征求过我的意见。你已经为乘客提供了这么多方便，还在这件小事上如此体贴入微，真是难能可贵呀！"

吴师傅回答道："其实一开始，我也和大多数司机一样，只管接送不问其他。有一次，一名乘客满头大汗上车后，我随手递给他一瓶矿泉水。结果，他要了我所在车队的联系电话，过后为我送去了一封表扬信。一个举手之劳，赢得客户如此赞誉，是我之前完全没有想到的。我被评为模范司机后，更是好评不断。除了收入，上涨的还有我的人气。这不？每天都有很多乘客争相预约我的车，您就是其中的一位。所以在我内心，'乘客就是上帝'这句话真的不是一句口号，我现在所做的只是对上帝的感恩和回报。"

吴师傅的肺腑之言，让我想到人们在感恩节常说的八个字："心怀感恩，成人达己。"

　　　　　　　　　　　　　　　　　　　　　2016 年 10 月 28 日于北京

我的妈妈

　　亲爱的妈妈离开我已经整八年了。在妈妈与我五十三年的母女缘中，给我留下最难忘印象的，当数十八岁前的往日时光。

　　永远难忘 1975 年 4 月的那个早晨，道路两旁站满了欢送知青上山下乡的家属、老师和朋友。妈妈专门请假，送年仅十七岁的我去农村插队落户。她用慈爱的目光注视着我，许久都没有说话。本来，因病曾休学半年的我是可以办病留的。但是，我坚持要去广阔天地"铸一身铁骨，炼一颗红心"。对于我的决定，妈妈给予了最大的理解和支持，我发自内心地感谢她。

　　从我记事开始，忙碌一天下班回到家的妈妈，先是帮着带我们的姥姥做饭，晚饭后又领着我们三姐妹进行评比，包括自评、互评，最后征求外婆的意见。妈妈还把每周的评比表贴在墙上，亲手用红纸剪了红旗、五角星和飞机。优秀者得"红旗"，第二名得"五角星"，第三名得"飞机"。当时我八岁，大妹六岁，小妹三岁。

　　也许小妹年龄太小，还不懂得名次的重要性，即使被评了"飞机"，也照样高高兴兴地让我背着她，从小屋走到大屋，去看那墙上的"飞机"。大妹则不然，为了得"红旗"，刚上小学一年级的她，下学回到家就抢着扫地、抹桌子，因此，总得"红旗"。一天，因为外婆说了大妹什么之后她回了句嘴，晚上评定结果是"五角星"。就为没得"红旗"，大妹哭肿了眼睛。

我不得不赞叹，近五十年前妈妈搞的"评比"，即使是在半个世纪后的今天仍不过时，它对我们的成长起了至关重要的作用。从小学到高中，凭借出色表现，无论班级还是学校评选先进，我几乎没有落选过。但我性格中的要强，过于追求完美，显然也与此有关啊！

送我们去郊区插队的车要开了，妈妈轻轻拍了拍我的脸颊说："去吧，对你，我一百二十个放心！"

百分之百都不够，还要再添上二十！这就是妈妈给予我的最大理解和支持。

知青宿舍盖在紧挨大队部和书记家的中间地带，为的是便于管理。知青和社员们一起上工、收工，只要努力干，工分可以和社员一样。

我是近视眼，担心和贫下中农有距离，就摘下了眼镜，每天在模模糊糊中奔向田间地头。结果不是镰刀砍了手背，就是锄头刨了脚面。收工后常是挂彩归来。

"三夏"大忙季节，我和社员们一起白天割麦子，晚上到场院脱麦粒，曾经创过一连三十二小时不睡觉的纪录。第二天下午，面对一望无际的麦浪，我割麦子的动作越来越慢，又累又困，几乎随时就要歪倒在田间。

农忙还好，一闲下来我就开始想家。转眼中秋节即将来临，中秋前夕，我写信与妈妈约定：阴历八月十五晚八点，我站在村头对着明月喊一声"妈妈！"您千万记着要答应一声呀！

中秋节当天，我用来农村前妈妈给的零用钱，到村里的小卖部买了两块"自来红"月饼。晚八点整，按照和妈妈的约定，仰望明月，我深情地呼唤了一声："妈妈——！"立时，眼泪如断线珍珠般流淌而下。蘸着泪水，我咬了一口月饼，冰糖桂花馅的"自来红"变成了甜咸味儿……

我所在的生产队有一项副业——填鸭，据说这是做北京烤鸭的唯一原料鸭。这种鸭子一般长到三十多天后就不爱吃食了，要用一种含糖量很高的柱状饲料塞进鸭嘴里，使其快速增肥，直到体重达标。人们常把学校一味灌输式的教育讽喻为"填鸭式教育"，我可是亲眼所见。

在填鸭房里，我看着饲养员挨个儿给上百只嘎嘎叫的鸭子填食，把饲料管强行塞进它们嘴里，同时点击食泵，只听得咕噜一声，鸭子刚刚还是瘪瘪的肚子像吹气球一样忽地鼓胀起来。也许是一口气没捯上来，有两只可怜的鸭子当场毙命。只见饲养员举着死鸭子对我说："这两只鸭子卖给你了，两块一只。拿回家去孝敬老妈吧！"

填鸭提供给城里的烤鸭店，每星期队里都要开着手扶拖拉机送鸭子进城一次。农忙时我不敢想，入秋后闲下来了，手里又有两只准备孝敬爸妈的肥硕填鸭，于是我和队长告了一天假，当天晚上跟着鸭子车走，第二天晚上再跟车回来。

手扶拖拉机突突突地欢叫着，停在我家门前，"妈妈，我回来啦！"我的不期而归吵醒了已经熟睡的全家，看到我，爸妈高兴得脸上笑开了花。

车子去送填鸭，我可以有整个儿一个白天跟家人在一起。妈妈忙不迭地做我最爱吃的芝麻酱花卷和梅干菜烧鲫鱼，一个劲儿说："多吃点儿补补吧，都瘦成什么样儿啦！"那感觉，就像让我瞬间补上多半年的亏空似的。两个妹妹在旁边，看我狼吞虎咽的吃相赛着起哄。

"挨过饿吗？"看着妈妈满眼的母爱，我心里立刻像打翻了五味瓶。

我怎么能忘呢？一次中午收工回知青点，饥肠辘辘的我顾不上洗手，拿起饭盆就往食堂跑。可进食堂一看却是锅冷灶凉。大师傅告诉我，停电了，没法儿做饭，什么时候来电还说不好呢！我知道，做大锅饭必须使用炉灶吹风机，一停电，大师傅难为无电之炊。

我走到压水井边，咔啦咔啦压上来一大杯清水，咕咚咕咚喝下肚，继续去出下午的工。那天，我干的活儿是在高粱地里轰麻雀。饱满的高粱头如同举着通红的火把，却挡不住贪吃的麻雀为嘴扑"火"。我用一根长长的竹竿，上面系一条长长的带子，从田头到田尾不停地边走动边用力挥舞，才能驱走不停落在高粱头上的麻雀。

走了十几个来回，我已经饿得眼冒金星，脚下像踩了棉花。调皮的麻雀们好像故意跟我作对，呼朋引伴地越聚越多，在一个垄里轰已经不行了，我不得不一道垄一道垄，成 S 形跟跟跄跄地去一遍遍轰赶。

"钮敏！"一声呼唤透过密密匝匝的高粱地传了过来。我举起长竹竿向声音发出的方向挥舞。来人走近了，一看，是家住知青点旁边的肖大叔。

"饿坏了吧？"说话间，肖大叔一层层打开手中的白色笼屉布，把几张热腾腾的烙饼递给我，里面还夹着香喷喷的摊鸡蛋。

"大叔！"无限感激和一丝委屈立时涌上心头。在我印象中，那是迄今为止我吃到过的最最好吃的烙饼摊鸡蛋……

望着妈妈关切的神情，我拉长了声儿说："关心我的人多着呢，您——就——放——心——吧！"

年底了，我领到挣工分得的九十五元八角零五分，拎着队里发的新稻米、红薯、黏高粱、小米等，高高兴兴地回家过年。我把钱悉数交到妈妈手中，包括那枚五分钢镚儿。就在那一刻，我看到妈妈的眼圈儿红了。

回到生产队，我一件件从包里取出妈妈为我精心准备的肉末炸酱和香油咸菜丝。收拾衣服时，忽然发现在衣服包里夹着一个信封，打开一看，里面装着一沓钱，整整一百元。我立刻明白了，那是妈妈悄悄塞进去的。

"谁言寸草心，报得三春晖！"

2018 年 2 月 27 日于北京

姥　姥

　　我的姥姥周桂英是江苏人，生于 1897 年，有着一双走路带风的半大脚。姥姥之所以是半大脚，还要从她四五岁时太姥姥为她缠足说起。缠足，通俗的说法就是裹小脚，是始于北宋后期的一种陋习。要用长长的布将女孩子的双脚紧紧缠裹，使其畸形变小，而且还要弓弯。所以，一直要裹到成年骨骼定型后才能将布带解开，达到"三寸金莲"。姥姥被裹足后疼痛难忍，她实在受不了这种摧残，背着太姥姥把裹脚布解开。被太姥姥发现后急得不行，对姥姥说必须裹，不然你一辈子都嫁不出去了。然后，让人帮忙按住姥姥的脚再次裹上。可是，倔强的姥姥不听这一套，接着解。就这样，裹了解，解了裹。最终，太姥姥拗不过她，只好随她去了。所以，就有了姥姥独一无二的半大脚。

　　成年后的姥姥不仅没有如太姥姥所担心的嫁不出去，而且嫁得挺好。还先后生了八个孩子，我妈妈排行老五。姥姥的公公是开私塾的，但是那个时代不让女孩子读书，刚嫁过去那阵，姥姥经常趁大人不注意时偷着听课。结果识了不少字，但是不会写。姥爷是开当铺的，姥姥负责给店员们做饭。她有一手好厨艺，最拿手的是红烧狮子头、裹粽子、包汤圆、葱烧黄花鱼。

1954年姥爷病故，三年后我妈妈生下了我。因为妈妈怀我七个月时在雨天不慎滑了一跤，我早产了。六十岁的姥姥闻讯后，变卖了全部家产赶来北京，那时我还在"仿子宫"育婴箱里呢。就这样，姥姥从一个小猫一样大的早产儿开始带我。从两岁开始，就带着我一年去一次江苏老家和上海，看我的几个舅舅和姨。多亏了她是半大脚，乘船时，码头的台阶很高，姥姥一手拿着行李，一手把我扛在肩上，一步一步地迈下高台阶。随着我的两个妹妹相继出世，都是在四岁会走路后跟姥姥回的老家。因为姥姥已年近七十，扛不动她们了。

我小舅舅从北京交通大学毕业后的头几年，被分配到内蒙古铁路局工作。因为惦念着小儿子，姥姥每月都要让刚上小学二年级的我代笔给舅舅写信。姥姥说一句，我写一句，写完后请姥姥过目。写得好，姥姥会抚摸着我的小脑瓜夸上两句，写得不好，她就会皱起眉头说："你怎么越来越倒缩回去了？"我猜想，倒缩就是退步的意思吧？于是下一次再写信的时候便不敢懈怠。姥姥看到我进步了又不断加码，让我分别给在江苏和上海的两个姨娘和大舅写信，加上给小舅舅的信，几乎平均每周要写上一两封。现在回想起来，我后来喜爱上写作，应该和童年为姥姥代笔给几位长辈写信不无关系。

父亲刚出生时，我奶奶就因难产去世了。从来没有感受过母爱的父亲一直把姥姥当作母亲，对姥姥十分孝敬，并且让我们称姥姥为奶奶。但是为了不给各位看官造成混乱，我还是"违心"地继续称呼姥姥吧。

姥姥有三绝，第一绝是过目不忘。从我记事的时候起，看到姥姥经常手捧一本书边唱边读。我们姐妹三个经常缠着姥姥讲书里面的故事，她总能把看过的情节绘声绘色讲得八九不离十。就这样，我第一次从姥姥口中知道了《聊斋》《西游记》……姥姥的第二绝，是能为胳膊脱臼的小孩儿关节复位。每当大人们抱着胳膊脱臼的孩子来到我们家后，本来耷拉着胳膊、哭得惊天动地的小可怜，经姥姥一捏一弄，三下两下，咔的一声，关节就复位了，立马破涕为笑。姥姥的第三绝是给发面使碱。这在北方人不足为奇，但是姥姥是南方人，入乡随俗向北方人学做面食后，自己发面蒸馒头，每次放的碱水都特别合适，蒸出来的馒头个个蓬松雪白，从来没有碱小发酸或碱大发黄的情况。姐妹三人总是喜滋滋地拿起一个大白馒头，噗地一咬，没过了鼻梁。

姥姥说话的生动风趣让我至今记忆犹新。大妹出生后，姥姥看她壮实得像个男娃，说大妹是"生的辰光（时候）跑得太快，脱（掉）下了一块肉"。她烙的饼焦黄喷香，每出锅一张，就把饼切成一角一角的。我放学回家，看到盘子里切好的烙饼馋到不行，吃了一块后更勾起了馋虫，于是又拿起一块。姥姥带着七分疼爱三分责怪的口吻对我说："你这左一块右一块的，还吃不吃晚饭了哟？"我委屈地为自己辩解："人家就吃了两块嘛！""对呀，那不是左一块右一块吗？"

1966年"文化大革命"开始后，因父亲的家庭出身问题，造反派闯进我家抄得个天翻地覆。我家住一层，原来单元门口的对联是红底儿写着黄字的"春风杨柳万千条，六亿神州尽舜尧"，横批是"江山多娇"。但是，在我家被抄的第二天，单元门两侧的对联改写成了"金猴奋起千钧棒，玉宇澄清万里埃"，横批"造反有理"。很多人围在我家的窗根底下叽叽喳喳地说三道四。为此，妈妈气病了，爸爸唉声叹气，只有姥姥不信这个邪。当时还是春寒料峭，姥姥穿上一件毛衣外套，叫父亲拿着相机走出家门。只见姥姥站在单元门口的"金猴奋起千钧棒"一侧，头顶着"造反有理"四个大字，在众目睽睽之下双手叉腰对父亲说："来，给我拍张照！"本来围着看热闹的人一看这阵势，立刻散去了。这张照片我一直珍藏至今，现在看姥姥当时那气势，用霸气侧漏来形容一点儿不为过。

转眼间我上了初中，还当了班长。我们班有个女同学家境特别困难，父亲去世，母亲瘫痪在床，还有个未成年的弟弟。我和同学们帮她拾过煤核，捡过破烂，还经常把家里的粮食拿了送到她家。这天下学后，我回家拿起半袋面就要往外走。因为经常干这事儿，姥姥知道我肯定是要给那个女同学家送去，赶紧在我身后喊道："回来，你还没拿酵头呢！"过去发面，都要揪出一块儿留着下次发面时用，这块面就是姥姥说的酵头，北方人称为面肥，相当于现在的酵母。等我拿了酵头，姥姥又装了十几块红薯让我一并带去。六七十年代，每次买红薯，都是姥姥拿着小板凳，排几个小时队才能买上的。心疼姥姥买来不易我没舍得拿，善良大度的姥姥舍得。

因为我是早产儿，姥姥总认为我先天不足，平时从不让我干洗衣服等重活儿。姥姥不会用搓衣板，每次洗衣都是用手搓，一洗一大盆，冬天冻得手通红。有一年冬季，我为参加运动会每天练长跑，结果得了肺脓肿休学住院治疗。姥姥知道我爱吃她包的猪肉雪菜馄饨，每天把包好的馄饨煮熟放到饭盒里，再用毛巾裹上，因为怕汤洒出来，几乎是手捧着走两三站地给我送到医院。进病房后，除了催促我把馄饨"快趁热吃掉"，就是一遍遍从头摸到脚看我是不是还在发烧。初三时，《北京市中学生作文选》登了我的一篇作文，和那个学期的语文书一起发到全班每个同学手中。姥姥看到作文选里我的文章，高兴得半天合不拢嘴。她拿着书逢人便骄傲地说："你们快看，这里厢（边）有我大外孙女写的作文。"

年幼时，我心目中的姥姥，一直是那个年代的女能人形象。但是一个偶然让我发现，其实，大度、能干、幽默的姥姥也有着"脆弱"的一面。一天放学回家，我看到姥姥在用一方手帕擦拭眼睛，便关切地问："姥姥，您怎么了？哪儿不舒服吗？"姥姥告诉我，白天她去隔壁王奶奶家串门，王奶奶问她老伴儿是哪年去世的，姥姥对她说姥爷去世十二年了。王奶奶看着她叹息了一声说："唉，莫得（没有）人疼哦！"那年姥姥六十九岁，已经接近古稀之年，还在为王奶奶最后的一句话暗自垂泪。这一幕如刀刻石凿般地烙在年幼的我记忆最深处：女人无论到了多大的年龄，都渴望有人疼爱。

1972年我上了高中，小妹也已经上小学六年级了。姥姥见我们姐妹三人已长大，便要去南方帮小舅舅带孩子。爸妈担心她已年逾古稀身体吃不消，一再劝说阻拦。但是姥姥坚持认为自己身体硬朗得很，最终还是去了，谁知这一去便是永别。九个月后的1973年6月25日，姥姥因突发心脏病永远地离开了我们，享年七十六岁。斯琴高娃主演的一部电影，片名叫《世界上最疼我的那个人去了》，我的感觉正是这样。在得知姥姥去世当天，我虽然坚持着去上学，但几节课都是坐在教室的一隅，偏过头去默默流泪。我曾想过，也许从那天起，这辈子我都不会再笑了。

　　四十五年过去，我也进入了姥姥初来北京时的花甲之年。至今，我还珍藏着姥姥坐在楼门口纳凉时用过的蒲扇、坐过的小椅子和睡觉时铺过的枕巾。

　　天堂里的姥姥，您一切都好吗？

2018 年 6 月 25 日于北京

初　恋

　　于秋荣曾是我初中的同学，上到初二第二学期时转学走了，便再没有了她的音信。一直到四十五年后，也就是 2016 年秋的一天，从一位与秋荣是小学同学的高中男同学那里得知了她的消息，看这弯儿拐的。

　　从那个男同学口中得知，秋荣转学后上了高中，毕业后分配到平谷插队落户。后来，她嫁给了当地的一个男青年，至今生活在那里。说着话，递给我一本由他主编的小学同学纪念册让我过目。从第一张合影中我一眼就认出了秋荣，当年的长辫子代之以干练的短发，还是那两道浓密的眉毛、一双明亮的眸子、两片薄薄的嘴唇。从后面每个同学的主页上，看到了秋荣夫妇当年的黑白合影照，她的丈夫帅到让我联想起了《庐山恋》中的郭凯敏。"我想见她，哪天聚会，甭管以谁为单位，你都叫上我啊！"

　　很快，那个男同学告诉我，他把我的话转给秋荣了，秋荣说要在她平谷的家中搞个小、初、高"三合一"的同学聚会，我理所当然地受到她的邀请。见面那一刻的激动之情自不待言，当我们相拥的那一刻，秋荣竟然一下子说出我在哪儿上的小学！真不记得我何时告诉过她了。接着，秋荣指着身边一位身材高大、头发已花白的男士说："这是我先生，他姓贾，叫贾建林，比咱们都大，你就叫他贾哥吧！"现实中的贾哥依然很帅，只是

北京
艺虹照相

回城两年后，秋荣嫁给了贾建林。三十八年过去，夫妻二人风风雨雨走到今天。

感觉像陈佩斯的话剧《托儿》中的郭凯敏了。

白天没有聊够，晚上，我和秋荣一同住在酒店的双人间，二人彻夜长谈。"秋荣，想当年我插队怀柔，也看上了当地的一个复转军人，下地干活儿时，我时常用眼角的余光偷瞄他挺拔的身影，有时竟忘了手中的活计……结果，他被大队广播员抢跑了。贾哥人好还那么帅，你抢跑了他，多少当地的姑娘恨惨你了吧？"

"哈哈，瞧你说的。不过话说回来，当年建林周围的女同学还有同村的姑娘追他的还真不少。

"我十九岁高中毕业后插队去了平谷，先认识的是建林的姐姐，然后去她家玩儿的时候见到了建林。一开始他都不怎么跟我说话，谁知蔫人出豹子。没过几天，割麦子的时候，他嗖嗖嗖飞快地把自己那垄割完，然后在垄的那头接我。渐渐地，我对他也心生好感。再后来，一见到他我心头便如小鹿突突乱撞。初恋的感觉，夹杂着甜蜜、羞涩、矜持、期盼和不安。

"有一天给棉花打杈，我正在专心致志干活儿，一张卷好的纸条飞到了我眼前的棉花秧子上。我展开纸条一看，是建林约我晚饭后到村东头的机井房见面。结果，我俩幽会时被巡逻的民兵发现并反映到了大队部。当时我已经是村里的先进知青，这下还了得？负责知青的副书记让我在七十多名知青面前做检查并接受批判。一般知青插队不到两年就可分配回城，结果因为这件事情，大队扣了我三年多。

"建林的家人都很赞成我们的交往，他大姐还通过关系，把建林调到某部委下属的'五七'干校任职，先把农村户口转成了外地户口。相反，我妈妈和四个兄弟姐妹没有一人同意我们处男女朋友。我只是在父亲多年前去世时看过大哥掉眼泪，但是他在苦口婆心劝我回头的时候落泪了，因为那个年代城乡差别特别大。在我 1978 年 5 月分配回城后，建林拿着大米到我家来。我妈妈一见到他本分忠厚人又长得讨喜，态度立马就转变了。我二哥和我姐也从当初并不激烈的反对，转而态度有缓儿。建林一看有门儿，每次给我写信时都附上单独给我姐写的信，就这样先把我姐给彻底搞定了。

"两年后，我们结婚了。曾经负责管知青的那个书记也应邀参加了婚礼，一个劲儿为当年的做法向我赔礼道歉，说无论如何也没想到我真的会嫁给建林。"

听到这里，我被深深震撼到了！原以为秋荣是在插队时与贾哥喜结连理，没想到她是在回城两年后嫁给了他。由此可见二人的感情其深其坚了。

"结婚后，建林由外地调回平谷并转成了城镇户口，分配到农村信用社工作。夫妻过起两地分居的日子。我在城里上班，平时住在我妈家，建林两个星期来我这里一趟。直到女儿出生两年后的1984年，我回到了平谷，在一家新成立的水产公司工作，又过了两年，我升任政工科和综合办公室主任。带着女儿下乡时，四岁的她曾经被一只大鹅撵得哇哇大哭，还在暑热天长了一身的痱毒。

"差不多有六年，我们一家租住在一家低矮潮湿的民房里。因为地处下坡，每天都要晒被子晚上才能入睡。后来，经过县长特批，建林的单位分给他一套连厅都没有的老式小两居。虽说小了点儿，但起码不潮湿了呀！

"其间还有一个小插曲，本来我们单位给了我一个去大连上大专的名额。可当时建林是信用社主任，白天工作晚上还经常值班，而且在带孩子做家务方面又是一窍不通。我婆婆有冠心病，还需要照顾。我无奈放弃了这次机会，留下了一生的遗憾。"

"那你没有因此埋怨过姐夫吧？"问秋荣的时候，我也在想如果换做自己该如何选择。

"没有。因为我觉得作为一个母亲，不能光考虑自己，孩子的成长更重要。"

"三十八年过去，你们夫妻风风雨雨走到今天。你又为这个家付出那么多，姐夫肯定像《正阳门下小女人》中的蔡全无对待徐慧珍一样，把'听您吩咐'挂在嘴上吧？"秋荣和贾哥的感情经历，让我联想到当时正在热播的这部由倪大红、蒋雯丽主演的电视连续剧。

"那不是电视剧吗？其实几十年里我们之间也发生过大大小小的摩擦，但是都为了女儿最终偃旗息鼓了。因为，我从心里一直觉得对不起孩子。在她那么小的时候，就让她从城里一下子来到生活、学习条件都很差的乡下，跟着我没少吃苦受罪。加上建林的性格随他父亲，比较温和。每当夫妻间有了龃龉，往往都是他先服软。

"相形之下，我婆婆性格比较强势。但是我和她关系一直处得很好。因为和其他几个儿媳处得不融洽，婆婆总来我家住。只要她一提出想过来住几天，我立马就让你姐夫把她接过来。婆婆总跟其他几个儿媳说：'就秋荣是好孩子，你们谁都不如她。'"

2018 年 10 月初，贾哥突发心脏病住进了医院。在看到一直身强体健的丈夫身上插满管子的一瞬，秋荣的眼泪如泉涌般直泄而出。当我得知这一消息后，心也一下子揪到了一起。

十余天后，秋荣给我发来一段视频，只见她和刚刚做完手术的贾哥同时用手比出了一个大大的心形，我揪着的一颗心瞬间被融化了……

2019 年 2 月 15 日于北京

情 书

2018 年 6 月的一天，高中男同学毛仲佳在朋友圈发了一篇婚礼上女婿对女儿独特的誓言，看着恍如影视剧中的情节。

"亲爱的老婆：在认识你之前，我只是一个活在小小细胞核里的 DNA 片段，就像脚下的这些 ATCG 一样，排着队在核内孤单而漫无目的地游动。你的出现，就像是 DNA 聚合酶准确地找到了我的启动子位点，在完美的时间、完美的场合，让我完成了人生的一次蜕变。也通过转录过程将我从小小的核内带向了细胞质这个更加广阔、更加精彩的新世界。相信我，在新的人生阶段，我们会完美地互补结合，编码出属于我们的密码子，翻译出属于我们自己的蛋白质，共同去完成生命的升华和迭代。

"在未来的日子里，我会将对你的爱写进我们生命中的每一个碱基对中，让它们自由复制，不断蔓延，不论进行几年、几十年的 PCR 循环，也依然能够在电泳中看见清晰的条带，永不褪色。或许以后的日子里，我们会经历一些意外的紫外光照射、电离辐射、化学物质侵害，但是，请相信我，无论是发生 in/del 突变也好，移码突变也罢，即使是产生了非同义突变，我都不会放弃。依然会牵着你的手，找到属于我们自己的那条最完美的 DNA 双螺旋！

"真的感谢遇到你，让我结束了多年的单链 DNA 状态。从今天起，请做我的管家基因吧！"

虽然这封情书通篇都是高科技术语，但我的第一直觉是读懂了。这篇爱的誓言，把世间最美的爱情，包括三观的一致、共同的志趣、语言、专业以及对爱的执着和全身心地交付等等，这些需要婚前具备和婚后培养的要素，全部囊括其中。

看到仲佳在朋友圈发的女儿和女婿婚礼的视频，我眼前立刻浮现出早在二十年前，仲佳曾带着还在上小学的女儿参加高中同学聚会的情景。当《让我们荡起双桨》的音乐响起，仲佳女儿大方地领唱起这首我们那代人耳熟能详的儿童歌曲。稚嫩的童声至今仍在耳边萦绕，一晃，伶俐的小姑娘成了美丽的新娘……

谈到女儿和女婿的恋爱经历，仲佳告诉我说：生物学专业是女儿和女婿共同的语言之一。虽然他们是经人介绍相亲认识的，但机缘巧合的是专攻的都是生物学领域。仲佳女儿是生物化学与分子生物学硕士，女婿是基因组学博士。

其实，仲佳女儿毛毛和女婿乐乐的恋爱经过，并不像人们所想象的那样一帆风顺，甚至还经历过一些反复。因为毛毛的性格属于慢热型，乐乐在与她初次见面后就非常喜欢，展开了热烈的追求，于是两人便开始相处了。大约一年过后，三十二岁的乐乐向二十七岁的毛毛提出了结婚的请求。但是毛毛还没有做好想要结婚的心理准备，便没有接受乐乐的求婚。之后，二人的关系冷却了一段时间，但是依然保持着联系。

在毛毛和乐乐的交往问题上，因为仲佳夫妇对乐乐的初步印象不错，所以是持支持态度的。但他们不想把自己的意志强加给毛毛，而是在一旁默默地关注着。

在女儿的成长道路上，父母曾经给过她很大的压力。尽管"五〇后"曾被人们说成是"被耽误的一代"，但是仲佳绝对是个特例。我们是"文化大革命"后的第二批高中生，记得上高中那两年，我和仲佳是同桌。他的学习成绩在我们班按现在的话说是学霸，当时的说法就是学习尖子。每次上数理化课时遇到老师提问，在他这里永远是正确答案。尤其给我印象深刻的是，物理老师在问遍所有举手回答问题的同学后，都要对着很少主动举手的仲佳点名说："毛仲佳同学，这道题请你回答一下。"每到这时，他都从容不迫地站起来回答，老师的脸上总会露出满意的笑容。

1977年恢复高考，仲佳报考了清华大学并被顺利录取。毕业四年后，与曾就读于北京大学的恋人喜结连理。妻子的父亲是教授，所以对女儿毛毛从小要求就很高，希望她将来能有更大的出息。而从小学到高中学习成绩一直很优异的毛毛，在高考前却没有报考如母亲所期待的清华和北大。在从某大学生物学系毕业后，毛毛进了研究所。由于她勤于钻研，工作踏实，很受领导赏识。有一年，研究所有一个美国耶鲁大学访问学者名额，几个博士毕业生都没有去成，毛毛被派去做了一年的访问学者。

毛毛去美国后，仲佳拜托他的一个大学同学带女儿参观了美国国家实验室。他曾经希望女儿能够在美国继续深造，毕业后寻找发展机会。但是毛毛坚持要留在国内陪伴照顾父母。看到女儿的成长，仲佳夫妇在倍感欣慰的同时，不再给予毛毛任何压力，包括恋爱婚姻。在细水长流的交往中，乐乐的执着最终打动了毛毛的芳心。又过了两年，二人的爱情之花终于修成正果……

一周后，仲佳又在朋友圈发了女儿、女婿婚礼的视频。其中有一个让人动容的环节：仲佳和毛毛一起步入婚礼现场，乐乐站在父女俩面前，由仲佳把毛毛的手交到乐乐手里。此时，现场响起了在国外婚礼上广为流传、感动无数人的歌曲 *I loved her first*（《我是第一个爱她的人》）——

> 看着你们那样共舞
> 双方沉醉于此刻，深情凝视
> 爱意漾溢，仿佛这里只剩你俩
> 整个世界旁人尽散
> 不久以前，她有我就足够了
> 我曾是在她心中排第一的人

她曾这样告诉我

而她对我来说仍意味着整个世界

但现在要把女儿交给别人，我还是觉得很难

而当我第一次看到你和她在一起时，我就知道

我迟早都会将她交付给你

被感动的泪水模糊了视线，我影影绰绰地看到同为高中男同学的贵锁在视频下面发表的感言。也许是感同身受吧，这个两年前已经把女儿许配他人的父亲，在评论区这样写道："精心养护了二十多年的花儿，叫一个瘪犊子（姑爷）给抱走了，有点儿失落感。但还是衷心祝福她们永远幸福！"

一番话，让还来不及拭泪的我瞬间破涕为笑！

2018 年 7 月 9 日于北京

人生观感四则

目睹与死神的较量

2015 年年初，因家人患大叶性肺炎入院，我昼夜陪护病榻前。虽疲惫不堪，所幸波澜不惊。然而，就在家人临出院的最后一夜，一场与死神较量的战役在病房内展开了！

一号病床是一位八十七岁的老太太，从两天前入院起，无论打多少针、输多少液，始终高烧在 39 摄氏度上下徘徊。打摆子、呻吟，老人痛苦不堪。家里三个女儿加一个保姆，昼夜守护在老人身旁，拼尽全力想尽一切办法试图为老人退烧，但是都没有奏效。一直鼓励老母亲"要挺住"的大女儿终于绷不住了，带着哭腔说："妈，您为什么得了这么遭罪的病？哪怕让我替您受一分钟也好啊！"

就在那天晚上，老太太痛苦的呻吟声持续了一夜，医护人员抢救了半夜。第二天清晨，抢救继续进行。当医生又要给老人抽血化验时，老太太的二女儿以近乎哀求的口吻说："大夫，您看我妈妈的血管都瘪了，能不再抽了吗？别让她受罪了……"医生回答："哪怕有一线希望，我们也要施救。"无奈，医生们竭尽全力的抢救最终无力回天，老太太的呻吟声渐弱，直至停止了呼吸。

出乎预料的是，亲眼目睹老人咽下最后一口气，三个女儿没有一人哭泣。她们默默地为老母亲擦拭全身、穿上寿衣。小女儿对身体逐渐变冷的母亲说："妈，我们再爱您也不能自私，不想看您再受罪了！您放心，我们一定会照顾好老爸的。"

原来，老太太的病已持续几个月，以发高烧就住院的频率算，已经数不胜数。难怪昨夜老太太的大女儿哭着说哪怕替母亲承受一分钟也好，二女儿哀求医生不要再给母亲抽血化验了。

当我陪家人走出病房时，向老太太的家属表示了哀悼之情。这场与死神的博弈，老人不可谓不坚强，医护人员尽职，儿女尽孝，尽管最后还是以不可逆转的结果宣告结束，但是没有留下遗憾。尤其是女儿们面对逝者的这份平静，比呼天抢地给人的心灵带来更多的震撼和抚慰。

事实并非如此

某日，年近花甲的我和一个女孩儿同时追赶公交车。本以为上车后呼哧带喘的是我，可事实并非如此。我只是呼吸稍有加速，而那女孩儿双手叉腰大口喘着粗气。

退休后，我以为会从此无所事事，可事实并非如此。应朋友之邀，每年我都要去到国内外各种帮忙，少则一两个月，多则数月。从欧美同学会到社区街道，各类社团组织活动频繁。从2013年起，在我出版了第一本纪实小说之后，便以每两年一本的出书频率一发而不可收。

过去，看到各种美食，我以为那是专业厨师的事儿，可事实并非如此。只要对着食谱践行，一道道美味佳肴，经过我的煎炒烹炸，纷纷飞上了餐桌，在家人和朋友的舌尖上起舞。每到一个国家品尝美食，我都要记住其中最有特色和简单易学的一种，回到国内践行和普及。比如日式咖喱饭、俄罗斯红菜汤、泰国的冬荫功汤和芒果饭……

面对身上的病痛，我以为它会从此如魔鬼般缠身，可事实并非如此。每天的写作，让我无暇去想还有它的存在。当涉及某些病症时，我又得益于这些"魔鬼"曾经附体，以现身说法将其描述得鲜活形象、呼之欲出。

看着儿时同学、伙伴的照片，我曾以为大多永远天各一方，可事实并非如此。自从有了微信，各路老友们以一带三，纷纷建立了初中、高中、大学、师徒群，阔别三四十载的一双双手，久久，久久地握在了一起……

所以，不要总以为如何如何，很多事实并非如此。若想生命之树常青，就要变"我以为"为"我自信""我能"，如此，相信你我的人生各个阶段都会很精彩！

拿　下

某天傍晚，我散步经过小区的街心花园，看到两个坐在长椅上聊天的耄耋老妪正在谈天说地。其中一位无心的一句话飘进了我的耳鼓——

"明天 30 号了，4 月份，拿下！"

我注意到，这位老人已是白发飘零，站起身来时腰背也现弯曲。她说话的语气虽不乏幽默风趣，却又透出些许无奈。在她下台阶时，我下意识地上前要搀扶她一把，被她笑着谢绝了。我猛然意识到，对这样的乐天派老人，最正确的态度不是去帮助她，"自然"和"漠视"才是对她最大的尊重。

"拿下"这个词，其实我们平时经常挂在嘴边——拿下某个项目、拿下某段恋情、拿下某个证书……但拿下某个月，我却是头一回听说。

再细品"拿下"一词，从以上列举的实例中，似乎能体味到不同年龄段人们递增式的追求，而且越来越实际。拿下某个项目，也许关乎今后财富的多寡；拿下某段恋情，或许关系一生的幸福；拿下某个证书，待将来退休后没准会因为有某职称而在晚年受益。然而，到了那两位貌似八旬老人一样的年龄，她们所在意的，只是拿下余生的一段段岁月了。

由"拿下"的递增到递减直至归零，这种看似残酷的人生曲线，又是不可抗拒的自然规律。看开了这一点，心态就会像那位说"4月份，拿下"的老妇人一样达观。况且，我们身边不是总有还没等"拿下"该拿的什么时，便与这个曾让他无限眷念的世界匆匆告别的人吗？

所以，我相信，虽然深谙"无可奈何花落去"，但是那位说"4月份，拿下"的老妪，在家中也绝不会是那种哀叹人生苦短、死之将至的长者，而是一枚阖家欢乐的"开心果"，N代同堂的"老寿星"，一家老少的"掌中宝"。为晚辈们各种递增式的"拿下"而欣慰的同时，珍惜着自己今后屈指可数的岁月……

背　影

某晚散步，我在从南向北方向的路口等候红灯时，看到这样一家三口。乍看起来，这一家人并没什么特别之处——父亲、母亲和女儿。然而在绿灯亮后开始行走时，很明显左右两边的父亲和女儿在搀扶着中间的母亲。原来，这家人母亲是全盲、父亲是半盲，只有女儿是健全人！

我猜想，正因如此，半盲的父亲虽然能搀扶母亲，但还得依靠健全的女儿才能出门行路吧？虽然看清了全家人的面孔，但出于尊重，我只默默拍下了他们的背影。

第一张照片，鬓发斑白的父亲把脸偏向左侧，看着自行车道上过往的

单车。也许他的视力范围只有这么窄，以防被自行车碰撞吧？身形娇小的
妻子倚靠在丈夫的身边，低着头默默等候；扎着马尾、衣着朴素的女儿则
是一边注视着马路对面的红绿灯变换，一边将左手搭在母亲的肩头。在等
候红绿灯变换的时刻，女儿没有搀扶母亲，而是亲昵地将左手搭在妈妈的
肩头。这一举动让我在感动之余浮想联翩！

无法想象这个女儿从出生到成人，盲人父母为养育她会付出何等的艰
辛；也无法预测女儿将来一旦出嫁，她的盲人父母将由谁来照料；更无从
设想女儿的下一代是否会遗传到姥爷和姥姥的基因。但是，唯一让我清楚
看到的，是这一家三口在以一颗平常心对待生活的不公——夫妻不离不
弃，女儿亲昵相随。

第二张照片，绿灯亮了，女儿轻轻地一声"可以走了"，妻子把手伸
进丈夫的臂弯，女儿用刚刚搭在母亲肩上的左手牵起了妈妈的右手，三人
并肩前行。

第三张照片，虽然主干道马路很宽，以正常脚步行走，一个绿灯时间
内也完全可以轻松地走过斑马线。但是，一家三口因为相互搀扶，步履缓
慢。当绿灯闪烁黄灯亮起时，他们还在马路的中央。让我感动的是，当红
灯亮起之后，东西方向的司机依然默默等候，直到他们安全抵达马路对面。

为了拍照，我默默地站在原地，没有赶刚才那趟绿灯，得以用手机完
整记录下上述的感人场面。

祝福你们，相互依靠搀扶的一家人！

2018 年 9 月 13 日于北京

银　婚

"雪梅，嫁给我吧！"

1986 年 4 月的一天，当曾毅向雪梅单膝跪地求婚的那一刻，手里没有鲜花，更没有钻戒。但雪梅却分明看见在他的手中捧着一颗滚烫的心，两行热泪顺着她莹润的面颊，掉落在曾毅向她伸过来的双手上。

1980 年，十八岁的雪梅刚刚进入汽配厂不久，参加厂里组织的新员工培训。在培训班上，一个黑黑瘦瘦高高、有着两道浓黑剑眉的青工，在课间休息时主动走上讲台帮助老师擦黑板。当他擦完黑板从课桌间穿过时，看见雪梅在伏案写着什么，便走过去主动打招呼："嘿，休息了，还不喝口水？"雪梅抬头望了对方一眼："哦，我补一段笔记，马上。"然后埋头继续抄写。

就这一眼，当雪梅秀美的面庞、雪白的肌肤、精致的五官映入眼帘的一刹那，"黑黑瘦瘦高高"的青工不淡定了。下课后，他走到雪梅面前说："我叫曾毅，在机电工段，进厂两年了。之前没有参加过厂里的培训，这次是来补课的。""哦，我叫陆雪梅，装修工段的。没什么事儿我先走啦！"

第二天，当雪梅走进教室时，看见坐在第一排的曾毅向她招手，并指指身边的座位，拿开了桌上为她占座的书包。雪梅冲他微微一笑说："谢谢！我不习惯坐第一排。"说完便朝后排空着的一个座位走去。

培训班结束，雪梅回到车间正式开始学徒。她每天都乘坐某路公交车上下班，一天早上，无意间从车窗向外望了一眼，看见曾毅正在便道上跑步。雪梅心说："这人可真行，和公交车赛跑。"打那以后，她发现每天早晨曾毅都是沿着这条路跑步上班。

厂里组织春季运动会，广播里实时播报着赛况："男子800米冠军，机电工段曾毅"，"男子1500米冠军，机电工段曾毅"……坐在看台上的雪梅心说，难怪他每天都是跑步上班呢！

总厂开展技术比赛，张榜公布技术能手的那天，"曾毅"的名字赫然出现在大红喜报上。雪梅看到后心说，都是技术能手了，还去参加新员工培训补课，真是形式主义啊！多年之后，曾毅对雪梅说："得亏厂里搞形式主义，要不我怎么能和你勾搭上呢？""说什么呢，你勾了我没搭好不好？"

还真像雪梅说的那样，自从培训班结束后，曾毅总到装修工段来找雪梅，今天借两张饭票，明天又来还。到了第三次，雪梅说："送你了，不用还。"可曾毅照来不误。

时间一长，周围的人似乎看出了端倪。一段时间，曾毅胡子拉碴，本来清瘦的脸更小了一圈。有人跟雪梅打趣说："都是你把人家害的。""瞧你这话说的，我又没答应过他什么。"

这天，分厂团委组织团员爬香山。爬着爬着，雪梅发现，几个瘦弱矮小的女团员的背包，都被曾毅背到了肩上。从后面看，背包已没过他的头顶。可是他仍时不时回头关切地望一眼雪梅，停下脚步等她。有个坏小子冲大伙儿使了使眼色，于是众人故意放慢脚步，让他俩在前面并肩前行。

现在回过头来想，也许就是这次香山之行，让雪梅的心开始向曾毅靠拢。

职业技术学院开始招生，雪梅和曾毅都参加了报考并被录取。终于，曾毅向雪梅正式摊牌了："雪梅，我们已经认识两年，我认定了你就是我这辈子要娶的人，你愿意做我女朋友吗？""那，就先处处试试吧。""真的？你答应啦！"曾毅激动得拉着雪梅的手奔跑起来："哦吼，我有女朋友啦！”

在雪梅和曾毅相恋时，雪梅的父母因曾毅的家庭条件差曾极力反对，只有雪梅的哥哥表示支持，还跟雪梅说，你缺什么跟我说，我给你准备。但是哥哥只比曾毅大半岁，工作时间也不长，支持力度非常有限。

大学毕业后，二十六岁的曾毅和二十四岁的雪梅都到了当时法定的结婚年龄。于是便出现了本文开头的那一幕，手中既无鲜花更无婚戒的曾毅，单膝跪地向雪梅求婚。婚前体检时，曾毅被查出转氨酶偏高，医生认为主要是他长期跑步过度疲劳，甚至其间得过急性肝炎都没在意，导致现在患了迁延性肝炎。没想到运动也会致病，但是因为年轻，不知道此病的危害性有多大。雪梅还给曾毅支招，让曾毅的弟弟代替他做了第二次婚检。为防不测，曾毅婚后做的第一件事是在传染病医院住了三个月接受治疗。

谈起和曾毅的婚姻，用雪梅的话说，刻骨铭心的事情都是在婚后多年才越来越有感受。

雪梅至今清楚地记得，她和曾毅结婚时，连最简单的婚礼都没办。公公把单位分的一间小平房给他们当婚房，两人的几个发小赶来帮忙修缮收拾。曾毅当大工，雪梅当小工，在外屋盖了一间小厨房。

婚后两年，儿子小宇出生了，雪梅的母亲一直为他们带孩子。1991年，二人打算用几年来辛苦积攒的五万元钱进行房地产投资。在签合同之前，雪梅顾虑重重，三天没睡好觉。曾毅对雪梅说，我们就把做事当成最大的乐趣吧。后来的事实证明，他在生意上的把握分析拿捏得挺准，终于淘到了第一桶金。

六年后，雪梅用从哥哥那里学来的经验，照搬模式开了一家川菜馆，两年下来做得风生水起。平日里，曾毅从不碰家务，全部由手脚麻利的雪梅承担。谈起和雪梅结婚后的点点滴滴，曾毅对朋友说：“我们家雪梅不容易，这几年里里外外都是她撑过来的，我只是拿拿大主意。”

久处不厌的夫妻之道在于相互体贴懂得。最常挂在曾毅嘴边的一句话是：“只要我媳妇喜欢满意，怎么都行。”九十年代流行穿皮衣，逛商场时，曾毅指着一件裘皮大衣问雪梅喜欢不。雪梅一看价格两万多元，连说不值。曾毅说"什么值不值，喜欢的就值"，然后笑着对营业员调侃道："你甭听她的赶紧开票吧，要不卖不出去啦！"

经过多年打拼，终于住上了大房子。懂美术的曾毅，把主卫的瓷片、门厅的装饰全部设计成梅花图案，墙壁和桌上也都插满梅花，有朋友进屋后感叹说："这个家到处都能感受到女主人在男主人心目中的地位。"

儿子高中毕业后作为交换生赴新加坡学习，那两年打下的英语基础，让儿子在日后外企工作有了用武之地。每当儿子遇到挫折时，曾毅从不抱怨，常常鼓励他说："儿子，这不是你的错，是爸的责任。"这么多年，只要看着媳妇和孩子，曾毅的眼睛永远是放光的。他对雪梅和儿子关爱备至，对雪梅的家人同样如此。

2002年的一天，雪梅的母亲吃了点儿海鲜，感觉胃不舒服而且吐了。雪梅以为只是消化不良，便让母亲早早睡下。曾毅忙到夜晚十一点才回来，看到岳母的情况，根据经验感觉和饮食无关，是心脏出问题了。于是，立即开车把老人送到了医院。化验结果不出曾毅所料，雪梅母亲患了冠心病，需要六万元手术费。曾毅对赶来的雪梅哥哥说："你在这儿等签字，我回家去拿钱。"因为送医及时，雪梅母亲手术后仅半个月就恢复出院了。曾毅一直管岳母叫老妈，他对雪梅说："老妈在我们最困难的时候帮着带孩子，这么多年无怨无悔。我现在唯一能做到的，就是让老妈高兴。"

2006年，雪梅哥哥患肝癌住院，雪梅和曾毅天天赶往医院照料。半年后哥哥去世，曾毅既不用护工，也不用殡仪馆的人员，而是亲自给他擦身、穿衣。对待雪梅失去父爱的侄女，曾毅平日里经常给予照料。雪梅的表弟去南京上大学后，因为学习压力大一度患有抑郁症，曾毅主动跟雪梅提议，把表弟接过来一起住。表弟喜爱写毛笔字，曾毅给他买笔墨宣纸。书房每天被表弟搞得一片狼藉，曾毅视若无睹，还从他海量的书法"作品"中挑出一张，说是要挂到自己的办公室去，并拿出二百元钱作为鼓励。得到表姐夫如此关爱和肯定，表弟脸上终于露出了久违的笑容。

2010年9月的某天晚上，曾毅和雪梅一起看电视里的东北二人转时还喜笑颜开的。第二天傍晚和客户一起吃饭，忽然间感觉说不出的疲惫，还浑身发冷。曾毅让司机把他送回家后，雪梅要陪他去医院，他说："没事儿，我就是有点累，歇一晚上看看怎么样。"

第二天，曾毅隐约感觉到肝部不舒服，雪梅这次没听他的，直接陪他去了肝病研究所。肝功能化验结果，有两项不合格。B超显示，恶性肿瘤占位已达一个拳头大，二人瞬间蒙了！因为肝没有神经器官，曾毅平日里没有不舒服的感觉，也鲜有疲惫感。

一周后最终结果出来：肝癌中晚期！

从那天起，曾毅和雪梅经历了结婚以来最黑暗的日子。雪梅托人把曾毅送进最好的医院，请了最好的医生，期待着能有奇迹出现。曾毅开始接受一次次化疗，历时七个月，本来婚后有些发福的他日渐消瘦，直到人完全脱相。

"眼睁睁地看着你，却无能为力……"当雪梅看到曾毅接受如此痛苦的治疗但丝毫不见好转，每天心头都像压着一块巨石，憋得要爆炸，时不时背着丈夫长出一口气，似乎这样才能得到缓解。在曾毅面前，雪梅又像哄小孩一般，逗他开心接受各种前沿性治疗。曾毅对雪梅说："媳妇，你是我最亲的人。你放心，怎么治疗我都听你的。"从希望到失望再到绝望，曾毅知道自己已经去日无多，他只想把最后团聚的日子留给雪梅，便关掉了手机。

曾毅的反常举止引起了亲朋好友的注意，他们知道曾毅一向讨厌别人打电话不接，平日二十四小时开机的他怎么会突然关机呢？面对身边的亲戚和赶来看望的一众好友，曾毅对他们说："你们都请回吧，有雪梅照顾我就行了。"

2011年3月下旬，整整一周曾毅都陷于深度昏迷。雪梅不停地在他耳边轻声呼唤，试图把看似熟睡的丈夫从梦中唤醒。她对曾毅说："亲爱的，我们从开始牵手走到今天，声声念念说要白头偕老，一步都不分开。下个月，就是我们的银婚纪念日了，你可一定要挺住啊！你不是说过，在那天要补办一个体面的婚礼，让我披上婚纱，让儿子见证我们的爱情吗？"

　　然而，无论雪梅如何千呼万唤，曾毅再也没有睁开眼睛。

　　从曾毅去世到遗体告别那些天，雪梅整个人始终都是蒙的。曾毅人走了，把她的心也带走了。无处诉说的雪梅开始探求她与曾毅情分的渊源，期待能够穿越时空与丈夫相聚，从此永不分离……

　　　　　　　　　　　　　　　　　2018 年 11 月 4 日于北京

钻石婚

　　田冬是我三十七年前在某企业工作时的同事。2019 年 5 月，她同为八十三岁高龄的父亲田杰和母亲李玉书，在晚辈们的声声祝福中迎来了钻石婚。

　　田冬告诉我，她的父母是经人介绍相识相恋的。父亲第一次到母亲家，就赢得未来岳母的认可和欢心。姥姥变卖了一副骨质麻将牌和两个水桶，给母亲做了两身衣服。

　　母亲刚过门，就主动提出把婆婆接过来住了。共同生活一段时间后发现，婆媳相处起来，有些细节还真需要磨合。比如吃饺子、包子等面食，婆婆要求必须是双数，单数不吉利。可是双数里又不能带四，因为"四"和"死"的发音相近，更不吉利，时常会搞得母亲无所适从。但是，母亲从来都对婆婆言听计从。

　　1959 年正是全国掀起"新的生产大高潮之年"，母亲是共产党员，怀胎六月依然加班加点，终因劳累过度不慎流产。之后三年内，田冬和妹妹田力先后出世。田冬清楚地记得，在她五岁田力三岁时，北京的冬天雪特别多。从家到母亲的工厂没有直达公交车。每天一大早，田冬拽着母亲的衣角，母亲抱着田力，在漫天大雪中艰难地行走近四公里，送她们去厂里的幼儿园。有时母亲累得禁不住淌下泪水,悄悄腾出一只手擦,被懂事的田冬看到了,也跟着边走边哭。田力跟母亲说:"妈妈不哭,田力下来自己走。"母亲说:"田力乖,妈妈不累。雪这么深,你太小自己走不了……"田冬一直觉得,母亲的心脏病就是那几年为她和妹妹累的。

1966年"文化大革命"开始后,因父亲的出身被错定为地主,田冬的奶奶被人剃了阴阳头、挂着"地主婆"的大牌子游街,不久便被"造反派"轰回了老家。之后,厄运又降到了父亲身上。当时家里养了一缸金鱼,被造反派批判为"资产阶级的闲情逸致",强迫父亲抱着鱼缸从家里走到工厂,然后又命他当着众人哐当一声把鱼缸摔到地上。一个"造反派"上前一脚把父亲踹倒在地,接着又用皮带抽。在父亲被隔离审查期间,母亲每天为他送水送饭,常常顾不上照顾两个女儿。傍晚放学回家,田冬和田力先是跳皮筋等妈妈回来,然后,又饿又累的小姐俩相拥睡着了。母亲回家后看到这一切,心疼得泪如雨下。

父亲的隔离审查结束后,还要隔三差五地被"造反派"批斗。母亲因为担惊受怕和过度劳累,患病住院了。父亲在一次接受批斗时,被"造反派"打得头破血流。结束批斗后,他顾不上伤痛,用绷带缠住头,买了一个西瓜,骑着自行车赶去医院看望母亲。在过铁道的时候,见到一列火车疾驶而来。父亲心一慌脚下一滑,便摔倒在铁轨上,西瓜从车筐里滚出来摔碎了。父亲赶忙起身,扶起自行车。就在他冲出轨道的那一刹那,火车从身后呼啸而过……

尽管经历了那么多磨难,同为共产党员的父母对党和人民的忠诚始终没有过一丝动摇。厂宣传队排革命样板戏《红灯记》,缺一条李铁梅的大辫子。当时梳着两条齐腰长辫的母亲二话没说,拿起剪刀咔咔几下,便把一头秀发剪成了齐耳短发。演样板戏的时候,看到铁梅辫子一甩,有人就说:"大伙儿快看哪,李铁梅甩的大辫子是李玉书的!""文革"结束后,当初批斗、折磨过父亲的那名造反派,为插队的女儿回城之事,拿着礼品找到时任居委会主任的父亲,先是祈求他的原谅,接着恳请父亲为女儿开回城证明。父亲对那人说:"一来当时你也是受蒙蔽,二来你女儿回城本来就该公事公办。把东西拿回去吧！"说完便把开好的证明递到来人手上。

结婚二十年后，在一直恩爱的父母之间，曾发生过一件分歧最大、吵得最厉害的事儿。八十年代初父亲当工会主席时，单位要给家里安电话，母亲坚决反对。她对父亲说："咱们都是共产党员，这个电话不能安，因为这是个人享受。"父亲说："这是工作需要啊，因为单位总有点儿这事那事的，有个电话，便于我及时为大家服务不是？"争执到最后，以电话安装后只能用于公事、不能个人享用而收场。

母亲患有高血压、心脏病、慢阻肺等多种疾病，四十多岁就退休了。二十四岁的田冬婚后生下了女儿丹丹，交给已经退休的母亲照看。母亲把丹丹养得白白胖胖，结果，渐渐抱不动她的大胖外孙女了，胳膊上被压迫得起了个大包。有一天下午，母亲陪丹丹在床上睡午觉时心脏病犯了。她拼命攥住丹丹的手，心说我就是死了，也不能让我的外孙女掉到床下。就这么硬挺着也不给父亲和田冬姐妹打电话，幸亏田冬有喂奶时间提前从单位回到家。看到母亲当时的病状，她顾不上那么多了，赶紧给丈夫打电话让他火速回家，把母亲送到医院救治。

父亲工作时，每天早上六点出门，晚上八点多才回家，家中里里外外都是由多病的母亲支撑过来的。退休后，父亲把工作重心几乎全部转到照顾母亲上了。早餐，一个鸡蛋、一杯牛奶或一碗粥，再加上馒头花卷等主食，做好后端上桌；饭后，把该服的药物和一杯温水递到老伴儿的手中；中午，又变着法儿地做各种营养丰富又美味可口的饭菜，包括西红柿炒鸡蛋、红烧肉、葱烧豆腐、虎皮尖椒等等，让老伴儿吃得舒舒服服。由于疾病缠身，母亲情绪低落，常说："我能活过六十岁就满足了。"这话父亲可不爱听："说什么哪，我偏不信这个邪！跟着我，走起！"每天早晨，父亲都要搀扶着老伴儿走出家门，在小区的林荫道上散步。渐渐地，母亲走上瘾了。午饭后主动提出再出去走走，每天能走上七八千步。

田冬姐妹上班不方便请假，父亲在照顾母亲的同时，又担起陪送第三代上业余课的任务。虽然很辛苦，但父亲总说这是他一天当中最开心的事了。开朗乐观的他对老朋友笑言："俗话说'一世儿女债，半世老婆奴'，我老田就是心甘情愿背这甜蜜的债，当这开心的奴，呵呵！"

父母为两代人做了这么多，田冬退休后做的第一件事，是陪着已经年迈的父母去国内外旅游。西欧五国游时，当时已经年逾古稀的父亲，居然甩下了随团的导游及团友，第一个登上著名的阿尔卑斯山山顶！引得周围的中外游客都情不自禁地为他鼓起掌来。

也许由于年龄和身体的原因，母亲的记忆力越来越差了，凡事总要反复问。女儿们有时会笑着说："老妈，这件事儿已经告诉过您很多遍啦。"父亲自有高招，母亲问他今天是星期几，他就用一张纸条写上"今天是星期×"。母亲再问，他就把字条举到老伴儿的眼前。结果，"耳听为虚眼见为实"，母亲看过字条后便不再问了。给母亲买各种营养品，父亲从来都是毫不吝啬。可对自己，他是能将就则将就。于是，田冬为父亲买来耐克鞋、外套等，强迫他穿上。

2018年元月某日，八十三岁高龄的母亲不慎摔倒。经医院检查，右股骨粗隆间骨折，医生在母亲的右腿上穿了三个钢钉固定，父亲和田冬姐妹日夜轮番精心陪护。母亲恢复得很快。每次复查时，医生都对她恢复的状态啧啧称奇。在之后的康复训练过程中，父亲每天下午都推着田冬买的步行车，陪着老伴儿锻炼。小区的公园里，在金色夕阳的映衬下，人们总能看到有两位老人相互扶持锻炼的身影。

追求生活的质量而不是生命的长度，是父亲始终坚持的人生信条。曾经在"文革"时期被砸过鱼缸的他痴心不改，而且"变本加厉"，养花、养鱼、喂鸟样样精通。长期做工会主席的父亲喜爱唱歌，至今宝刀不老，还是区老年合唱团的团员呢！

钻石恒久远，一颗永流传。六十年的携手相伴，已是耄耋之年的父母早已将爱情、亲情融入其中。钻石婚纪念日当天，父亲唱了一首母亲平日里最爱听的《懂你》送给老伴儿："把爱全给了我，把世界给了我……"

　　　　　　　　　　　　　　　　　　2018年11月18日于北京

陪读妈妈

"对于孩子们来说，对任何事情都不具备判断能力，所以他们也没有失败和失误的概念。这些失误的概念都是我们成人给予孩子们的。我们怎么看待失误和失败，孩子们就怎么看。所以孩子有时做得不好，着急的是家长和成人。我们不愿意看到他们失误和失败，总在做得不好的时候，帮助他们做认为对的。但这样做就抢走了孩子们锻炼和学习的机会，孩子也不可能从失误中吸取任何经验。所以我们家长的任务，是在孩子们奋斗的时候给予关注、支持和鼓励，而不是告诉他们应该怎么做不应该怎么做。"

以上这段话是一位陪读妈妈写下的亲身感言，她叫林昕。2015 年，我在泰国清迈旅行时认识了她和女儿雨彤。

林昕今年四十一岁，母亲于 1977 年生下了她。因为工作忙，把刚过完双满月的林昕送到奶奶家。此后，她一年才能和父母见上一面。七年后，已经上小学的林昕跟着奶奶去电话局给妈妈打长途电话。母亲是科研人员，工作在野外，在得到电话局的通知赶来接电话时，上来就问："家里有什么急事吗？"林昕回答："没有，我就是特别想你。"说着就哭了，问妈妈："你能不能来接我……"谁知母亲来了句："你好好学习，我很忙，以后没什么事儿不要打扰我工作。"

因为儿时母爱的缺失，让林昕在二十四岁结婚后好几年不敢要孩子。直到有一天，一个闺蜜对她说："在告别这个世上以后，唯一能记住你的只有你的子女。"林昕才下决心要个孩子，三十岁时生下了女儿雨彤。从孕期到早教，她前后买了四千多元的书，并立志"无论今后生活发生什么样的变故，天涯海角我都要带着自己的孩子。"

在生活方面，林昕从没有对雨彤特别上过心，酸的甜的、热的凉的，带着她走到哪吃到哪。雨彤两岁时跟着父母去郊外踏青，饿了，和大人一起吃烙饼卷猪头肉。眼看雨彤快到了上学的年龄，经过对新加坡、马来西亚、香港等国家和地区的考察，林昕还是回过头来为雨彤选择了一所北京的国际学校。一年后，在清迈的一个朋友建议林昕送孩子到泰国学习，因为这是一个与我国有相同东方文化背景的国家。

2014年，林昕带着七岁的雨彤来到泰国清迈，先在一所国际学校报了名，然后又从各方面进行了考察。在林昕看来，要培养孩子一颗强大的内心，周边环境至关重要。慎重起见，林昕给雨彤先报了一年的试读。让林昕惊喜的是，从没有娇生惯养过的女儿就像出笼的小鸟，仿佛瞬间就适应了当地的环境，一年下来，雨彤非常渴望在清迈继续学习，她问妈妈："你交学费了吗？我什么时候开始在清迈正式上学呀？"从雨彤能够独立思考问题的那天起，林昕给予她的都是选择题。在留学清迈这件事情上，虽然林昕是"始作俑者"，但最终还是遵从了孩子的意愿。

林昕之所以为女儿选择了现在这所学校，最看重的是它的包容性。学校可以任由家长出入，健身房、咖啡厅、图书馆都可以与孩子共享。周末的学校静悄悄的，但图书馆里有很多的孩子和爸妈一起在看书。

这天，林昕从学校接放学的雨彤回家，雨彤跟她说：我们班今天有九个同学没来上学，都是外国学生。林昕问她原因，她说都请的病假，而且大多数是感冒。接下来雨彤说了一句让林昕忍俊不禁的话："妈妈，你知道为什么没有一个中国同学生病吗？因为我们是从空气（环境）艰难的地方来的。"

因为有了一年的居留经验，母女俩很快在清迈身心安顿下来。在林昕的眼中，这座城市虽然现代化程度较低，但是文明程度很高，这对雨彤人生观价值观的形成以及未来的发展都有益处。尽管身处异国他乡，其间女儿在生活和学习方面遇到了诸多挑战，但四年过去，身为母亲的林昕给了孩子一个真正意义上的童年。

记得刚到清迈的第一年，一天，林昕目送着雨彤骑单车到同学家去玩儿。尽管主人家的院门大开，也能看到里面有人走动，她还是下了车，很有礼貌地去按门铃，得到主人的应允后再走进院子里。刚上二年级，雨彤就主动跟林昕提出要住校。林昕抚摸着女儿一头长长的秀发问："你住校会自己洗头吗？"结果，从第二天起，雨彤就开始学着自己洗头了，战胜了自认为唯一一个阻碍她住校的难关。

不久，雨彤喜欢上了被泰国人视为全民运动的体育项目——打高尔夫球，这项运动令她痴迷。泰国属于热带国家，即使是最热的 3 至 6 月份，她仍然顶着炙热如焚的烈日活跃在运动场上。因为从未停歇过，她的皮肤一直是黝黑的。天生要强的性格又让雨彤对自己过于苛求，一次练球时，因为不满意自己的表现，居然练急眼了，蹲下身子哭起来。一直远远地望着雨彤的林昕看到这种情景，马上前去拥着女儿宽慰道："宝贝不哭，人生哪有那么多事事如意呀？走，跟妈妈吃冰淇淋去！"

因为没有感受过自己童年的成长，林昕在陪伴女儿度过的每个阶段，都在换位思考地回顾自己在雨彤这个年龄时的需求是什么，最想得到什么。雨彤九岁那年，已上满一百节高尔夫球课，进入了一个瓶颈期。一个远在美国的朋友向林昕推荐了一名韩国教练，一段时间的培训过后，教练对林昕说准备带雨彤赴美国集训，但家长不能陪同前往。

林昕征求雨彤的意见，并写了三十多条假设，包括上街购物、自己背球包、洗发后吹干等细节，问女儿能否应对。雨彤毫不犹豫地对妈妈说："放心吧妈妈，这些我都能做到！"林昕对女儿说："去吧宝贝，无论你走到哪里，只要妈妈在这个世界上一天，你就有退路。"话虽这么说，雨彤临赴美国前，林昕给女儿写了一个字条放在她的背包里："祝你一切顺利，希望你能坚持热爱的这项运动！"

在林昕的观念中，母亲对孩子的爱是高于任何血缘关系的爱。从雨彤牙牙学语的那天起，就把自己定位在是女儿可以随时和她说心里话的"大朋友"。小到同学之间的摩擦、女孩子的心思，大到对信仰的看法等等，雨彤都对林昕毫不隐晦。林昕的母亲来到清迈后，看到外孙女如此阳光健康，由衷地对林昕说："女儿啊，是你教会了我应该如何爱孩子。"

陪伴女儿的同时，林昕也发自内心地喜欢上了清迈这座宜居城市。她认为，这里的生活一直是减法状态，不用穿大牌，背一个布包包就可以快乐地四处溜达，她喜欢这样真实的生活，不装。清迈给予她最初的影响是路遇，任何地方与陌生人相遇，双目对视，不曾相识，一个微笑，或者一声简短的问候，瞬间的震撼，心灵的愉悦如无声的语言。善良与美好以心有灵犀般的方式传递，住久了，心更软了。在陪伴女儿的同时，林昕利用自己在国内曾经从事经营管理方面的优势，与朋友合作经营一家酒店，以保证母女二人在清迈的日常开销。

身为单亲妈妈，林昕从来没有在雨彤面前说过前夫半句不是，在女儿的记忆里全是爸爸对她的好。林昕对雨彤说："爸爸妈妈虽然分开了，但是我们对你的爱只会有增无减。"在清迈数年间，天生丽质的林昕，身边不乏追求者，其中也有让她心仪的男士，她曾试探地问雨彤："女儿，假如我们的生活中多一个人爱你好不好？""妈妈，你怎么能保证多出来的那个人很爱我呢？"雨彤的一句"多出来的那个人"，让林昕立马明白了女儿还没有做好迎接生活变化的心理准备，于是，她对雨彤说："宝贝，无论将来我们的生活发生什么样的变化，在妈妈的心里，你都无可替代。"

2019 年 1 月 12 日于北京

婆　媳

"你要是再对我不好，我爬也要爬到中南海去告你！"

一位九十四岁的婆婆在大声呵斥她六十七岁的儿媳。如果被不知情的人听到这样的话，可能会以为是儿媳在虐待婆婆，没准儿还有见义勇为者要上前制止呢。然而，事实并非如此。莫说婆婆的儿媳和家人，连她们的街坊四邻也早已见怪不怪了。

原来，这是一对与她们共同的男人——儿子和丈夫一起生活至今已经四十载的婆媳。婆婆叫潘招玉，媳妇叫符北新，1980 年，符北新嫁给了在内蒙古插队，又同在乌兰木旗宣传队时结缘的李京林。

用丈夫李京林的话说，在成千上万个做媳妇的女人中，也不见得有一个是从一过门就主动把婆婆接过来，从青丝陪伴到白发的。此生，他把母亲和妻子视为"一生最挚爱的两个女人"。然而，本文开头"最挚爱的"老妈如此对待"最挚爱的"老婆，他只能万般无奈地听之任之。因为他的母亲是一位阿尔兹海默症患者，还有着严重的被迫害妄想症，并且已经患病多年了。

鉴于婆婆潘招玉已经没有了正常的思维和语言表达能力，所以这段婆媳故事的讲述者不是两位当事人，而是作为"中间人"的李京林，因为只有他的感受最公正客观。他告诉我说：实际上，在母亲"明白"的三十几年间，周围的人常常把母亲和北新当作母女，而把他当成了女婿。其实，母亲看似强势的性格并不是与生俱来，和她从小到大的经历不无关系。

潘招玉年仅三岁时父亲就去世了，母亲实在无力养活她和三个哥哥，兄妹四人只好每天出去讨饭。到现在，她腿上还有当年讨饭时被狗咬留下的伤疤。即便如此，还是因为挣扎在生死线上，两年后，母亲把五岁的她送人了。养父是个铁匠，但是因为抽大烟，生活并不宽裕。养母还得出去给人当用人挣钱，而且每次都把潘招玉带上，热天为老爷太太摇扇纳凉。

七岁的潘招玉聪慧乖巧又俊俏，深得太太的喜爱。让她陪着去看戏，后来又让她陪着两个小姐去上私塾。从过去食不果腹的苦命女，成了后来识文断字的幸运儿，学习成绩甚至超过了两个小姐，更让太太对潘招玉的喜爱程度与两个女儿几无差别。这种起伏跌宕的人生经历，从骨子里给潘招玉植入了不甘人下、要强好胜的性格。

长大以后，养父过世，又是由太太做主，给潘招玉找了个富户人家。再后来，夫妻二人带着养母到北京成了家，先后生下了四个儿女，李京林排行老三。

"文化大革命"开始后，潘招玉的丈夫先后被扣上"反""坏""右"数顶帽子，被遣送到劳改农场接受改造。要养育四个孩子，还要赡养已经八十多岁的养母，潘招玉一直给人当保姆，以每月仅十二元钱的收入养活一家老小。两年后养母去世，丈夫虽然结束了劳改，但患上了肝癌并且已是晚期，几里地外的人都能听到他痛苦的哀号声，终因没钱医治活活疼死了。潘招玉跑了很多户人家想为丈夫赊一口棺材，但是没有人能帮到她，只好用卖掉老屋换得的几百元钱埋葬了丈夫。那些年饱受的惊恐、艰辛和重创，又在潘招玉内心深处埋下了难以消除的积怨。

房子没有了，潘招玉只得轮流到老大老二两个儿子家中居住。在李京林赴内蒙古插队时，潘招玉先后带大几个孙子孙女。可时间一长，她受不了大儿媳的斤斤计较和二儿媳的沉默寡言。待李京林与符北新返京后结婚，潘招玉来到他们家，对符北新说："北新，从现在开始，我就待在你们家，再也不走了。"同时，还把正给李京林的大哥和妹妹带的孙女和外孙也一起带了过来。李京林和符北新二人的蜜月还没结束，就开始带侄女和外甥了。

当时，李京林一家居住在一间半的小平房。他和符北新两个人工资加起来也就五六十元，每个月都是刚过半钱就花光了。为维持一大家子人的生计，符北新每月中旬跑到娘家去借十元，到第二个月初去还，然后再借，再还。

虽然日子过得如此拮据，但是婆媳之间相互关爱包容，其间也包括符北新的隐忍，所以婆媳二人从来没红过脸。用李京林的话讲，贤惠、豁达，还得会来事儿，是北新与性格强势的婆婆保持亲密关系的秘诀。因为在家排行老幺，深受父母宠爱的符北新打小就没动过家务。嫁作他人妇后，洒扫庭除、缝补浆洗、煎炒烹炸……一切都从零开始。最初的两年，符北新手上的刀伤和烫伤比比皆是，而且总是旧伤痕上又添新伤痕。幽默的她还曾经跟熟人自黑道："要让我做点儿面食，准保弄得厨房天上飘雪花，地下打出溜！"知道潘招玉爱喝酒，符北新投其所好，从结婚起每天给婆婆从小卖部打来一元钱一升的啤酒，一直到现在，家中不断备有整箱的听啤。

光阴荏苒，三十多年过去，根植骨髓的强势和深埋心中的积怨，终于在潘招玉晚年患病后集中爆发了！白天，已经厨艺精湛的符北新，变着法儿为婆婆做各种可口的饭菜。晚上，她为婆婆揉脚、喂药、洗脸。常言道"多年的媳妇熬成婆"，符北新侍奉潘招玉多年，熬出的却是头发脱落、身形憔悴、疾病缠身。2006年，她被查出二期子宫癌，手术后接受了九次化疗。身体还未康复，为让婆婆吃上鲜活的胖头鱼，她佝偻着病体走了二里多地去早市购买。但是，符北新所做的这一切，不仅再也得不到潘招玉曾经人前背后的夸赞，反而将她视为假想中各种伤害过她的人，疑心重重到不可理喻的程度。

一天，潘招玉问儿子："你说北新要干什么？她为什么监视我？"李京林说："她是怕您摔了，想着您该吃药了呀。"潘招玉说："不是，她是要害我！"这些对话，都是潘招玉当着符北新的面问儿子。夫妻俩分前、后半夜轮流照顾潘招玉，在只有李京林陪护的时候，母亲突然悄悄对儿子说：

"你以后晚上别再伺候我了，北新其实不是在监视我，是在监视你呢！她怕你跟我太亲近了，你是我儿子，我是你妈，你说我们俩还能干坏事吗？"

母亲的一番话让李京林内心瞬间崩溃，更为北新受到这番常人难以想象的委屈心疼到难以名状。他问母亲："您说过北新妈长妈短叫了您四十年，待您比亲闺女还亲。难道您说的这些话都是假的吗？"潘招玉立马回答："对，都是假的！"面对思维已经完全错乱的母亲，李京林当时的感觉，用一句老话来形容，真是豆腐掉进灰堆里——吹不得拍不得。

相形之下，符北新对婆婆的言行举止则表现出无比的大度。她反过来劝慰丈夫："老妈那都是病给拿的，以至于说过什么都不自知。你呀，别往心里去。"外孙出世后，夫妻俩以为"孙子疗法"能够奏效。但在纯洁可爱的第四代面前，太姥姥却是处处防着外孙偷拿偷吃了她什么。只有在梦中，婆婆才是清醒的："吃完晚饭再走吧，给你们准备了鱿鱼和海参。""京林，快送送客人！""北新，你再睡会儿吧！"

结婚四十载，李京林从来没有在母亲和妻子之间当过"调解员"，也没有在北新与兄弟姐妹相处中做过"裁判"。在符北新被评为区级"道德模范"又被提名"北京榜样"后，李京林饱含深情地给爱妻写了一首诗——《辛苦了，我最亲爱的人！》诗的最后这样写道：

> 亲爱的老婆，
> 真心地说声：谢谢你！
> 感谢你的贤惠，
> 婆媳和睦相处四十载，
> 胜似亲生堪称楷模。
> 感谢你的聪慧，
> 维系着姊妹兄弟的亲情，
> 勤俭持家迈进小康生活！

2019年1月30日于北京

爱无极限

　　张桂琴是我初中时的同学，1974年毕业时，因为哥哥参军，她被分配上了服装技校，毕业后又因为学习成绩优异，留校做了教师。四十年后同学聚会见面时，我们几乎认不出彼此了。因为她长我一岁多，从重逢那天起，我改称她为琴姐。

　　促膝交谈，我得知了琴姐这四十年来生活的酸甜苦辣。她二十五岁结婚成家，丈夫是某医院有名的骨科医生，两年后儿子呱呱坠地，从小听话懂事。本来一个幸福美满的家庭，却不料在琴姐人到中年后，一场厄运突然降临。

　　2003年，琴姐的丈夫被查出患有严重的心脏病。从那年起至2009年，琴姐为给丈夫治病，先后花光了家里所有的积蓄。到最后，连唯一的一套住房不得已也给卖了。

　　即便如此，丈夫的病情却不断加重。一天，他被心脏压迫得呼吸困难，急需入院治疗，但是却没有钱交押金。在琴姐心急如焚之时，办公室的同事们得知此情况后纷纷解囊相助，每人出了一千元，主任亲自把钱送到琴姐家，这才得以叫了急救车把丈夫送到医院抢救。但是接下去的治疗需要更大的费用，琴姐准备把住房公积金全部提取出来。财务部的人好心劝她多少给自己留一手，但她还是毫不犹豫地把唯一的"后手"用在了丈夫身上。琴姐当时的想法只有一个，近三十年的恩爱夫妻，就是砸锅卖铁也要救自己的丈夫。

琴姐在学校负责招生，工作十分繁重。下班后，又奔波在学校、医院两点一线之间。丈夫看到妻子为自己如此辛劳，用颤颤巍巍的手抚着琴姐的头说："桂琴啊，跟着我你可受苦了！" 2009 年丈夫去世，骨灰存放了几年。别说为丈夫买块墓地，最后连继续存骨灰的钱都没有了。万不得已，2013 年，琴姐和独生子带着丈夫的骨灰，参与了国家组织的在天津港的海撒仪式。含悲忍泪，把相濡以沫多年的丈夫海葬了。

由于没有住房，2013 年琴姐申请了公租房。因为长年劳碌奔波，琴姐患了重度骨关节炎，半月板交叉韧带撕裂，曾经住院治疗。祸不单行，儿子又被查出肾功能出现问题。因为还欠着十多万外债，琴姐哪还有钱给孩子看病？就这么一拖再拖，生生把孩子的病给耽误了。最终导致肾功能衰竭，全身无力，生活几乎不能自理。2016 年入院抢救时，血色素只有 3.3 克了（正常人应该是 13—17 克）。有专业人士对琴姐说：幸亏你儿子是因为贫血一点点造成这种情况，如果一下子就降到这么低，恐怕命都没了。

经诊断，儿子已是五级尿毒症终末期，患有肾性高血压、贫血、痛风和高磷血症。前期进行中药治疗时，琴姐每天早上五点起床，为儿子熬药、过滤、分药。自此，厨房、药锅成了她的阵地和武器。为防止钾高导致心脏骤停，所有的蔬菜都要焯水。又由于贫血需要吃肉，但为防磷高沉积在骨头内，肉也要焯水。为儿子做一个菜，要比给普通人做菜多出一倍的时间，特别是到了夏季，几乎每顿饭做下来，琴姐都是全身湿透，衣服像刚从水里拎出来一样。

由于为儿子过度焦虑、操劳，琴姐患了腔隙性脑梗，心功能降低，曾被叫急救车送医。望着母亲日渐憔悴的脸和满头华发，懂事的儿子含着泪对妈妈说："妈妈，如果我能早点儿死，您也就不用这么辛苦了。"儿子的话说得琴姐心如刀绞！她一边照顾儿子一边劝慰他："儿啊，妈妈多辛苦都不怕，只要有妈在，咱这个家就在。只要有你在，妈就有奔头。"

　　儿子开始透析治疗后，维持透析要每周三次，如果毒素过高还要加透一次。因为透析次数过多，每次扎针透析都似上酷刑，有时要用一小时扎上五六针。眼睁睁地看着孩子遭罪，琴姐的心疼得滴血。由于针道扎坏不畅，平日流速280只能减速一半改为140，导致毒素清除不彻底，儿子出现了透析结束后喘息、寒战、上呼吸道感染等多种症状。急诊就医时，医生开出了急诊抢救单。但是由于无力缴纳一万元押金，琴姐只能忍痛在抢救单上签字放弃治疗。

　　平日里，儿子脚痛风严重时，琴姐就要推着轮椅送他去医院透析。手痛风时，肿得都不能打弯，不仅连矿泉水瓶盖都拧不了，琴姐还要帮助儿子穿衣服、提裤子、系扣子、拉拉锁。一般的尿毒症患者透析前肌酐指数是七八百，透析后可达到接近正常值的一二百左右。但是她的儿子透析前肌酐指数高达一千八到一千九，每次都是采用血透、血滤、灌流三种透析方式，肌酐指数仍为七八百，是一般尿毒症患者透析前的指标，因而已完全丧失了劳动能力。

　　老话儿讲"好过的年节赖过的日子"，无论好过还是赖过，对于琴姐来说，母子俩没有什么"年节"可言，有的只是每周几次去医院看病、拿药、透析的"日子"。生活如此艰难，可在我和同学们眼中的琴姐，永远是衣着阳光、笑脸阳光、心态更阳光的人。以至在得知内情后大家都惊呼"难以置信！"琴姐还有一个心愿——通过众筹帮儿子集到换肾的六十万巨款，使他尽快康复并能够自食其力养活自己。这样，她将来也可以含笑九泉了。

　　一个人到底有多强的承受力？坚强的母亲琴姐用她的行动告诉我——爱无极限。

2019 年 2 月 9 日于北京

让他（她）三分又如何？

北京人盼下雪，已经到了望眼欲穿的地步。尤其是看到南方普降大雪，而作为北方城市的北京却患了"贫雪"，好栽面儿！

终于，春节的大年初八我一早睁开眼，惊喜地看到窗外雪花飘飘，真是"千呼万唤始出来"呀！我一骨碌翻身下床，简单洗漱后草草吃了口东西，便拿起手机和相机直奔什刹海。

这场雪下得很蓬松，漫天如柳絮轻扬。银装素裹的荷花市场、银锭桥、烟袋斜街，在我的相机和手机中逐一定格。余兴未尽，我又进到位于什刹海南面的北海公园。琼华岛上的藏式白塔，和北海已经浑然一色。我举起相机，正要以白塔为背景，拍下在冰湖的一汪浅水中嬉戏的鸳鸯时，耳边突然传来一对老年夫妻的争吵声。女人像是在埋怨男人忘记带了什么东西，只听男人大吼："行啦，一点儿破事，你都唠叨一百遍了！"回身望去，但见男人停住脚步，转身径直往出口的方向走去。女人无奈地跟在后面，停止了唠叨。

来到"仿膳"，见到一对中年男女。女方对男方说："进这里吃点儿什么吧？"男方一动不动地回答："我不去，花那个冤枉钱呢！"女方说："你不去我去！"然后便赌气只身一人上了台阶。本来兴致勃勃相伴赏雪，最后却搞得不欢而散。

如果那对老夫妻中的夫，听妻埋怨第一句时就说上一句"得嘞，我下次注意"，也许妻的怨气瞬间就消了，何至于让她"唠叨一百遍"呢？如果中年男女中的男陪女进"仿膳"看一看就知道，"一品豆腐"需要提前一天预订；以虾肉、鲍鱼片为主要原料的"金蟾望月"四位起订；品"龙舟鳜鱼"要等四十分钟……那就来一份加起来仅四十八元的肉末烧饼和清汤面吧，大雪天吃得既经济实惠又热热乎乎。多好！

上述两个场面，让我不由得联想起一次跟团游时，看到一对老夫妻当众拌起嘴来。妻子要买一件首饰，丈夫认为是"陷阱"不同意。妻子生气地说："这辈子我给你生了俩大儿子，花这点儿钱你都舍不得？"丈夫同样气哼哼的："跟你说不通！都说家家有本难念的经，我看咱俩这本经最难念，动不动就戗戗！"

景色再美，仿佛也被以上这几个不和谐音搅得黯然失色。于是，我在朋友圈发表了一番感慨："有好心情才有好风景"，真是此言不虚啊！

此言一出，立刻在群里"炸"开了——

"哈哈哈，不是冤家不聚头。"

"唠叨是挺烦人的，可是有不唠叨的吗？那真是太太太难得了！"

"一辈子这么过，真是悲哀呀！"

……

终于，有男士站在女性的立场上点评道："这是典型的男方无领导无纪律呀！也许在单位时是领导，领导了别人一辈子。退休了，就应该服从家里的领导。"

"有人添麻烦说明还不麻烦，真没人添麻烦了那就真麻烦了。有人唠叨不算烦，真没人唠叨了就真烦了。"

接下来，女士也有话要说了："说实话，夫唱妇随的和谐家庭真不多。女人不再是小鸟依人，基本都是多半边天。但即便在家是总统，在外还是要顾及男人的颜面，回家再管教吧。从另一个角度讲，也是女人起码的道德修养，在外总得注意自己的形象吧？"

　　在转发了以上几条精彩点评后，我发表感言道："非常开心看到各位好友能够如此善解人意，换位思考。相信如果是他们，绝不会因为一点儿小事，就在公园里和旅途中和伴侣吵起来。生活不是战场，无须一较高下。人与人之间，多一分理解就会少一些误会；心与心之间，多一分包容就会少一些纷争。有道是计较生是非，'无视'己清静。这个世界，足够容得下所有的人，何况是自己的爱人？嘴上吃些亏又何妨，让他（她）三分又如何？"

2019 年 2 月 28 日于北京

"幸运老公"

2019 年春，从事新闻工作三十九年的金钊退休了。九年前，在金钊与沛婕的银婚纪念日当天，他曾向妻子做出承诺："六十岁后夫妻相携游遍世界。"而今，他兑现了自己的诺言，与沛婕开始了二人世界之旅。

遇到沛婕，是金钊认为一生中最幸运的事了，1982 年，经人介绍，二十四岁的金钊和与他同岁的沛婕以相亲的形式结识了。他眼中的沛婕，有着线条柔和的面庞、精致立体的五官、白皙如雪的肌肤，有种可以入仕女图的古典美。再加上落落大方的举止和谈吐，直觉告诉金钊，沛婕就是他想找的另一半。

实际上，金钊与沛婕在性格上有着较大的差异。一个敏感内敛，一个爽利外向，但也许正是这种差异，更让金钊有种发现了另一片天的惊喜和冲动。沛婕几乎也在同一时刻认准了金钊，之前她谈过几段恋爱，但都由于这样那样的原因，在很短的时间内与对方分手。当年的她是一个不愿将就的女孩子，成与不成一句话的事儿，绝不拖泥带水。

两年后，金钊和沛婕结婚，和金钊的父母住在一起。朝夕相处之后金钊渐渐发现，夫妻二人性格不同犹如一把双刃剑，虽然有其互补的优势，可以相互学到彼此不具备的东西。但其劣势恰恰是因其不同又不能相互包容时，往往会导致冲突的爆发。在与老人相处的态度和方式上，金钊和沛婕差异尤其大，突出表现在沛婕与金钊母亲的关系上。

外形柔美可人的沛婕实则生性好强，由于她处事干练，在家时习惯凡事她说了算，其他三个兄弟姐妹在她心目中根本"拿不起个儿来"。婆媳相处中，沛婕因为说话比较直，容易造成双方误会。让沛婕不胜其烦的是，一件根本不值得强调的小事，婆婆总爱重复好几遍。而当这种厌烦表现出来，婆婆又会因自己的好心不得好报而对沛婕心生怨怼。后来，发展到婆媳二人几乎随时会因为一句话没说对付而爆发争执，成了真正的"天敌"。

记得哪本书上说过，两个男人或者一个男人与一个女人可以化敌为友，但两个女人之间化解的可能性微乎其微，尤其是婆媳关系。只要有了芥蒂，就很难互相谅解，即便表面上平静，实则也是各自较着一股劲儿。每当沛婕和母亲发生冲突的时候，金钊都是左右为难。无奈，他做出了违心的决定，和沛婕搬出去单住了。

金钊的让步有了明显效果，沛婕在之后的两年里对他格外体贴，二人互谅互让。然而，结婚第三年，随着女儿妍妍的出生，二人的性格差异再次凸显了出来。

在教育女儿的观念和方法上，沛婕属于虎妈型母亲。在妍妍很小的时候，就向她极力灌输一种大人的话不能不听的潜意识。沛婕唱白脸，金钊便扮起了红脸的角色，为的是让妍妍感觉自己在这个家有"后盾"。妍妍从小喜爱张国荣，包括每一首迷梦般的歌曲到每一部张力十足的电影，甚至他抑郁的眼神，都牢牢地俘获了一颗少女之心，上中学后更达到痴迷的程度。2003 年张国荣选择了不归之路，妍妍流着泪恳求金钊带她去香港的星光大道祭奠"永远的哥哥"。已经担任报社总编的金钊，破天荒地从稿子堆里探出头来，委托常务副总编代理主持几日工作，专程陪同女儿前往香港，圆了妍妍的追思梦。

和结婚初期的碰撞磨合相比，金钊和沛婕走过最初的不惯甚至相悖，开始寻找并享受对方身上积极的方面。沛婕带给金钊最大的惊喜是她的冰雪聪明，而且随着时间的推移，这种感觉越来越强烈。他认为凭沛婕的聪明劲儿，完全可以干出一番事业来。可沛婕深谙二人谁更适合主外做事业，谁适合主内做家务，工作之余主动承担起家务和教育孩子的责任。

强势母亲和青春期女儿之间的冲突，在妍妍上中学时达到了白热化。金钊在母女间充当调解员的同时，在教育的主流方面仍与沛婕保持了一致。如学弹钢琴，妍妍起初并不喜欢，金钊配合沛婕对妍妍加以引导，如今看来当时的坚持对女儿是件好事，弹得一手好钢琴，为她这个中学时的校花加分不少。

高中毕业后，妍妍要去美国留学，这让金钊不由得为连国内异地生活体验都没有过的女儿捏着一把汗。于是，他给了妍妍一句压力非常大的话："我们尊重你的选择，但你必须学成之后回来。"走出国门，妍妍终于体会了留学的艰辛，以致半年后几乎崩溃，差点儿铩羽而归。幸亏父母给予的神经坚强这一遗传基因强大，助她最终完成了学业。让金钊夫妇倍感欣慰的是，女儿留学的最大收获是仿佛一下子长大了。回国三年后，主修平面设计专业的妍妍做出自主创业的选择，在 2015 年 4 月成立了自己的工作室。

曾荣获我国中青年记者的优秀成果最高奖——范长江新闻奖的金钊，因为新闻工作的特殊性，三十几年来，金钊没有休过周六日，几乎忘记了睡囫囵觉的滋味。多亏沛婕的独立和包容，早已安于夫妻这种长期两头不照面的生活，这让金钊深感愧对沛婕的同时，格外珍惜二人在一起的任何机会。作为风云人物又风流倜傥的金钊，多年来始终与各种绯闻绝缘。沛婕不仅没有因为丈夫的优秀担惊受怕把他牢牢拴住，相反还给了金钊很大的空间。而金钊回馈给沛婕的，是把工作之余的时间尽可能用于两个人在一起，包括观影、看戏、旅游等等。

当年旅行结婚时就有人说他们夫妻像兄妹，现在二人越来越有夫妻相了。节假日难得有完整的时间在一起时，他们总有聊不完的话题。越聊，相互之间的欣赏和赞誉度就越高，而且善于把对彼此的赞赏毫无保留地表达出来。金钊对沛婕说："在对某一问题的看法上，我需要经过相当时间的思考才能到达，你是一步就能到达。"而金钊对生活达观的态度又让沛婕钦佩不已，她娇嗔地回应金钊："你总跟我说你有多么多么幸运，什么时候都乐呵呵的，干脆，我以后就管你叫'幸运老公'吧！"

2017年春，金钊的岳母突发心脏病，他立即放下手中的工作，和沛婕的家人一起把老人火速送往医院。没过几天，金钊八十三岁的老母亲又犯了心肌炎。原来，母亲平时胸闷不舒服也不告诉子女，扛着扛着，结果加重了。刚刚安顿好岳母的金钊，又拨转马头去为老母亲寻医。

多年过去，沛婕早已在与婆婆的相处方式上有了质的变化。两边老人同时生病住院，沛婕家兄弟姐妹多，轮流陪护，她便拿出更多的时间去照顾婆婆。金钊赶到医院对沛婕说："你还是多去陪陪你妈吧，她的病更重。"当时正值"两会"召开，沛婕边说边把金钊往病房外推："你就别管了，快忙你的去吧。"

聪慧的沛婕自2015年开始，在某皇家国画大师的指导下进行国画创作。完成了《贺寿图》《鹰雄图》等作品，由写一手漂亮篆书的金钊题字。在某共享空间，夫妻二人深情朗诵道：

"你喜好泼墨作画，我长于执笔书写。我们习惯了一同品诗词、习书画。透过笔墨清香，共染一世江南烟雨梦，谈诗论赋，同度几许流芳岁月情，愿把时间留给这尘世间最美的相遇……"

结婚至今已三十五载，金钊和沛婕相濡以沫。一对本不在一个频道上的夫妻，靠相互包容和欣赏，奏出了和谐优美的幸福交响曲。

2019年3月15日于北京

双楫斋主

　　如果用"郎才女貌"来形容纪清远、卢平这对伉俪画家，对二人来说均各缺一面，因为他们是一对才貌双全的神仙眷侣。面对夫妻二人，听他们侃侃而谈，是一次艺术的熏陶和心灵的净化。

　　话题从纪清远、卢平夫妇画室中悬挂的"双楫斋"聊起。纪清远告诉我，将书房取名为"双楫斋"，意在荡起双桨，在无涯的艺海中劈波斩浪。著名书法家欧阳中石和沈鹏两位老先生分别为他们题写了匾额。唐代美术理论家张彦远强调："夫画者，成教化，助人伦，穷神变，测幽微，与六籍同功，四时并运。"说的是作画这件事情，可以实现教育感化的作用，帮助人们维护人伦纲常，能看到事情细微的变化，跟佛家讲究的道理非常相似，而且随四季一起循环运行。卢平补充道："双楫斋"还有一层意思是说，在一条艺术之船上的两条桨同时划行。因为我们两人都是画中国画的，也许一个偏传统，一个偏现代，但是艺术观点始终是一致的。

　　据我所知，在我们国家，伉俪画家本就不多，同时出名的更是微乎其微。纪清远、卢平夫妇曾联名办过几次伉俪画展，业内人士包括理论家一致认为他们的画作有一股正气。3 月 23 日，卢平刚刚参加了一个女性画家画展，在接受某媒体专访时她强调，人物画一定要以人为本，不能只重

伉俪画家纪清远、卢平夫妇结婚至今，生活中举案齐眉，艺术上同舟共济。

艺术形式而无人物。在人物刻画上一定要有个性，如少女的青春、儿童的天真、老人的沧桑，还有农民、工人、知识分子等，要表现出每个人具有的不同个性与气质，不能千人一面。她曾在巴黎的卢浮宫博物馆和伦敦的大英博物馆欣赏欧洲的绘画，看到十五至十九世纪的画作，对每个人的刻画都是栩栩如生，非常有震撼力，时至今日仍不过时。反观一些现代和当代的绘画，由于太过流于形式，看了之后不能给人留下深刻印象。卢平认为，绘画绝不是单纯的技法问题，而是思想、修养和各方面知识的综合体现。作为一名画家，在刻画人物性格的同时，还要兼具导演的素质，懂得一幅画的主角、配角如何安排；同时是一名服装设计师，深谙每个人物服饰的颜色如何搭配；还要是一名灯光设计师、舞美、音乐总监……只有以上方方面面都具备了，一幅画才能达到一定的高度。

1954 年出生的纪清远和 1958 年出生的卢平，二人从十三四岁开始学绘画，卢平十七岁、纪清远二十一岁时开始发表作品，至今绘画生涯已有四五十年了。卢平于 1978 年考入四川美术学院，毕业后，有四幅描绘西双版纳的毕业创作被中国美术馆收藏。由于她的成绩和表现优异，被安排留校任助教。1982 年秋天，卢平得知她崇拜已久的北京画院著名女画家周思聪来到成都，欣喜异常，立即前往拜访，由此结识了与周思聪同行的北京画院画家纪清远。纪清远不仅画儿好、字漂亮，还会作诗，而且一表人才，如此青年才俊拨动了卢平的一颗少女之心。纪清远对秀外慧中的卢平更是一见倾心，回京后不仅给卢平写情书还写了多首情诗。就这样，一对萍水相逢、情投意合的年轻人，仅三个月便闪婚了。由于卢平的成绩优异，四幅毕业创作被中国美术馆收藏，凭着才华和运气，卢平于 1985 年调入北京画院成为专业画家，与纪清远开始了搭帮过日子的平凡夫妻生活。卢平是典型的川妹子，缝补浆洗、裁衣做饭样样精通。纪清远虽然不谙家务，但是从不当甩手掌柜，每每都要给卢平搭把手。夫妻二人的小日子过得和和美美。可谓是生活中举案齐眉，艺术上同舟共济。

回顾结婚到现在三十六年的恩爱过往，纪清远感慨地说：我们两人是同行，对双方的事业特别有帮助，但是久而久之，二人不仅在相貌上，而且在艺术方面也渐渐呈现出了"夫妻相"。为避免"太像",他们首先在题材上分开,这样在面貌上便不再雷同了。卢平以表现人物,尤其是少数民族妇女儿童微妙细腻之处见长,连一双手都带有情感,这是男画家难以企及的。纪清远则重在历史题材画作的探索创作,如历代名人和唐诗、宋词等等。卢平说:艺术家都应该善于在生活中发现美,因为美无处不在,关键要有一双发现美的眼睛。哪怕是乘地铁、公交或者走在路上,每个人物在卢平的眼中都像是一幅画,总想象着如何把对方变成一幅作品,即用绘画的眼光去观察身边的每个人。画家还要像一只小蜜蜂,要到百花园采集各色各样的花蕊,最后吐出的是花蜜。在一次卢平的画展上,有朋友指着一幅画问她画的是哪里,卢平回答:那是我想象中的情景,把各种景色经过艺术加工呈现在了自己的画作上。一幅好的绘画作品,要比生活更集中、更典型,因而就更有感染力,而不是简单的拼凑。要用作品告诉读者哪幅画是轻音乐,哪幅是钢琴曲,哪幅是迪斯科,哪一幅还可以画成宏大的交响乐。

有人说纪清远和卢平的绘画风格和技法比较传统,实际上他们是在坚持经典的基础上不断创新,即把工笔和写意结合起来。如人物的脸和手工细一些,衣服概括提炼,即"工写结合",把工笔的细腻和写意的豪放结合起来。改革开放初期,卢平在工笔画上探索夸张有情趣的艺术手法。因为人们看写实的东西太多了,用了这样的手法具有新意让人眼前一亮,因而很受欢迎。但是工笔画终究画不了大场景,卢平去欧洲参观过许多博物馆,那些具有生命震撼力、栩栩如生的写实人物造型给她留下了深刻的印象。卢平本身就具有扎实的写实人物基本功,所以她决定把自己的画风重新定位写实风格。回来后和纪清远合作了9米长、2.5米高的历史画《躬耕籍田》。后来,他们尝试把油画的色彩和中国画的笔墨结合起来,最近又在探索人物和花鸟画的结合。艺无止境,他们表示还要继续探索下去。

曾担任北京市政协常委的卢平曾在政协会上提出,要警惕伪艺术,即西方的颜色革命。文化如同胎儿在母体内吸收营养,传统文化养育着的本土艺术家,不可忘初心,在借鉴吸收西方绘画精华的同时弃其糟粕。中国画具有以线和笔墨造型的魅力，油画则是光影和色彩的结合。艺术家如同"戴着镣铐跳舞"的舞者，要在有限的形式中创作出无限的美。因为中国画和中国很多哲学思想有关，创新不是改头换面，不能把艺术的魂丢了。

作为北京市文史馆馆员的纪清远，是纪晓岚即文达公的六世孙。曾经向北京市政府呼吁保护纪晓岚故居。纪清远从小受家规家训影响至深，博闻强记的他对长辈说过的话至今记忆犹新。改革开放后，他开始关注先祖的事。纪晓岚作为封建社会末期有名望的大学者，作为四库全书总纂官，对保存整理古代文献做出了巨大贡献。现存于国家图书馆的文津阁《四库全书》乃镇馆之宝，总目主要由纪晓岚撰写。任沧州纪晓岚研究会顾问的纪清远表示，纪晓岚著书立说并不多，零散写就的小说逝世后由学生结集出书，取名为《阅微草堂笔记》，对乾隆盛世帷幕后隐藏的尖锐社会矛盾进行了揭露，"世风日下"使他"痛心疾首"，书中隐喻着"劝惩"的主题，体现了一代文人的文化担当精神。同时，文达公的器物铭文，字里行间体现着睿智幽默的文风，如在尺子上刻写"守正规直"并作为家训。在廉洁自律方面，著有《掸帚铭》："帚有秃时，尘无尽期。然一日在手，当一日拂之。"2015年年底中纪委、监察部网站中的"传统家规家训"栏目，对纪氏家训做了重点介绍宣传。2017年6月，纪晓岚家规家训篆刻作品展在北京纪晓岚故居举行，其"守正规直"等朴素的道理，对当代反腐倡廉、为人处世、行为准则具有现实意义。作为卓越的人物画家和美术教育家蒋兆和的入室弟子，纪清远为人低调谦和，凡事力求做到极致。他怀着强烈的社会责任感，除了弘扬纪氏文化，还一直默默地做着蒋兆和先生的艺术传承工作。

"金风玉露一相逢，便胜却人间无数。"尽管在性格上纪清远稍内敛，卢平偏外向。但由于二人的理想相同、三观一致、和谐相处和彼此包容，认准了就牵手一生。有友人曾当面对纪清远、卢平夫妇发出赞叹："你们俩像极了文学作品里的人物。"我看到这对三十六年如一日的恩爱夫妻，在对视中依然流露着浓浓的欣赏和爱意。谈到他们的女儿特别是外孙时，二位的眼神立时放出了亮光。毕业于北大艺术学院的女儿，师从著名画家李爱国，目前在劳动人民文化宫做书画培训。聪明可爱的外孙刚刚两岁半，便会背《弟子规》了。还有一绝的是，宝贝外孙特别擅长把学过的唐诗宋词应用于日常生活中，比如看到姥姥起火做饭，开口便是"野火烧不尽，春风吹又生"；吃饭时看到妈妈端起酒杯便说"葡萄美酒夜光杯"；赏春踏青时见到柳芽又借诗抒情："不知细叶谁裁出，二月春风似剪刀"；躺在床上看到爸爸的侧脸感叹道："横看成岭侧成峰"。在开心笑过之后，纪清远说："有句老话'小时了了，大未必佳'。儿童教育是门心理学，有其规律，一是顺其自然，二是家长的言传身教。"

如今，在人民大会堂悬挂着纪清远的作品《兰亭雅集》和卢平的作品《竹韵》，夫妻潜心合作的《版纳风情》镶嵌在国家领导人的专机上，纪清远的作品《裱画工》《雏凤凌空》由中国美术馆收藏……学识、修养、气质尽在艺术其中，即所谓的"画如其人"，用在纪清远、卢平夫妇身上再贴切不过了。

2019 年 4 月 7 日于北京

校长 "爸爸"

"爸爸"，是北京盛基艺术学校来自汶川和玉树震后灾区以及部分来自福利院的孤儿们，对他们的校长荆跃的亲切称呼。

1958 年出生的荆跃，于 1981 年毕业于首都师范大学政法系后留校任讲师。说起来，我们还有一段师生缘，荆跃老师是我上首师大夜大学时的美学老师。2019 年 6 月 2 日，应荆跃老师之邀，我和老同学们来到位于昌平西藏文化园区的盛基艺术学校。在这里，聆听他讲述了十几年来从事公益办学的非凡历程。

八十年代末，荆跃辞去首师大讲师工作，前往香港招商局蛇口工业区任培训中心主任；九十年代初，创办并领导深圳某投资顾问公司等九家智库企业。从 1995 年起，荆跃在北京石景山区创办了盛基艺术学校。学校开办数年成绩斐然，在招收自费生的同时，为新疆、山西晋乐等贫困地区免费培养学生，曾于 2004 年被北京市教工委和市教委评为中职类民办艺术学校第一名。

2008 年 "5·12" 汶川地震后，荆跃接触到了来自藏区的震后孤儿，这些孤儿的命运给荆跃带来了极大的触动。随后，他决定对学校进行转型，停止商业招生，完全免费供这些藏区孤儿就读。2010 年玉树地震后，荆跃又从震后灾区接来藏族的孤贫孩子们来北京,并先后分九次到四川、青海和西藏,通过民政厅招收藏族孤贫儿童共计九十四人,来京免费接受六年制中专教育,颁发北京市中等职业学校毕业证书。从此,彻底将盛基艺术学校改变成为一所纯公益学校。十一年来,孩子们每天睁开眼睛,从饮食起居、吃喝拉撒到学习教育的责任都扛在了荆跃的肩上。所以,这些孩子都发自内心地称呼荆跃为"爸爸"。

作为一个学教育出身的人,荆跃想填补一个空白。孤儿是受国家保护的,由民政部门提供福利院和生活费,送到教育部的学校去上学。但是,福利院的孩子们不可能像其他孩子那样,有父母看着孩子做作业。包括将来的高考、就业以及孤贫儿童的成才问题,是过去不太被人注意的领域。如何把他们培养成对国家更有用的人?荆跃认为,孤儿的职业教育最好的模式是养教结合,培养技术和生活自理能力,使之早日回归社会、自食其力。就这样,利用北京的优质教育资源和爱心人士的无私奉献,荆跃选择了一条非常艰难的路——培养一个孩子一年大约需要四万元,十一年来筹集善款和物资达三千七百多万元。荆跃在体会到常人难以想象的艰辛困苦的同时,深感社会公益力量的强大。他发自内心地感谢这些爱心人士,说他们才是真正的菩萨。其中包括著名电影表演艺术家田华,做名誉校长至今已经二十余年;著名主持人陈铎是学校播音主持专业的创始人。

身为教育专家的荆跃认为,孩子的教育问题,实际上也是教育的科研问题。他在从事公益教育的同时,也在从事一项研究。因为这些孤贫孩子全部来自藏区,如何对他们实行心理辅导和通过教育的手段,使他们心态更阳光、更开放、更加愿意去接触他人,脱离过去的阴影,甚至改掉过去的一些行为习惯。荆跃把对这些特殊孩子的教育,定位在从改变他们的生活开始。小到怎么洗衣服、怎么坐马桶;大到如何融入城市生活、怎样理解真正的艺术。孩子们在进北京之前几乎都是迷糊的,有人甚至连北京的概念都没有。一位藏族的民政局长在致敬信中写道:"你们是天使,把这些孩子带到了北京,带到了天安门广场。如果不是你们,他们可能一辈子都进不了北京。"能够得到藏族政府部门的肯定,让荆跃万分感慨,越发意识到自己和全体教职员工在做着一件有利于民族团结的事。

荆跃坚持的第三个教育理念，是用国际化教育培养孩子们步入社会直至走向国际。2016年，盛基艺术学校带着第一批藏族孩子，到澳大利亚悉尼的市政厅，表演专场晚会《北京的格桑梅朵》①，演出的成功在国际上产生了深远影响。2019年，盛基艺术学校的学生们将继续国际之旅，去法国或再赴澳大利亚演出。"读万卷书不如行万里路"，荆跃说："走的路多了，见识广了，对一个孩子世界观的形成影响最大。在我们的教育研究和改造方面，如何使一个孩子从非常封闭、敏感、自卑，甚至不愿与人交流的病态心理，转移到站在舞台上与观众建立观演关系，把自己最美的一面展示给他人。进而宣传自己民族的文化，把中华民族的传统文化传播到世界每一个角落。这才是教育的真谛和意义所在。"同时，他谦虚地说，目前离这个目标还差得很远，但正是这一目标和光明的明天在时时激励和鞭策着他，才能和员工们一道不断克服各种困难，把这件公益教育事业坚持进行下去。

身为"爸爸"，荆跃平日里最怕的就是孩子生病。一个男孩子疑似患了脑瘤，检查前医生对荆跃说如果确诊是脑瘤，做开颅手术需要二十六万元。荆跃一听，头嗡的一下像要炸开了——公益学校哪里有这笔储备金呢？万幸的是核磁结果显示不是脑瘤，荆跃火速联系某专科医院的主任医师，陪患病孩子前往治疗。还有一个孩子胳膊断了两截，送至医院后，医生对荆跃说，要给孩子做支架，费用需六万元。荆跃在急诊室门口，因为一时筹不到这么多钱，当着众人急得直掉眼泪。一位国家卫计委的团干部闻讯赶来拿出两万元钱，孩子这才先住上了院。有人目睹荆跃为孩子落泪的场面，以为他就是孩子的父亲，一再感叹：这个当爸爸的太不容易了！

在我们参观盛基艺术学校当日，我采访了一名来自藏区，名叫泽仁卓呷的女学生。今年十五岁的泽仁卓呷告诉我："2015年，我作为贫困生被

① 格桑梅朵：即格桑花。在藏语中，"格桑"是"美好时光"或"幸福"的意思，"梅朵"是花的意思，所以格桑花也叫幸福花，长期以来一直寄托着藏族人民期盼幸福吉祥的美好情感。

接来盛基艺术学校学习。一次上课时突然呼吸困难，是'爸爸'把我送到医院看的急诊。为了学生们的健康，'爸爸'天天驻守在学校。他心里只有我们这些孩子，完全没有他自己。"

有道是"藏族是离天最近的民族"，从接触藏族孩子后，荆跃从他们清澈透明如一汪湖水、没有半点杂质的眼睛里，看到里面写满天真、善良和渴求。他们是荆跃坚持十一年如一日的理由。学生们中专毕业后，要帮他们选择大学和找工作。荆跃不只是做校长，更多的是承担着一个当父亲的责任。十一年来的艰辛自不待言，但荆跃实现了自己的一个愿望。很多人曾问他，你做过企业，当过集团公司老总，挣钱对你来说是轻而易举的事。为什么要倾家荡产、殚精竭虑地用十几年的时间做这一件事呢？荆跃唯一的回答是：人这辈子总要干一件自己认为最值得做的高兴的事。看到这些从最偏远的地方和最贫困的山区来到北京的孩子们，依靠一流的教育改变了他们的命运，正是荆跃最开心的事情。

今天，已经有越来越多的人开始理解荆跃做的这件非同寻常的公益教育事业了。荆跃说，有两种力量真正支持他走到了今天。一种力量来自员工，当他身体抱恙、想打退堂鼓的时候，有员工对他说："荆校长，只要你再往下做，我们就会跟着你一直做下去！"这句话就像一杆红缨枪在背后顶着他，让他欲罢不能。因为平日里荆跃教育所有员工要做到"无怨无悔，无欲无求"，做不到这八个字，就不能与他共同把这件公益教育做下去。现在，员工们不仅完全被他所感召，同时也在激励和感动着他。

另一种力量来自那些可爱的藏族孩子们。十一年来，荆跃眼看着他们一天天懂事、一年年成长起来。他们从初到北京时什么都不会，甚至还有因为胆怯逃跑过的、有因为训练艰苦躲藏起来找不到的，到如今一个个站在舞台上，成为一名非常优秀的演员，赢得台下成千上万人的掌声。每当看到他们取得成绩的时候，荆跃便把自己所经历的一切困难和痛苦抛至九霄云外了。孩子们一句感激的话，能让他感动三天。

教育是漫长和艰辛的过程，经过十一年的时间，终于看到了初步成果。如今，大部分孩子已经毕业，进入了一流的大学，有了稳定的工作和可观的收入。荆跃说，这些孩子最终能否成才、成为对社会更有用的人，目前还不能看出来，尚需要时间的检验。但是，可以肯定地说，纯公益学校培养出来的学生与过去商业学校培养的学生相比毫不逊色。到目前为止，盛基艺术学校的孤贫学生已经毕业七十人。近五年来，学生们已经有六十多人、近五百场演出走上央视等主流电视台；参加了三十多个电视台的栏目。实践证实了荆跃"公平教育可以改变一个孩子命运"的说法，在他的爱心教育、科研教育和国际教育培养下，这些孤贫孩子们同样具有超强的社会适应能力。

十几年来，为了当好孩子们的"爸爸"，曾经健康帅气的荆跃，如今已劳累得脱了相，而且身体几次亮起红灯。四年前，他被医院怀疑患有肺癌，当时正值大年三十，荆跃依然赶到学校，对孩子们说："今年非常抱歉，爸爸不能陪你们跨年了。"望着他步履蹒跚地向宿舍走去的背影，很多孩子和老师都哭了。一个月后结果出来确诊不是肺癌，师生们才松了一口气。

荆跃的爱人身体更差，患有多发性硬化免疫系统疾病，一发病就要坐轮椅，住很长时间医院。但是她始终如一地支持丈夫的事业，不仅先后卖掉了北京、深圳两处房产，还把娘家的钱拿来用于公益教育。2019年年初，荆跃的爱人再次住院，学生们纷纷赶来医院探望。一名刚刚参加工作的学生，用领到的第一份工资买了一束鲜花，在病床前献给了"妈妈"。一旁的"爸爸"，完全不顾及男人和校长的尊严，像个孩子一样，任由感动、喜悦和幸福的泪水尽情流淌……

"身为父亲，就要牵着孩子的手陪他们走过半辈子。"一生膝下无子的荆跃对孩子们说："我一定要好好活着，希望有更长的时间做你们的爸爸，陪伴你们长大。将来我老了就进养老院，等你们有了成就的那天，能够到养老院去告诉我一声，爸爸就心满意足啦！"荆跃的一番肺腑之言，让一生缺少父爱的孩子们如同面对亲生父亲一样，围着他一口一个"爸爸"地呼唤着。能做这么多孩子的父亲，是荆跃此生最大的骄傲和幸福！

2019 年 6 月 5 日于北京

第四辑

女人四十闯东瀛

日本国民的诚

1994 年 9 月至 1995 年 8 月，受团中央派遣，我赴日本冈山商务信息学院研修。一年间，真切感受了日本国民的诚，并与其中的数位朋友结下了深厚的友情。

大森姐姐

在我来到日本半年后，虽然已进入阳春三月，但夜里睡觉只盖一床薄被还是感觉有些凉。

这天清晨，蜷缩在被筒中的我，接到公寓管理员打来的电话，说是有我的包裹到了，让我立即去取。咦？没听谁说过要给我寄包裹呀！带着满腹狐疑，我接过管理员递上的包裹，上面写着我的日本好友大森徇子女士的名字。打开一看，原来是一条崭新的毛毯！

这是真正的雪中送炭啊！当时把我感动得伫立良久，几乎石化。

　　说起我和大森徇子的友谊，还是头年10月赏红叶时结下的。在一同游玩的众多日本朋友中，她是唯一一个继续与我保持交往的人。记得一次大森带着我去日本最大的城堡姬路城一日游，一路无微不至的关怀让我感动不已。但是，由于刚到日本不久，我那"二把刀"日语让自己想表达的情感如骨鲠在喉，全部拥堵在了嗓子眼儿，直急得泪花在眼眶中翻滚。大森见状，以为自己哪里做得不周到，让我受了委屈，一个劲儿向我道歉。她越这样，我越急得难以名状，最后，急中生智地对大森说了句："我只是想说，你做我日本的姐姐好不好？"大森终于明白了我的心意，喜不自胜地连连说："好啊，好啊！我太开心啦！"

　　真诚无国界，更超越了语言的障碍。没有通过电话，更未来过信，大森姐姐仿佛知道我难处般地悄悄寄来了毛毯。这，就是人们通常所说的"心灵感应"吧。

野崎爷爷

　　那些年，凡在冈山留学或研修过的中国人，恐怕没有不知道"野崎爷爷"的。而认识"野崎爷爷"的契机，大多缘于一把青菜。

　　管野崎叫爷爷，是因为他已经是一位九十多岁高龄的耄耋老人了。老伴儿去世早，儿女们又都在长大成人后各奔东西，老人难免孤独。从那时起，他开始了与在日中国人的交往并开始学习中文。别看他已年逾九旬，但腰不弯背不驼，还种得一手好菜。在他那并不算大的菜园里，黄瓜、茄子、西红柿、包菜等等应有尽有。一到收获时节，他便挨门挨户，把这些带着露水的新鲜蔬菜，一把把地送给中国留学生和研修生们。"野崎爷爷"的称呼也由此流传开了。

　　为了与中国人交流，野崎爷爷从三年前开始学习中文。每次见到我，都会像孩子一样手舞足蹈地说上一句："见到你我很高兴！"这天，他在照例给我送蔬菜的同时，拿出他学汉语的小本子，让我帮他看看写得对不对。只见野崎爷爷在本子上工工整整地写着："我学中文已经三年了，也交了很多中国朋友。我种了一些蔬菜，一个人吃不完。我把它送给中国的留学生和研修生，这是我最大的快乐！"

1995 年 1 月 17 日，日本关西地方发生了规模为里氏 7.3 级的"阪神大地震"。这天，野崎爷爷拿来一张《朝日新闻》报让我看，只见上面报道了一位来自上海、名叫卫红的女留学生在地震中不幸被埋罹难的消息。这位年仅二十八岁的大阪大学经济系研究生，曾在 1992 年日本天皇夫妇访华期间为皇后担任翻译。当看到报纸上有着天使般容颜的卫红那灿烂的笑靥，我实在难以抑制汹涌而至的悲痛之情，再抬头看到野崎爷爷也已是老泪纵横，顿觉如万箭穿心，对他道了声："对不起！"然后掩面冲出了屋外……过后我得知，野崎爷爷向大阪日本友好人士自发组织的、以卫红的名义专为中国罹难者成立的"卫红基金会"捐款数万日元。

临近回国，我真诚地对野崎爷爷说："您随我一起去中国旅游吧！到了北京，我陪您逛故宫、游颐和园、品尝北京烤鸭。"野崎爷爷对我说："我真的很想去中国看看，但是岁数太大不能去了。只想通过你转告你的亲人和朋友，就说日本人民对中国人民很友好。"

船津妈妈

与船津女士的结识纯系偶然。

在我 1994 年赴日本研修的第二个星期天，为熟悉冈山街市徜徉街头，信步走进了一家叫作"明日香"的画廊。一个女工作人员笑容可掬地给我递上一张明信片，上写"船津通子女士个人画展"（在日本，请柬多以明信片的形式印发）。随着工作人员的引导，我便见到了本文的主人公——

船津女士。

没有在国内所常见的名人被一众粉丝所包围的热闹场面，看上去年逾六旬、体形仍娇小玲珑的船津女士，正在优雅地与一位客人亲切交谈。当工作人员向她介绍说有位中国客人来了时，船津女士立即起身，高兴地连连说："太好啦！太好啦！"当得知我从北京来，她更是喜不自禁地告诉我她曾经三次到过北京，还两次登上了万里长城。船津女士对我说，中国的东西便宜是便宜，就是质量有待提高。总听说日本人讲话含蓄，没想到这位船津女士却是如此地快人快语。

交谈中，当船津女士得知我学唱日语歌早于学习日语时，非要我唱上一段不可。于是，我便小声哼唱起了日本民歌《四季歌》。船津女士兴奋地为我打起了节拍……担心逗留过久会影响船津女士接待其他客人，我起身告辞。临别时，船津女士送给了我一块她亲手扎染的方巾。

谨遵老祖宗"来而不往非礼也"的古训，一周后我再次来到"明日香"画廊，准备把一份从国内带来的礼物回赠给船津女士。谁知展览已经在前一天结束，只有两个画廊的工作人员在整理展厅。我问她们有无船津女士的联系方式、住址等，对方一问三不知。我暗暗叫苦，同时又自责自己的粗心大意。这些怎么就没在与船津老师告别的时候问清楚呢？

就在我懊恼沮丧之际，二人中的一位忽然告诉我：船津女士是冈山市公民馆的兼职美术教师。咳，倒是早说呀！

抱着撞大运的想法，第二天我来到了市公民馆。该着我和船津老师有缘，那天恰好有她的课。当我这个"冒失鬼"出现在教室门口时，船津老师惊讶得张开嘴半天都没有合拢："钮桑（日语敬语），是你么？"自那天起，我和船津老师的交往正式开始了。

对绘画一窍不通的我，却是为了向船津女士学画画儿，第一次造访她家。这起因于我就研的学校每周一次的插花课。插花实际并不难，难的是教师要求在花插好之后，把自己的作品原原本本地用水彩画出来。结识了专画花卉的船津老师，我可算遇上救星啦！

进得屋内，一眼便看到了彩电上放置着我赠送给船津女士的那件民间工艺品——鼻烟壶。再看房前屋后，种满了四季花草，屋内也是到处悬挂着船津女士的作品，令人目不暇接。此后，学校的插花指导老师每每惊异于我绘画作品的飞速长进，哪里猜得到我在外面吃着"偏食"呢？

1995 年元旦，已经当了近十年母亲的我，意外地收到船津女士寄来的"压岁钱"，着实让我感动不已——一生没有养育儿女的船津女士，把我当作了她自己的女儿！为回报"妈妈"的爱，当我得知她喜欢吃"中华小笼包"后，便一次次地来到她家施展技艺。每次船津妈妈都会请上一大屋子的亲朋好友，一起品尝我的"杰作"。

在一次众人品尝"中华小笼包"时，船津妈妈笑着跟席间的众人提及了我的一件"糗事"。事情是这样的，一个月前临近"敬老日"，怀着像对母亲一样的敬意，我给船津妈妈发了一张贺卡。一个星期过去了，对方既无回信又无电话。这一反常现象让我稍稍不安起来，以为她身体欠佳，便主动给她打去电话问候。透过话筒，从对方的语气中没感觉出有任何异样，心中的那点儿不安也就随之烟消云散了。

这天，船津妈妈当众提起了我在"敬老日"前给她寄贺卡的事，说完后掩面笑了起来，其他人也一起笑了。其中一人看着一脸懵懂的我解释说："敬老日是为年龄更大的人所设的节日，船津老师还年轻呀！"此时，我才明白给船津妈妈寄出贺卡后迟迟得不到回音的原因——原来我犯了"大忌"，即日本女士对"老"字的忌讳。

常言道"天下无不散的筵席"，眨眼间一年的研修生活就要结束，到了我告别船津妈妈的日子了。一想起从今以后将难以再看到她和蔼的笑颜、握她温暖的手，我便不能自已。船津妈妈拉着已哭成泪人的我的手，无限深情地说："你在日本一定还有好朋友吧，介绍一位给我好吗？今后，我虽然可能很难见到你了，但是能与你的朋友共同交流关于你的话题，我也就心满意足了。"

我拭干泪水答应了船津妈妈的要求，把我的日本姐姐大森徇子介绍给她，同时也向她提出了一个小小的、"不近人情"的请求——回国当天千万不要送我。

1995 年 6 月 5 日于日本冈山

女人四十闯东瀛

　　这个话题的初衷说起来显得过于冲动，我决定赴日本留学纯系偶然。

　　1995 年 8 月，我结束了一年的赴日研修生活，回国后进入市政府做了一名公务员。一年后的某天，在日本冈山结识的好友小梅，陪同她的经济学教授坂本忠次先生和夫人来到中国。这天，小梅要陪坂本夫人去游长城，委托我陪同坂本先生到北京图书馆参观。

　　一路上，我流利的日语让坂本先生十分惊讶，连说我根本不像只在日本研修过一年的人，如果就这么丢了实在可惜。并表示如果我愿意继续到日本去留学，他愿意为我做担保人。我随口说了句"那敢情好啊！"谁知坂本先生认真了，回日本后便开始为我办理自费留学手续。当一纸"在留资格证明"漂洋过海"飞"到我手中时，生米已然煮成了熟饭。我想，那就随遇而安，中年之后换个活法吧。

　　1997 年 7 月四十岁生日当天，在我吹熄生日蛋糕上的蜡烛、向父母和两个妹妹郑重宣布"我已经决定自费去日本留学"时，全家人几乎异口同声地惊呼："什么?!"

　　就这样，我辞去了公职，于 1998 年 4 月 10 日又一次踏上这块既熟悉却仍陌生的土地。为回国后自主办学，我选择了冈山大学教育学研究科。

为了顺利考入大学院，我在当预备生的一年里几乎没有睡过一个囫囵觉。无奈，偏大的年龄让我记单词和句子都如同"水过鸭背"。但时常的记差、记混反过来又帮了我的忙。不怕各位看官见笑，我曾把形容非常近的词"眼睛和鼻子的距离"说成了"鼻子和嘴的距离"，把形容少得可怜的词"麻雀的眼泪"记成了"老鼠的眼泪"。然而，在笑过与被笑之后，这些词竟然变得"打死也忘不了"了。

为了能够迅速、大量地记住浩如烟海的单词，我自创了"循环记忆法""联想记忆法"和"集中记忆法"。仅凭 1995 年在日本研修一年的底子，还有留学数月的猛打硬拼，八个月后，我顺利通过了日语最高级别的考试，并于 1999 年 2 月考入了大学院。一时间，我的事儿在冈山大学留学生中间疯传开了。因为我的年龄偏大，曾经有个男留学生跟他人打赌说："她要是能在这么短的时间考进大学院，我姓儿倒着写。"结果，有人跟他起哄说："这回你还不把姓倒着写？"谁知他来了句："倒着写我也姓王，嘻嘻！"

硕士课程第一年，我一口气攻下了二十二个学分（两年总计三十个学分）。其间，在 1999 年度留学生演讲比赛开始报名后，有"好事者"不经我同意，偷偷给我报了名。骑虎难下，我绞尽脑汁写了一篇题为《我的留学生活》的演讲稿。内容大致是写我出国后对女儿的思念，还有学日语中的趣事和糗事。比赛当日，我的演讲惹得几位评委时而拭泪、时而浅笑。演讲完毕，只见他们齐刷刷打出了高分。就这样，日语刚刚过关的我，先后夺得冈山分赛和广岛决赛两个第三名。

在成绩的背后，又有谁知道，我整日处在与其他留学生相比更为严峻的困境中呢？高额奖学金的年龄限制将我拒于千里之外；住在除居室外一切"共通"的简陋公寓；费尽周折找到的一份餐馆打工工作，每天仅能在店里最忙时干上三小时，月薪只是"正社员"（正式员工）的一个零头。

生活的重压自不待言，寂寞和思乡之苦又时常搞得我夜不能寐。案头、床头、墙上，到处挂满十二岁女儿的照片；妈妈、老公、女儿的电话录音舍不得消除，每天睡觉前一遍遍反复地听，直至进入梦乡……

我的演讲惹得几位评委时而拭泪，时而浅笑，最终齐刷刷地打出了高分。

　　静下心来想一想，一个已步入不惑之年的女人，竟然又当起了一条艰难爬行的书虫。以前的"辉煌"姑且不论，即使是像一般人那样的生活状态也远远达不到。那般和小鸽子对话的孤独寂寞，那份面对"撒野先生"有口难辩的委屈，还有那股恨不能挥起大刀向"鬼子"头上砍去的冲动……

　　正可谓，女人四十闯东瀛，弹拨"苦乐交响曲"。

2000 年 2 月 15 日于日本冈山

面对寂寞

我所就读的日本冈山国立大学附设留学生会馆，供初来乍到的各国留学生住宿。寂寞，可以说是留学生活自始至终的主旋律。刚刚出国的第一年尤为如此。

第一年住在这里时，为参加入学考试，我选择的论文题目是《留学生日语汉字学习》。汉字因其难写而几乎被非汉字圈的所有留学生们称为"恶魔文字"，为深入了解情况，我设计了一张调查表，分别敲开各国留学生的房门。透过这扇窗口我发现：面对寂寞，他们的心态可谓异彩纷呈——

印尼人难耐寂寞

我走进一名印尼男留学生的房间，恰遇他们一伙人在搞小型聚会，这下可把我高兴坏了，一气儿发出了十几份调查表。平时，在会馆大厅里三五成群聚会聊天的数印尼人最多，公用电话使用频率也数他们最高。小伙子安迪卡还"吃着碗里，盯着锅里"，借我做调研之机，托我牵线搭桥，介绍中国女留学生小娟跟他认识一下，交个朋友。我介绍他们认识之后，一来二去，两人还真成了无话不谈的好友。

艾芭是印尼一所学校的日语教师，以研究员身份来到日本，在我就读的研究生院做旁听生。她的学习没有硬指标，所以十分轻松，反倒让她更加寂寞难耐。白天，一有空就张罗着聚会，找人聊天，晚上便开始与远在国内的老公和女儿通话，一打就是两三个小时。她告诉我，每个月的国际长途电话费总要在四万日元左右（相当于三千元人民币）。

韩国人选择寂寞

我对门住着韩国姑娘梁松珠，无论白天还是晚上，她从外面归来都是吧嗒一声把门扣上。偶尔在洗衣房相遇，她也从不主动打招呼，最多对你点一下头。

无独有偶，楼上的金明花也是这样。我上门给她送调查表时，她只把房门打开一个小缝儿，接过调查表后立即把门关上。两天过后，我从门缝儿里发现了她还给我的已填好的表。让我感动的是，在表的空白处她还写了一句话："不知能否对你有帮助，祝你成功！"

玻利维亚人善于排遣寂寞

住在二楼的乔克曼是当时会馆里唯一的玻利维亚留学生。每每经过二楼，经常可以听到从他屋里传出的器乐演奏声，震得满楼道都蹦着音节。一开始，我以为乔克曼也像印尼人一样总在房里搞聚会，然而敲开他的房门我惊讶地发现——屋里只有他一人在弹着吉他。原来，是录音机播放的音乐在为他伴奏。其他玻利维亚人，是否也如乔克曼一样善于排遣寂寞，我便不得而知了。

突尼斯人远离寂寞

阿里在接受调研时对我说，他从没感到过寂寞。这天，赶巧有四个日本姑娘来找他聊天。聊到高兴处，他便开始给众人表演动耳朵、眉毛和脖子，那滑稽的表情和动作逗得姑娘们掩面笑个不停。我明白了阿里之所以不寂寞的原因，他的幽默风趣吸引了众多同龄人，因此从来不缺朋友。

阿里的好友费鲁加同样十分活跃。不久前他踢足球伤了腿，每天仍有不少球友来找他喝酒聊天。

对于阿里和费鲁加来说，"寂寞"二字已被他们扔进了爪哇国。

2000 年 3 月 12 日于日本冈山

留言电话

　　1998年4月中旬来到日本后，转眼便到了5月初的"黄金周"了。日本的"黄金周"的确名副其实，它是"工作狂"的日本人用来尽情外出旅游的七天，也是经济拮据的中国留学生用来拼命四处打工的七天。相形之下，仍深陷离乡之愁中不能自拔的我，如同游离在磁场外的电子，茫茫然注视着这"精彩世界"而不知所从，一个人独自坐在斗室内发呆。

　　抬头看看墙上的挂钟，时针指向日本时间上午八点三十分，按照与国内时差一小时推算，此时应为北京时间上午七点三十分，盈盈（女儿的乳名）大概早起床了，她该不会空着肚子去上学吧？唉，又来了！就在昨天，我刚刚被好友小梅"训"了一通："钮敏姐，事到如今，你总为孩子操心又有什么用？还是回过头来操心一下你自己吧！"

　　是的，来日本后短短半个月时间，我花光了从国内带来的全部日元。学费四十七万日元、电话安装、医疗保险十余万日元，再加上床铺被褥、锅碗瓢盆、柴米油盐……到头来，不仅落得"白茫茫大地真干净"，还向小梅借了两万日元。

　　目光扫过时钟，又移向新接通的电话机。只见它犹如一只睡猫般卧在那里了无声息。给谁打个电话吧？可打工的打工，度假的度假，国际长途又贵得令人咋舌，能把电话打给谁呢？

不行，就这样闷坐在家里胡思乱想，非憋死不可！

我步出家门，漫无目标地踟蹰街头。路边、商场、车站……沿街我看到了一个个"睡猫"——公用电话机。突然，一股要把它们中的一员唤醒的强烈欲望产生了！

于是，我在一部电话机前驻足，投入了一枚硬币，手在拨号处停留片刻，不由自主地按下了我自己公寓的电话号码。

四响过后，我听到了录音提示：那是一阵轻柔的女声：

"对不起，主人有事出门了。如果您有什么事，请留言。"

我以同样轻柔却又含有几分凝重的语气对着话机说：

"喂，你好吗？振作起来吧！面包会有的，一切都会有的！"

2000 年 3 月 24 日于日本冈山

绝处逢"生"

　　这个题目多少有点耸人听闻，不过看罢此文之后，恐怕你也会为我捏上一把汗。

　　我于 1998 年春季到日本半年后，参加秋季的冈山大学研究生院第一次入学考试失利。要强的我尽管在众人面前不动声色，可背地里却捂着被子不知偷偷哭了多少回。如果跨年春季的第二次考试仍不能过关，就要生生地再等上一年。对于一个年轻人来讲，一年也许算不了什么，而对于已到不惑之年的我，就如同荒废了五年。按照国内的用人标准，年龄最是"卡"你没商量的啊！

　　入学考试对留学生不仅没有半点"最惠国待遇"，而且还要比日本学生多加写一篇小论文。导师吉田则夫先生告诉我：上一次的考试之所以没有过关，除去来日本时间短，口语不过关影响了总成绩之外，小论文说服力不强更是一个重要原因。闻及此言，我全身的血液似乎都涌向了头部，顿时感到天旋地转——要知道，为了写好《留学生日语汉字学习》这篇论文，我几乎把全冈山的外国留学生都走访到了，原本是指着这篇论文拿高分的呀！

　　为进一步增强论文的力度，我除大量查阅有关资料外，又请教了系里除吉田先生以外的国语系教授。其中一位年轻的副教授为我提出了中肯的修改意见，另一位中年教授却以研究领域不对口回绝了我。

论文修改好了，当我信心满怀地拿给导师审阅时，吉田先生看到了论文中有超出他指导的部分，便问我那些观点是如何产生的。我老老实实地告诉他曾向其他教授请教过的事实。孰料吉田先生听后勃然大怒，突然一把撸下眼镜又啪的一声甩了出去："岂有此理，真是岂有此理！从现在起，你这篇论文已经与我毫不相干了！"

尽管我早已耳闻吉田先生脾气古怪，可他如此怒发冲冠我真是连做梦也没想到。更要命的是，我甚至不知道导师为什么要发这么大的火？

我一脸沮丧地回到研究室，"前辈"松井美子关切地向我询问之后说道："钮桑，不怪吉田先生发火，你这可是犯了大忌呀！"原来，日本教授最不能容忍的事情就是，学生守着自己的导师还要去请教他人，尤其是同在一个系里的教授。不然，就是在刮导师的鼻子给他难堪。

怎么办？连导师都"撂挑子"了，我还做什么入学梦？一连几天，我茶饭不思，一筹莫展，手中的复习资料连一个字也看不进去。

丁零零……一阵清脆的电话铃声响起，是妈妈打来的国际长途。万般委屈立时涌上心头，此时此刻的我，真想对着电话机痛痛快快地哭上一场，把一肚子的烦恼和苦闷一股脑儿地向妈妈倾诉。然而，话到嘴边却变成了："妈妈，我一切都挺好的，真的，您甭为我操心。"

放下电话，我突然平静下来了：你有什么好委屈的？路是自己选的，苦是自己找的，现在不论是亲人还是朋友，谁都无法替代你，只有自己救自己！

转眼便迎来了1999年春季的第二次考试，我镇定自若地再次步入考场。然而，面试开始之后，又一个意想不到的情况发生了！

在我发表小论文后，教授们开始逐个进行提问。由于有过一次临场经验，几个问题我回答得都很圆满，吉田先生脸上也露出了一丝满意的笑容。但是，当轮到那位前面提到的我曾私下向他请教时遭拒绝的中年教授时，他先扫了一眼吉田先生，又冷不丁对着我冒出一句："钮桑，你不是曾经让我对你的论文提意见吗？今天就请允许我当众谈点拙见吧！"好一个"铁面无私"，好一个"正大光明"！

全场气氛骤然紧张，之后便沉闷得仿佛就要滴下雨点儿来。所有教师的目光全部集中在了吉田先生身上。在死一般的寂静中，我咬紧牙关默默地等待着，心说无论出现什么样的情况我都得扛住，即使今天死定了。

"关于××老师刚才所说的情况，钮桑已经向我汇报了。建议大家还是仅就她今天发表的论文提问题吧。"吉田先生平静地对众人说。

怎么，这就算过去了吗？讲这番话的，难道真是那位几天前刚刚摔过眼镜并对我怒吼的吉田先生吗？

两周过后，考试结果公布了。在一片片"山田"、一群群"小岛"和一座座"鸠山"中，一个醒目的、再熟悉不过的中国人的名字跃入我的视野——钮敏。

2000 年 4 月 10 日于日本冈山

打工进行曲

"火头军"序曲

因经济所迫求工心切的我，手捧"求人"信息杂志打了不知多少个电话。终于，有一家叫"明洞"的韩国料理店同意我前去面试。店长见我长得身大力不亏的，便比划了一个颠勺的动作，问我是否愿意做厨师。我说可以，他便说那好，你明天就来吧！

其实我那时根本不会颠勺，但是为了生计，回到公寓后我彻夜"补课"练颠勺，第二天早晨发现，把胳膊都练肿了。甭说，颠出来的菜味道就是不一样。我揉揉红肿的胳膊，伸伸酸痛刺骨的腰，心说"瞧好吧您哪！"

也许当时在冈山的韩国料理店还少，"明洞"的"人气"很高。特别是每逢一季一度的"饮放题"（随便喝），食客们便如蝗虫般涌来，搞得大厨师和我整天忙得不亦乐乎。但有一点让我沾光的是，日本的料理店是店长老大，厨师老二，那些端盘子刷碗的都要惧我几分。因此，忙归忙却从来没受过气。

　　留给我印象最深的一段经历是，大厨师一次路遇车祸住了院，做饭的只有我一人了。而恰恰那段时间又赶上日本的"黄金周"，这下可把我忙惨啦！煎炒烹炸脚丫子朝天地拼命干，汗水和泪水（洋葱和油烟熏的）交织流淌一再模糊了我的视线，外边的食客却一直是有增无减。有的客人实在等不及了，只好去别的店。闭店时分，当最后一位客人心满意足地抹抹嘴巴走出店门那一刻，我却像泥一样瘫倒在地。

　　第二天，我改变了原有的战术，把作料配好放在一个大塑料瓶里，这样便减少了每炒一道菜就要配一次料的时间。甭说，这办法还真见效，三颠两颠，火苗一蹿，一道香气四溢的菜肴便出锅了，速度快得如同变戏法。干到开心之处，我竟不由自主地哼起了毛宁的那首《涛声依旧》："月落乌啼总是千年的风霜，涛声依旧不见当初的夜晚……"

　　转眼一年过去寒假来临，思乡心切的我，提前半个月向店长告假说要回国一段时间。听说我要回国近一个月，店长面露难色，我立时明白了他的意思，主动提出辞职。

　　就这样，在我归国前的半个月，一个二十几岁的日本小伙子"黄毛"便成了我的徒弟。其实，他的头发本身并不黄，只是追时髦染成了黄色。日语还不是很熟练的我连比划带说地教，"黄毛"似懂非懂地一个劲儿"哈依"（是）。我说那你先试试配作料吧，"黄毛"便一脸认真地开始了实习。辣椒和盐放得还算适度，等到放糖的时候，但见他刹不住车地噗噗噗可劲儿招呼，急得我在一旁用中文冲着他大喊："行啦，哥们儿！"

　　听到我的叫喊，"黄毛"停住手问："你说的意思是不是我放得太多了？"

　　咳，真叫人哭笑不得！

　　十天下来，虚心勤奋的"黄毛"便干得像模像样了。店长为表彰我一年来立下的汗马功劳，专门为我举行了欢送会。至此，我那段激越高昂的"火头军"序曲便画上了句号。

"孤军勇"大调

寒假过后回日本，我又找了一份工。这是一家专营肉串烧烤的个体小店。儿子当店长，老母主厨，一个名叫植冈的六十岁老妇人做料理辅助，再就是我这个当服务员的。抱团的日本人和我这个孤独的中国留学生，自然形成了"三比一"的格局。

先说店长吧，老母亲年事已高仍在老骥伏枥，当然要尊老。植冈呢，又是老母亲的邻居不便轻易得罪，于是便把我当成了软柿子想捏就捏。别看店长胖墩墩戴一副眼镜显得挺和善，实际上却是爆竹捻脾气——沾火就着。因为工作的事他发脾气我都忍了，但后来发生的一件与工作无关的事，却轮到我爆发了一把。

事情是这样的。一次，店长在客人们未到之前让我帮他按摩颈部肌肉。因嫌我用力过小，便反过来使劲按压我的脖子以作示范，搞得我颈部一阵剧痛。顿时，我怒不可遏地高叫了一声："住手！"然后，一巴掌打飞了他的手。我的勇敢反击令对方猝不及防，惊愕地张大嘴巴半天也没合拢。知道了我的"厉害"之后，店长的威风便收敛了很多。

再说那个叫植冈的老妇人，年轻时她也许长得还算漂亮，但是那两道拧着的柳眉和透出恶意的眼睛，再加上一头染得碧蓝的鬓发，总让我不由得联想起电影《列宁在 1918》中的女特务卡普兰。在店里，她总以"第二把手"自居，动辄便指使我干这干那，特别是经常把她分内的工作也推给我做，稍有不从便给我颜色看。她负责做工作餐，总把剩菜馊饭盛给我，那股子馊味儿即使捂着鼻子都能闻到。面对这种情况，终于有一天我忍无可忍了，把饭菜端给店长看。店长一闻饭菜确实馊了，但为息事宁人，他皱着眉头对植冈说：从今天起，你不必做工作餐了，还是让我妈做吧。终于，第二回合的"战役"又以我的胜利而告结束。

话题转到了店长的妈妈。虽然她已经是一位七十八岁高龄的老人，但为了离异的儿子，在日本经济不景气的情况下还能支撑住这个店，仍在拼死拼活地主厨掌大勺。她是店里唯一对我还算和善的人，只是特别絮叨，尤其是当我与店长、植冈发生摩擦时，她绝对站在儿子和老邻居的立场来教训我，过后又往往面露难色对我解释说她是不得已才这样做的。望着她的花白头发和微驼的身躯，我不由得生出几分怜悯之意。

不久，因为学习紧张我辞去了手中这份工。在接到店长递给我的最后一个月工资袋后，我发现里面多了个小信封，原来是店长发给我的奖金，从中看出了他对我勤奋工作的认可。出乎意料的是，植冈也送给了我一份礼物，并向我表达了忏悔之意。当我步出店门之后，不由得长长地舒出一口气，立时觉得浑身轻松了许多。

"木渣酒"之歌

随着日本经济的每况愈下，工是越来越难找了。半年之后，好友小梅对想继续找工打的我说：她打工的店缺一个刷碗兼帮厨的，问我是否愿意前往面试。对于有过当厨师"光荣历史"的我来说，这个差使多少有些屈才，但为顺利完成学业，我还是毫不犹豫地答应了。

面试后，这家店要我先行"体验"。所谓体验，是让我和另一名前来接受面试的日本男青年试工数小时，通过竞争二者取一。我使出了浑身解数，每个环节都干得十分到位得体。无意中我发现：表面上看店里的每个人都在干自己的活儿，可实际上都用眼角的余光对你进行"扫描"呢。

试工结果，全体"正社员"一致给我打出了高分，居然淘汰了那名日本人而录用了我。旗开得胜的我以为，只要肯卖力气，踏踏实实干好自己手中这份活儿就行了。可谁知真正做起来远没有这么简单。

这是一家附属于某会社（公司）的正宗日式料理店，共有"正社员"四人。女老板是上属公司经理的老情人，自然人人敬畏；大厨师手艺高超但脾气却很暴躁，连女老板都惧他三分；一名陪酒兼管打工事务的女社员，也不能轻易得罪；我又主要是为二厨师帮忙，还要听他的吆五喝六。客观环境要求你既要活儿干得好，更要讨得每个人的欢心才行。偏偏我又生就一副"安能摧眉折腰事权贵，使我不得开心颜"的倔强个性，依旧我行我素而招致了诸多暗算。

仅因为我把萝卜青菜一起放入冰箱这么一件小事，二厨师先是告诉了女社员，说我用萝卜压了青菜，造成了青菜的腐烂；女社员又去转告了女老板，话却变成了我用重的蔬菜压了轻的蔬菜，造成了轻的蔬菜大面积腐烂。刷碗时，我不小心碰破了一个盘子边，又被女社员告了刁状。年底前的最后一个晚上收工时，女老板竟对我说了句："祝你新的一年不要再打碎碗。"

呜呼！过了四十个新年，还是头一次听到这样的祝福。洗手不干了吗？想到当初进店时的艰难，想到辞工后生活的无着，又无论如何欲罢不能。

回到公寓，一股必须要以酒浇愁的冲动产生了。恰巧冰箱里有一瓶白葡萄酒，但横在瓶口那长长的木塞却让我作了难。我去找房东，想借用开启酒瓶的工具，不巧房东不在家。于是，我用小刀撬，用金属勺把拧，结果把木塞全捣碎了。酒是倒出来了，上面却漂着一层木渣。

三杯酒落肚，望着眼前的酒杯渐渐成了重影，我开始管不住舌头地自言自语："你呀你，活了几十年，没想到一不留神破了一把'吉尼斯'，发明了木渣酒，嘻嘻……"

　　　　　　　　　　　　　　　　　2000 年 4 月 24 日于日本冈山

公寓咏叹调

误入鼠窝

1999 年 3 月，寒假结束返回日本的我，失去了继续住在冈山大学留学生会馆的资格，因为会馆只提供初来日本的留学生住宿。来不及梳理与家人的离愁别绪，我开始投入四处寻找公寓的高速运转之中。

本着"便宜就行"的原则，通过日本好友的介绍，我踏进了月租金不足两万日元（当年合人民币约两千元），名叫"托拉亚"的公寓。因为租金便宜，"托拉亚"公寓除了一间居室之外一切共用。虽然破旧得可以，但因为专设了一名管理人员负责保洁还算干净。于是，在与房屋租赁商签订一纸契约后，我拉着一只行李箱，夹着一个铺盖卷住进了"托拉亚"公寓。

当晚半夜，熟睡中的我被一阵噗噗声吵醒了。朦胧中感觉出声音来自楼顶夹层，原来这座公寓里有老鼠！一种被夜幕笼罩的强大恐惧感瞬间包围了我的全身，头皮发麻，睡意皆无！

眼睁睁熬到了天亮，我起身到公共厨房做早餐，又被眼前的景象惊呆了——只见在我租用的煤气灶上方，赫然放置着一个鼠笼，里面蜷缩着一只肥硕的死老鼠！这只老鼠垂死挣扎时把笼内的鼠药扑腾出来，落满了煤气灶。

我不知道自己是以什么样的速度冲出厨房，又以什么样的神情通知管理人快快取走鼠笼的。估计管理人已经憋了这只硕鼠多日，今天终于"大功告成"。只见他哈哈大笑地拎起鼠笼，带着如同拎一条腊肉的满足感走出了厨房。

打从那天起，一把灰棕色的锅刷，垃圾桶内一团吸尘器中清出的地毯绒，都让我联想起鼠笼里的那只死老鼠。然而，我已经交了近十万日元礼金、押金和房租并签订了一年租赁契约，当时唯一能做的事情是，与煤气公司联系，退掉厨房里的煤气灶。在居住"托拉亚"公寓的合同期内，我吃了近一年从商店买回的半价熟食品，没有起火做过饭。

比老鼠更可怕的

住进"托拉亚"一个多月后，我发现这里比老鼠更可怕的是人！

"托拉亚"公寓共有十八个房间，其中除一半是各国留学生之外，还住着一半年龄在六十至八十岁不等的日本单身老男人。

住在我居室斜对面的是一个长着连鬓胡子的老汉。一天，我打工回来已是晚上十点左右了。正当我打开房门进屋的瞬间，那老汉闻声从他的房间里走出来与我寒暄。出于礼貌我也应付了几句，不料他径直走过来冲着我的房间张望了一下说："哟，还是你的屋子宽敞啊！"说着一只脚已经跨进门来。见此情况，我急中生智地道了声"晚安"，嘿，别说这招还真灵，那老汉立刻如断电一般定格，并在两秒钟后尴尬地收回了那只已跨入我房门的脚。

一天中午，饥肠辘辘的我拎着一包熟食回到公寓，只想尽快喂肚子。在迈进"托拉亚"大门的一瞬间，目睹了一幅令我瞠目的"西洋景"。一老汉赤条条一丝不挂，站在位于楼梯口的管理人门前交洗澡费。尽管背冲着大门，该老汉还是听出有人进来了，却毫无躲闪之意，只是若无其事地背对着我道了一声："对不起。"

这下，定格并收回踏入大门一只脚的轮到我了。我立时胃口皆无，只得提前返回学校，牺牲了宝贵的午睡时间。

"托拉亚"的管理人是个六十多岁的老光棍，长着一张看上去让人放心的忠厚的脸。平时遇到什么困难，只要找到他都是有求必应。我曾想：在这座公寓里的日本老头中，唯一能够让人信得过的，大概就是管理人了吧？

"托拉亚"的洗澡间平时都是锁着的，每次洗澡前要向管理人交之前买好的澡票，取了钥匙之后才能打开。这天晚上，疲惫而归的我，从管理人那里取到钥匙走进洗澡间，只想痛痛快快地泡个热水澡，然后舒舒服服地睡上一个囫囵觉。

当我正在泡澡时，做梦也想不到的事情发生了！只听得唰啦一声，洗澡间的窗户被人拉开了半扇，随即露出的是管理人那张如猪肝般猩红的脸和一双充血的眼！几秒钟后他又立即把窗户关上了。原来，貌似忠厚的管理人是一条地地道道的色狼！所幸我当时是在浴缸里并且一身泡沫……

这哪里是公寓，简直就是魔窟！我愤然向房屋租赁商提出了与"托拉亚"终止租赁合同的要求。尽管距离合同期满仅剩下一个月了，提前解约我要负赔偿责任；尽管管理人一再向我解释那天是喝多了一时失态，我都没有让步，最终离开了这座噩梦缠身的魔窟。

"女儿楼"乎？"鸳鸯楼"乎？

在离开"托拉亚"公寓之后，吸取上一次租房的教训，我把原则由"便宜第一"改为"安全第一"，通过学校会员组合的介绍，搬进了一座只收女生的小川公寓。

不久我便发现，在这座"女儿楼"里，原来"黑"着诸多男儿。

2 号房间的小雅上学去了，门明明锁着，里面却不断传出动静。原来，是她的男友"小胖"在里面。"小胖"不好好念书，白天旷课，只等晚上去打工挣钱。因为担心被房东发现，小雅每每上学前都要锁上门，搞得被反锁在里面的"小胖"连厕所也没法上，在屋里坐卧不安，来回走动。

没过几天，不知是胆子变大了呢，还是实在憋不住尿了，小雅不再锁"小胖"。可这一"放风"不要紧，搞得我总是在厕所门前与"小胖"打头碰面。因为公寓里没有设男厕，这种情形免不了让人尴尬。

3 号的小迪交了一个日本男友，常常是半夜三更趁房东睡觉后过来。二人见面难免亲热，声音透过极不隔音的木制墙壁传来，搅得人根本无法入睡。某日，3 号突然安静了下来。第二天，房东神色紧张地来敲门告诉所有房客，刚才警察找上门来了，调查小迪和她日本男友的关系，她这才知道公寓里住着异性。一再叮嘱每个人千万不要再给她惹麻烦，因为日本人最怕警察登门。

5 号的真由美是公寓里唯一的日本房客。与中国女孩儿不同的是，她不是"请进来"，而是"走出去"。她交了男朋友之后经常住到对方那里去，所谓"丽人已伴鸳鸯去，此地空为鸳鸯宅"。偶尔回来，也只是洗澡洗衣服，随后便一阵风似的离去。因此，住进小川公寓近一年了，我对这个日本女大学生也拾不起个整体印象来。

因为曾经惊动了警察，小迪不能继续住在小川公寓了，很快搬了家。没几天，又有一个中国女生住了进来。由于时间的错位，近一个月过去我还没和她打过照面。

一个星期天，当我捧着一堆准备洗的衣服走进洗衣房时，只见一个高个男孩儿已先行占据了地盘，并且边往洗衣机里放衣服边礼貌地向我问了声："你好！"

还没见过房间的女主人，倒先认识了她的"白马王子"。

2000 年 5 月 9 日于日本冈山

找乐儿

在日本学习生活数年，我最大的收获是学会了"找乐儿"，并渐渐悟出：只要你以乐观、诙谐、大度的心态面对眼前的世界，总能发现其中的美丽、幸福和快乐。

"穷寡妇过年"

我于 1994 年年底赴日本研修，没过两个月就到了新年。连放八天假，对于日本人来说既可阖家团圆，又能放松精神，却惨了我们这些"单身赴任"的异乡客啦！

在家，电视里的节目再热闹，一句听不懂；

逛街，店铺歇业公园关闭，没有可去之处。

于是，我对同在一个企业研修的全姐说："有一句歇后语特别适合咱俩现在的情形，那就是'穷寡妇过年——要人没人，要钱没钱'。"

我的这番话，让全姐捂着肚子笑出了眼泪。

"今晚有伴儿啦"

当我 1998 年再次赴日本自费留学时，条件可不比四年前公派研修了。经人介绍租住的简陋公寓，因其卫生条件差，蟑螂特别多。一天，我到好友丽萍那同样简陋的公寓去玩儿，见到一只蟑螂从厨房跑到了客厅。好你个不知死活的！我习惯性地举起拖鞋就要拍，谁知丽萍来了句："别打，留着它！"

这就奇怪了，这么肮脏可怖的东西居然也有人替它说情？丽萍告诉我，她家厨房的水池边经常有蜗牛出没。相比蟑螂，她更惧怕软体动物，留着它能吃蜗牛。

回家后我刚要躺下歇会儿，瞥见一只硕大的蟑螂从门缝里钻了进来。当我刚要举起拖鞋时，那狡猾的小"坦克"小腿儿紧捯钻进了床下。想起刚才丽萍说的话，我没有穷追猛打，索性把拖鞋一丢，往床上一躺，双手枕在头下，闭上眼睛对自己说："得，兹当今晚有伴儿啦！"

"你日语真不错呀"

迫于生计，我从超市买了每周一期的招工信息簿，打电话挨个儿询问。也不知打了多少个电话了，一家韩国料理店终于同意我前往面试。

第二天，我按照约定时间来到这家餐厅。心说，放松点儿可能胜算的把握会更大。于是，面对店长，我不仅没有丝毫紧张，还没话搭拉话地与店长寒暄起来。我心说韩国料理店应该是韩国人开的吧？于是便对店长来了句："你日语真不错啊！"

店长听了哈哈大笑说："我本来就是日本人嘛！"

笑过之后，店长对我说："你这个留学生还挺幽默开朗的，明天能来上工吗？"

"老师，请您看照片"

我的导师吉田则夫先生学识渊博，只是脾气有些古怪。高兴的时候什么都好商量，一不高兴了就给你脸色看，连日本学生跟他说话都犯怵。

一天，同研究室的松井美子问我："钮桑，有时候我敲开吉田老师的办公室房门后，发现他脸色不好看，可是又不好退出去了，这个时候你说该怎么办好？"

我略加思索，给松井提建议说："吉田先生不是喜欢摄影吗？你不妨这么做。在见吉田老师前，兜里揣上几张照片。只要看出他不高兴，你就把原先想要说的话改成：'老师，我是来请您看照片的！'"

2000 年 6 月 23 日于日本冈山

"美登子流" 婚礼记

伴着小提琴协奏曲《梁祝》的优美旋律，听着李白的名句"一枝红艳露凝香"①的低吟浅诵，你会想到这是一对日本新人的婚礼前奏曲吗？是的，那款款步入婚宴大厅的，正是我的日本好友原田美登子和她的丈夫冈崎先生。

与美登子的结识，是在我初到日本时参加的一次国际交流沙龙上。起初，她一口流利的汉语使我一时误将她当成了同胞。交谈中才得知：1994年至1997年，美登子曾先后赴中国的洛阳和北京学习了三年汉语。回国后，一直在一家中日贸易公司工作至今。日中两国文化的精华酿就了她秀外慧中、庄重而不失热情的独特气质。

在与美登子两年的交往中，我们流连于冈山城、姬路城的青山绿水之间；徜徉于"冈山县展""拿破仑展"的艺术殿堂内；1998、1999年的正月我都是在她家度过，共同欣赏如同中国春节联欢晚会的"红白歌合战"……

半年后，一直是"快乐的单身女"的美登子对我说：经人介绍与一个名叫冈崎的男青年见了面，初步印象不错，但还有点儿拿不准，请我为她

---

① "一枝红艳露凝香"：出自唐代大诗人李白的《清平调·其二》——"一枝红艳露凝香，云雨巫山枉断肠。借问汉宫谁得似，可怜飞燕倚新妆。"

中国的文化艺术精粹，在这场日本婚礼始终，如同玉盘中点缀的颗颗明珠，使其别开生面地洋溢着中国特色。

参谋。见到她的男友之后，我对女方说"OK"，对男方说："你就偷着乐吧！"结果，他俩谁也没偷着乐，而是当着我的面拥抱在一起，笑开了两朵花。

2000年正月，美登子在给我发出贺年卡的同时打来电话，邀请我参加她将于4月下旬举办的婚礼并致词。一直想一睹日本"结婚披露宴"场景的我，受到这般盛情的邀请自然喜不自胜。然而，在被日本人一向视为"人生第一大事"的结婚典礼这样庄重正式的场合上致词，连想也没敢想过。

婚礼仪式当天，落座结婚宴席，身旁一位身着一袭紫色旗袍的小姐微笑着跟我寒暄。让我惊讶的是她那一串串与美登子同样漂亮的中国话，原来，她是美登子三年前在北京一起学习汉语的同学。

抓住这难得的机会，我用相机摄下婚礼各个仪式的精彩场面——"人前式""证明式""信物交换仪式""击鼓言誓仪式"，还有来宾致词、双亲致词、鲜花仪式……其间穿插的来宾致词仪式大大出乎我的预料——女方亲友致词的嘉宾代表仅我一人！被美登子的深情厚谊深深打动的我，除发自肺腑地向两位新人表示祝福外，还为众人献上了一曲中国传统的爱情歌曲——《康定情歌》。至此，中国的文化艺术精粹，在这场日本婚礼始终，如同玉盘中点缀的颗颗明珠，使其别开生面地洋溢着中国特色。而这一切的一切，都为着今天婚礼的来宾中有一位中国客人。

婚礼过后，美登子在给我的致谢信中写道："我的婚礼不属于日本的传统形式，如果冠之以名称的话，暂且称为'美登子流'吧！"

亲爱的美登子，也许只有我才能够深切地理解你这"美登子流"的真正含义。

2000年7月16日于日本冈山

吃河豚

萋蒿短短荻芽肥，正是河豚欲上时。

甘美远胜西子乳，吴王当日未曾知。

这首描写河豚鱼味之鲜美的诗，出自宋代诗人严有翼的《戏题河豚》。但在我国，河豚鱼一直是被作为毒鱼来对待的。在我很小的时候，步入鱼市，常看到一幅标示河豚鱼有毒的招贴画，至今还铭刻在我的记忆中。那时，妈妈曾经告诉我说，画中那些最漂亮的鱼也是最有毒的。谁想三十几年过去，我却在异国他乡的日本当了一次河豚鱼美食家。

2000 年新春伊始，我前往参加大学的"同窗会"，地点选在了位于市中心的一家河豚鱼餐厅。进得门内，但见墙上同样挂着一幅示意图。与我幼时看到的国内那幅画所不同的是，它昭示的不仅是河豚鱼的毒素置于何处，还告诉你哪类河豚味道最佳。

第一道菜是河豚生鱼片。那鱼片切得薄如蝉翼，可以透过鱼片看到盘底的花纹。吃的时候要蘸特制的醋。河豚生鱼片吃起来口感鲜美，咬劲儿却似蹄筋又如海蜇。要说也是，切得这么薄，如果也像其他生鱼片一样柔软细嫩，一进口还不化完啦！

为助吃兴，我还入乡随俗地要了一杯河豚鱼翅清酒。打开杯盖，用一根点燃的火柴，把刚刚烫过的清酒又燎了一下后，便燃起微弱的火苗，十分有趣。据说这样做的目的是减弱酒精的度数以防喝醉。

品尝"生鱼片之最"后，上来的便是风格迥异的干炸河豚。这道菜的特点是外焦里嫩，蘸上一点花椒盐，吃来十分酥香爽口。

就在吃兴正浓酒正酣之际，料理的最高潮——河豚火锅上阵了。一只硕大的拼盘内，漂亮地摆放着鲜红的鱼块，雪白的年糕和嫩绿的蔬菜，还有深棕色的香菇。涮火锅用的是鱼骨肉，肉质细腻，鲜嫩欲化。隆冬时节吃火锅，用日本人的话来说是"最高"了，何况又是涮的"冬季味觉之王"呢！

不知是酒不醉人人自醉呢，还是河豚鱼翅清酒没有烧掉多少酒精度，在又一次举杯碰盏之后，我竟然有几丝飘然若仙之感了。

河豚鱼味道绝佳，价格也绝对惊人。饭后结账，就餐者八人，总计餐费十三万日元（折合人民币约一万八千五百元）。河豚鱼绝对经得起高价评估，但也绝对经不起肚子的运动。一个半小时过后，从"仙境"回到"凡尘"的我，一气吞下了两块三明治！

2000 年 8 月 15 日于日本冈山

地震随想

2000 年 10 月 6 日，日本鸟取县发生 7.1 级地震，让比邻的冈山县"沾"了"包"。

当时就读于冈山大学研究生院的我，正在租的那间陈旧得不仅让房东最初押金、礼金不好意思收，连房屋租赁契约都免签的陋室里烹制红烧鱼。地震给予我的是如同被过了一通沙子、摇了一阵元宵的感觉，所不同的是我比沙子、元宵"立场坚定"，稳稳地把住了过道口两边的木框而没有被筛晕摇倒。

下面的话说出之后，有看官可能会认为我还是被震蒙了。地震给我带来的第二感受竟然是亲切！

1995 年年初，我作为技术研修生第一次来到日本冈山。1 月 17 日凌晨五点五十分，睡梦中的我像被谁猛推了一把，从床上滚落到地下。当意识到"地震了"时，同住一楼、来自天津的全姐奔了过来，紧紧抱住我说："别怕，有我呢！"过后，当得知此次地震的震源为大阪、神户时，二人都不由得倒吸了一口凉气。

原来，地震两天前，负责研修生事务的三宅小姐计划在日本"成人节"放假期间，陪我和全姐去神户旅游并预订了旅馆。但就在临行前一天，我突然发起了高烧，神户之旅便由于我的缘故而告吹了。"阪神大地震"后，经三宅之口得知：曾为我们预订的那家旅馆已在地震中夷为平地……

两次地震的经历应验了那句一时曾在留学生中间盛行的话："活着就是幸运。"如果在国内，这句话不免会让人感觉危言耸听。然而，在各种天灾人祸时常威胁着人们生活乃至生命安全的日本，它是那样鲜活真切得伸手就可以触摸到。不然，怀着余悸的我在吃那份因避震而烧干的"烤鱼"时，为什么在瞬间闪过"即使'万一'了也不能做一个饿死鬼"的念头？

由此我又联想到一个日本友人曾经打过的简单而生动的比喻："人生好比一根木棍，有长短粗细之分。也许你们中国人喜欢细长，我们日本人却喜欢短粗。"大概正是这种独特的人生观，导致日本人产生了"今天和明天比，今天更重要"，"手段和目的比，目的就是一切"等信条吧？正是这种"宁短勿细"的思维，支配着他们不少人的行动，使他们工作起来会忘掉一切全力投入，消闲起来又会了无羁绊随心所欲。

2000 年 10 月 11 日于日本冈山

"兵"遇"洋秀才"

"哭"比笑好

生活节奏的超高速运转，导致日本人有一个通病——精神紧张。这种精神紧张既源于客观环境，也源于自身。开始步入社会，要承受来自上司和"前辈"的压力；有所晋升，又要争取不断平步青云继续承受压力；与人交往，会因为害怕对方误解而感到有压力；甚至走在大街上，也要为顾及他人的感觉而小心翼翼。

本人性格开朗，说是入乡随俗，可日本人的精神紧张愣是没被传染上。谁知，天性爱笑的性格却给我招来了误会。

1998年年底的一次学科研讨会，一位副教授作了学术报告。研讨时，众人对他的报告提问、讨论得不够踊跃，甚至一度出现了冷场，这位副教授便郁郁寡欢起来。

第二天，我在走廊里和这位副教授相遇，于是便微笑着跟他打了声招呼。谁知，他竟跑到我的导师那里去告状，说我嘲笑他。为息事宁人，导师委婉地把那位副教授的意见转告给了我。

回到留学生会馆后，面对镜子中自己那张笑容总挂在嘴角、像是永远的上弦月的脸，我心说：难道来日本学习几年，还得来个改头换面不成？这不是侵犯人权吗？可是，凭我当时的日语，怎么也到不了能与日本教授讨论清楚人权的程度。真是"兵"遇"洋秀才"，有理说不清啊！

捅了"马蜂窝"之后

1999 年度的研讨会上，在听完毕业生的报告之后，我作为硕士一年级的代表谈感想，对一名叫井上的"前辈"所作报告提出了质疑。结果，报告人没有正面回答我的问题，只说了句"有待于进一步研究"。我以为他还没有考虑好，也就不再追问。谁知系主任教授接了句："钮桑给你提的这个问题很重要。这么关键的问题你都没搞清，真给你的教授丢脸！"

我一听主任这话脑袋嗡地就大了，再看井上的脸红一阵白一阵，心说："这下完了！"因为我和那名"前辈"是同一位教授——吉田则夫先生。吉田先生因为出差没能出席今天的研讨会，过后要是得知我捅了这么大的"马蜂窝"，不定给我什么好脸看呢。

第二周，吉田先生出差归来。这天上他的课，我忐忑不安地坐在教室里，不敢抬眼去看走进来的教授。

"钮桑！"

吉田先生的一声呼唤叫得我一激灵，抬眼望去，但见他满脸笑意："听说上星期的研讨会你给井上君提问了？"

"是的，对不起！"我站起身来下意识地俯身给吉田先生鞠了个躬。

吉田先生笑道："哪里，哪里。"然后，就开始讲课了。

课后，我有些不解地问一名日本同学，刚才老师跟我提到研讨会是什么意思，那位同学对我说："我觉得吉田先生那是表扬你呢。"

日本教授的表扬真是让人如坠五里雾中啊!

"神话"制造者

说到表扬,在留学的三年里,我记忆之中好像只被导师吉田先生正面夸奖过两次。

第一次,是在我刚到日本时的欢迎宴会上。面对一屋子日本教授和学生,我这个唯一的留学生站起来向众人致词。当时,我心都快蹦出了嗓子眼儿,把仅有的几句日语全招呼上了:"我是一名中国留学生,今年四十岁,来日本前是一名国家公务员。尽管我不算聪明,但庆幸的是身体好。今后还请诸位多多关照!"

话音刚落,吉田先生便带头鼓起掌来,对我说:"钮桑,你日语讲得不错嘛!"接着又对大家说:"钮桑以她现在这样的年龄,辞去公职来日本留学,可见她是下了多大的决心啊!"

吉田先生的话虽然只寥寥数语,但却明白地告诉了我:导师对我有信心!

从那日起,我每天如同上满弦的发条,一刻不停地拼命努力,学习成绩直线上升。但是,当我满怀喜悦地把通过日语最高级考试的结果报告他时,他却冒出一句:"真是出乎意料啊!"

又是将近半年的恶战苦斗,当我捧着留学生演讲比赛的奖状和鲜花归来时,吉田先生又是淡淡的一句:"嗯,还算是超出了我的期望值。"

为最终修成正果,也为了扭转导师的"偏见",我一天也没懈怠过。尤其是呕心沥血写下了有关中日两国委婉语对比的硕士论文,受到了一众导师乃至日本某语言专家的充分肯定。

在毕业生欢送宴会上,吉田先生激动地对众人说:"我带过很多留学生，钮桑年龄最大，又是唯一一位非日语大学毕业的，可正是她制造了一个神话！"

当时，我的眼泪就像冲破了闸门直泻而下：敬爱的吉田先生，我终于明白了几年来您的良苦用心。如果说有什么"神话"，那么，真正制造神话的人不是我，是您啊！

2001 年 3 月 19 日于日本冈山

"鬼教授"

　　1998 年 4 月，四十岁的我进入日本冈山大学教育学部国语系当研究生的第一天，就撞见了"鬼"。

　　按照中日两国的礼节，我挨个到每个办公室与教师们行见面礼，最先拜见的就是本文的主人公——系主任教授南本义一先生。当我毕恭毕敬地向他问好并做自我介绍后，只见他连身子都不带欠一下地瞟了我一眼。嚯，好大的架子！

　　在漫不经心地应付了我几句后，南本先生问起我的年龄。我的如实报数换来的是他拨浪鼓似的连连摇头："不行，不行，学语言止于二十岁，恐怕你再努力也很难从国语系毕业。"一句话判了我两个"死刑"！我这人是属皮球的，打击越大弹性越强。我立下血誓："偏让你见识一下二十岁乘二的人是怎么学习语言的！"

　　之后紧接着发生的一件事是，某日，当我向南本先生提出要旁听他的课时，立刻遭到他的一口回绝："我教的十几个学生都是还不到二十岁的孩子，掺个大人进来课堂气氛就被破坏了。所以我的课你还是回避为好。"如此毒言恶语令我羞愤交加，头也不回地冲出了办公室……

　　后来，从一个十年前毕业于南本先生门下的"前辈"口中得知，南本先生的严厉在冈大是出了名的，因而有"鬼教授"之称。这一点连他本人都直言不讳地说，学生们见了他就像见了鬼而唯恐避之不及。听闻此言，我不由得在心里默默祷告："鬼教授"离退休仅剩两年，但愿这两年快快度过吧！

待我成为正式院生（硕士生）后，终于可以名正言顺地听南本先生的课了。他教课有一个特点：半闭双目念念有词，整堂课下来一个停顿都不带有的。但如果谁想浑水摸鱼打个盹什么的，立刻就会被他瞥见，并对其进行突袭式的提问。因而，上他的课人人噤若寒蝉。

无意间我发现，"鬼教授"竟有几分幽默。一天上课前，他告诉学生们："今天是座谈式教学，请大家按我头发的形状把桌椅摆放一下。"原来，南本先生早已谢顶，只有脑袋四周仅存着一圈稀稀拉拉的花白头发。学生们立即心领神会地把桌椅摆成了 U 字形，只是谁也没敢笑。

一次，我在冈大图书馆查阅教育方面的书籍，一本名为《中国的国语教育》的书吸引了我的视线。一看作者名，"南本义一"四个字赫然入目。原来，"鬼教授"曾于 1982 年至 1984 年，在北京师范大学现场考察并任客座教授，写下了这本洋洋十几万言的专著，很具研究参考价值。拜读此书之后，我不由得对"鬼教授"平添了钦佩之情。

也许是我的虚心好学吧，渐渐地，"鬼教授"也转变了对我的看法和态度。他曾对日本学生讲："钮桑是留学生，而且年龄接近你们的两倍，还这样勤奋努力。你们这么年轻，可不要输给她呀！"2000 年年初，我打算回国探亲，可五六个课程的报告要在寒假前完成，搞得我好不紧张。南本先生得知后主动对我说，他的报告寒假过后交即可，以回家与亲人团聚为重。原来，"鬼教授"也很有人情味儿呢。

两年的硕士课程，南本先生的学分占了四分之一。想到与他最初见面时给我判的"死刑"，一段时间曾担心他设阻影响我按期毕业。谁知三个学期下来，"鬼教授"在我的成绩上全部注上了红红的"优"。

年底，在为南本先生举办的退休送别会上，当看到学生代表向他赠送花篮的那一瞬间，我的眼睛在不知不觉中被一层薄雾罩住了。我用力揉了一下双眼，结果又一次被罩住。我不由得暗问自己：你这是怎么了？不是一直盼望"鬼教授"退休的吗？

2001 年 3 月 26 日于日本冈山

语不"绕"人死不休

与汉语的"语不惊人死不休"相映成趣，日语的语不"绕"人死不休堪称一绝。

我曾听到这样一句日语："我早晨很早起床，散散步或做做操什么的……"看到此，你大概不会怀疑这是个肯定句。孰料发话人话锋一转："不做"，一下子就将肯定变成了否定，你说绕不绕人？许多在日同胞感叹与日本人交往"太累"，说穿了其实主要是累在说话上。关于日语的"绕"，我将其概括为"中断交你续""谜语任你猜""反语由你正"。

"中断交你续"

日本人说话的绝招之一是，当他感到某件事不便回答时，就来个"有点儿……"之类的委婉语打住，留待你去猜想他所要表达的意思。一次，我问一位日本好友:为什么日本人讲话时总爱用"有点儿……"？她告诉我:

日本人的居住环境是"团地"（住宅区），工作环境是"终身雇佣"，也许一辈子只和少部分人打交道。所以，人与人之间最怕言语交流上的失当。而"有点儿……"之类的委婉语就是最好的挡箭牌，常用来表示拒绝之意。自此，我不仅在听到对方说"有点儿……"之后能够立即心领神会，而且做到了"活学活用"。一次，一位日本朋友约我去喝咖啡，我委婉地回曰："今天有点儿……"

"谜语任你猜"

2000 年年初的开学第一堂课，一名新入学的中国留学生不知何故没有到课。导师先是问已升为"前辈"的我是否认识此人，然后又说其实他也知道此人的电话号码云云，就是不直言本意。导师不明说，我当然不便明问。凭着猜想，放学之后我赶到了这名留学生家中，通知她下次按时到课。待第二次上课座无虚席时，导师脸上露出了满意的微笑。

谁知绝招也有失灵时。一次，导师授课完毕前宣布：下次课二年级学生作专题发言，一年级学生"结构"（可以）。因为没能理解这"结构"的内涵，那名留学生下次上课时又没到场。事后导师当众问其缘由，对方回答："我以为您说的是一年级学生可以不来上课呢！""咳，我的意思只是说你可以不必作专题发言嘛！"

这一回，导师脸上露出的可是"苦恼人的笑"了。

"反语由你正"

某日，来日本四年有余的卫华对我说："真是搞不懂，初来日本时我刚说了一句'你好'，对方就做出惊讶状赞叹说：'你日语讲得可真好啊！'现在，我真的会讲日语了，却极少听到赞扬的话了。还有一次，与一位日本女士交谈时，对方问我结婚了没有，我回答连小孩儿都十岁了时，她把两眼瞪得像鸡蛋：'你让我吓了一跳，我以为你还是独身呢！'什么眼神儿啊，我都快四十啦！现在，我终于悟出来了，跟日本人交谈要正话反听，大概才能理解对方要表达的意思。"

听了卫华的话，我突然萌生一念：当时中国不是有个谈话类节目叫作"实话实说"吗？建议日本电视台开辟一个名为"正话反说"的综艺节目，一准儿火爆！

2001 年 4 月 9 日于日本冈山

吾辈本是"五大生"

留学期间，某日，好友小梅对我说："钮敏姐，跟你说件事儿你可别生气啊，有人在传说你是'五大生'呢！"我一时被她说蒙了："'五大生'？什么是'五大生'啊？"

"就是指电大、夜大、职大、广播大和自修大的毕业生。"

我恍然大悟：可不，从北京师范学院（现首都师范大学）夜大毕业的我就是地地道道的'五大生'。

上初中时，正赶上猛批"师道尊严"和大反"走白专道路"的时期。一次主题班会，面对"我的理想"这一庄严神圣的题目，我三分胆怯却又七分坚决地吐出了三个字："上大学！"

1977年恢复高考，正在农村插队当"知青"的我，没日没夜地加紧复习，准备报考。然而，大队没有批准我报名，理由是7月份正是"三夏"大忙时节，我当时刚刚入党不久，又是队里女社员中拿高工分的"壮劳力"。1978年，队里倒是同意我去参加高考了，可又没有第一次高考照顾老毕业生一说了，要和应届毕业生平等竞争。势不均力难敌，悲惨落马，欲哭无泪！

1978年年底我终于回城进了工厂，尽管已是二十三岁的大学徒工，依然怀揣着上大学的梦想。两年后，夜大、电大、职大等业余大学，如雨后春笋般诞生了。真是天无绝人之路啊！我选择了需要攻读五年的北师院夜大学，满心喜悦地跑去请厂领导签批。领导一看我填报的学校，便操着浓重的陕西口音对我说："你要想清楚哦，五年后毕业时，你可就三十多了。"

我调皮地模仿着头儿的口音回答："就是四十多了我也要学！"

"你呀！"头儿笑着用手指头点了我脑门一下，随后便提起了笔。

回想起"夜大"那五年可真是苦啊！白天工作一天了，一下班我便拼命从大东头的工厂向大西头的学校赶。空着肚子听课，一直要忍到晚上九点。下课后再用一个小时赶回家，狼吞虎咽、头也不抬地吃起妈妈为我热的饭菜。我记得最清楚的是小我五岁的幺妹，经常坐在对面看我吃饭的样子，边看边说："大姐吃饭可真香！"

我们班共有近百名同学，年龄在二十至四十岁不等。但是，就在即将毕业的前夕，班里那位四十多岁的老大哥竟溘然长逝，令人扼腕。我的同桌是一位女同学，刚上"夜大"时就已经怀孕。但在我印象中，她怀孕期间从未请过一次假。半年后，她产下了一对龙凤胎，一时在班里传为佳话。刚入学时我还是"快乐的单身女"，五年后，当从校长手中接过通红的毕业证书时，我已经是身怀六甲的"准妈妈"了。

十余年过去，一提到当年的"五大生"，虽然不至于像"文革"时期保送的"工农兵学员"那么灰头土脸，但也绝到不了引人自豪的份儿。不然的话，小梅又有什么必要担心提及此事我会"生气"呢？

现在的应届毕业生，进不了正规大学，起码也要弄个"走读大"或"民办大"上。除了我们这一茬所谓"被耽误的一代"，今后不会有人去费尽心力地读"五大"了，然而，即使后来成为"洋硕士"的我，一生也不愿遗失那份带着鲜明时代特征的珍贵烙印——吾辈本是"五大生"。

2002 年 3 月 18 日于北京

女儿的故事

　　响应政府号召晚婚晚育，三十岁上喜得贵女。刚出世的女儿眼还未睁，小嘴儿却一抿一抿的似在微笑，我便为她取名"梦盈"（梦中笑盈盈之意）。

　　女儿从小就偏爱"咬文嚼字"。看到街心花园的喷泉夜景，她惊叹道："真是五彩缤六（纷）！"欣赏路旁的鲜花，她又出口成章："多美（么）的美妙啊！"

　　女儿从小就开始"追星"。先是迷歌手韦唯，只要韦唯一在电视上露面，她就高兴得在地毯上翻跟头。后来秀发披肩的韦唯一下子剪成了齐耳短发，女儿在发出"韦唯留长头发多好呀"的喟然长叹之后不久，就去迷另一位长发美女——电视剧《新白娘子传奇》中白素贞的扮演者赵雅芝了。

　　女儿从小就会制造"爆炸性新闻"。幼儿园结业典礼前一天晚上，我问她："盈盈，明天有你的节目吗？"女儿的回答是："到时候你就知道啦！"我心说，女儿所在的海军幼儿园童星济济，她也就参加个"大合唱""小合唱"什么的吧？结果，第二天的结业典礼上，她竟然玩儿了个女声独唱：《新白娘子传奇》主题曲《千年等一回》！在女儿年仅六岁的年纪，追星追到这个份上，榜样的力量可谓达到至高境界了吧？

　　女儿从小就"擅长"给人和动物起绰号。管我叫"阿眯"（因为我爱笑）；

女儿在短短三年的时间里拜师学长笛，通过了中国音乐学院和中央音乐学院最高级别的考试。

管姥姥叫"阿姿"（因为南方对姥姥的称谓是阿婆，而"婆"字又与"姿"相似）；管她的爱猫叫"非非"（因为猫咪长着一身黑毛）。最绝的是管她自己买的一只小雏鸡叫"捂眯"（因为只要轻轻"捂"一下这只鸡，它就会舒服地"眯"上眼睛）……

说了半天都是女儿"从小"的故事。因为在女儿上小学二年级的时候，我就先后到日本研修进而留学，与女儿分开近四年了。虽说这期间也回过几次国，但因为来去匆匆，对女儿的印象除了"见一面又蹿出半头"外几乎成了空白。

可是，从2000年起，因为女儿开始通过"伊妹儿"经常与我网上见面，对女儿的印象终于又连缀成珠了。

"阿眯：我跟你说，我的网名就叫'梦盈'。因为如果取其他的名字很容易跟别人重，而用自己的名字肯定没有人占领。于是，许多人都和我聊天，我不得不聊。哈哈！"

"我要告诉你一件乐事，那就是'非非'现在特别喜欢喝光明牌牛奶。如果它想喝奶了，就会在阳台上的碗边一直蹲着等，直到喝上奶为止。它蹲着等奶喝时的样子真像个猫钟。嘻嘻！"

女儿就这样"嘻嘻""哈哈"地成长为一名初中生了。"嘻嘻哈哈"的她在班上学习成绩一直名列前茅；"嘻嘻哈哈"的她在短短三年时间里拜师学长笛，已经通过了中国音乐学院和中央音乐学院最高级别的考试，是一名呱呱叫的特长生了。

如果你问我：女儿给你的印象全是欢笑吗？不，就在我1995年第一次出国的前一天晚上，女儿面对我为她精心准备的一桌平素最喜欢吃的饭菜，紧咬双唇不动一筷。当我蓦然发现一大滴晶莹的泪珠挂在她眼角的时候，我的心颤抖了："宝贝儿，想哭你就哭出来吧！那样会好受些，啊？"我话音刚落，女儿便放声大哭起来，很久都没有止住……

这就是我的女儿梦盈。想起她，远在异国他乡的我便不再感到孤独；想起她，我心底就会涌出无限宽慰与期盼！

2001 年 4 月 2 日于日本冈山

小鸽子哭了

这是我 1998 年赴日本留学第一年，住在留学生会馆时所经历的一件事。

留学生会馆的阳台上罩着一层绿网，那是为防鸽子在上面到处拉屎用的。在日本，鸽子特别多，而且个个不怕人甚至有些黏人，专爱往人多的地方聚。也许是见怪不怪吧，在公园里，我就从未见过哪个日本人会去对成群的鸽子看上一眼。

一天清晨，我被一阵阵的咕噜声搅醒了。定神细听，那声音是从阳台那边传过来的。带着几分好奇，我打开了阳台门，只见一只银灰色的鸽子正在阳台的一个角落，啄着地上的什么东西吃。发现我打开阳台门，它没有一丝惊慌更无躲闪之意。好怪，阳台不是罩着吗？这只鸽子又是从什么地方飞进来的呢？

我把目光移向防鸽网，但见网的右下方有一个巴掌大的洞。原来，那个小鬼灵精是打那儿钻进来的呀！

阳台上本没有什么可吃的，当我看到那只鸽子还在费力地一啄一啄，顿生一股怜爱之意。立即回身从冰箱里拿出一片面包，一点一点掰碎放在阳台上。看到了食物，鸽子兴奋地扑打着翅膀，一下子便飞了过去，欢快地吃了起来，转眼之间就把面包屑吃了个精光。然后，它侧过头向我张望，那意思仿佛是在问：还有吗？于是，我又给它喂了第二片面包，外带一个盛水的小盘子。

第二天清晨，这只鸽子竟又从阳台上的那个破洞钻进来了。于是，照例享受了我的"款待"。

在国语教育研究室，我把这件事儿作为一个小小的奇遇，对来日本留学多年的一名台湾女留学生讲了。孰料对方听后立即说："这算什么奇遇？有吃有喝的，它当然会来了。俗话说'请神容易送神难'，你还是趁早别再喂它什么了。不然它会天天来，到那时想轰也轰不走啦。"

果然，第三天，那只鸽子又来了。想起那名女留学生的话，我打算"送神"了。从阳台自然是送不出去的，于是我打开了大门，并推开楼道里的窗户，把掰碎的面包屑从阳台一直撒向楼道。鸽子不知是计，只顾埋着头一路吃，一直吃向楼道。说时迟那时快，我嘭的一声带上了房门。透过猫眼儿，我颇有几分得意地看到那只走投无路的鸽子，无奈地从楼道的窗户飞走了。

第四天清晨，那只"不识趣"的小家伙，又在我的阳台上唱起了"咕噜歌"。于是，我照搬前一天的方法，打算再一次引鸽出屋。然而，"吃亏上当就一回"，鸽子不再买我的账，两只小爪子像钉子一样定在阳台上一动不动。"神"没送走，上课的时间快到了。于是，一场人鸽智力较量以我"交白旗"而收场。

不知从何时起，给那只鸽子喂食成了我每天乐于做的一件事。自然，也要不大乐意地捎带着做另一件事儿，那就是在鸽子每晚归巢后，打扫它"回赠"的粪便。

大约一个月过后的一个清晨，我照例听到了来自阳台的动静。奇怪的是，那惬意的"咕噜歌"被一阵阵的噗噗声所代替。我打开阳台门一看，那只鸽子在绿网的外面拼命扑打着翅膀，焦急地找寻着进口处。当我把目光移向网的右下方，立刻明白了一切。原来，网上的那个破洞不知何时被修补好了。我猜想，一定是责任心特强的会馆管理员做了一次日本"活雷锋"！

　　一连几日，鸽子一次次在防鸽网的外面噗噗作响，又一次次无奈地飞走了。

　　某天傍晚，当我到阳台晾衣服时，忽然发现在网外面的阳台上，有一个白白的、像鹅卵石一样的东西。我俯下身一看：啊，是一枚鸽子蛋！我用手指探出网去，小心地夹起那枚鸽子蛋细细端详，只见它大小如同人的大拇指甲盖儿，雪白晶莹，煞是可爱。

　　打那以后，那只小鸽子再也没有飞回来过。

　　一天夜里，我做了一个梦，梦见小鸽子哭了。

2003 年 3 月 22 日于北京

电话亭里的女人

　　初到日本还没有安装电话前，我隔三差五地走进街边的公用电话亭，与家人通个国际长途电话。某晚打工后，我拿出电话卡走到公用电话亭前。不巧亭内有人，于是我静静地在外等候。

　　打电话的是一名日本女性，从背影看上去身材袅娜，年龄约莫四十岁上下，留着当时日本中年女性流行的过耳短发。虽然不能看到她的表情，但从背影中透出的那股绰约风情看，该女子不像是普通的家庭主妇。静候之中我无意间发现，她打电话的感觉有些异样。

　　日本人出于在乎他人感受的心理，即使是打电话，也像与人面对面时一样讲究表情和动作，尤其是女性。在她们看来，虽然对方看不到你，也要频频点头并且面带微笑，因为对方全能感知到。而眼前的这位呢，却一直如泥塑木雕一般地矗立在那里。如果她不是在电话亭里站着，那整个儿就是一位在教堂里做弥撒的教徒了。

　　近十分钟过去，打电话的人还是保持着一个姿势对着话机喁喁而谈，我等得有些不耐烦了。虽说日本的时差比中国快一个小时，但是也已经接近十一点，再不打，女儿可能就睡觉了。我不由得探头向里面张望，当目光扫向电话计时屏时，一个新的发现立时让我目瞪口呆，全身的血液几乎都要凝固了!

原来,计时屏上显示的根本不是秒数的跳动,而是一男一女两个频频点头的人像。这两个人像只有在无人打电话的时候才会显示。也就是说,亭里这名中年女人自始至终就没有插卡或投币,一直打的是空电话!

瞬间的怨艾顿时化作了无限感慨与联想:打电话的人到底是在何种心境下走进电话亭,又是如何鬼使神差地打起这种令人匪夷所思的空电话的呢?也许她的举动对于我来说永远是个谜,但是有一点我敢断言:她一定有着一份无人可以与之倾诉,但又在心中郁积得不能不释放的苦衷。

我决定不再等待,调转身子默默地走开,给电话亭里的女人留下一份安宁与祝福。

2002 年 11 月 23 日于北京

日本女性的 "暧昧度"

留学期间，1999 年暑假回国探亲时，日本友人高原明子与我同行来北京旅游，我责无旁贷地做了向导。旅游途中，当她走进公共厕所，面对那仅隔成一个个空间的无内门厕所，立刻大惊失色道："这可如何是好？！"

对本国男女兼用的混合厕所习以为常，却接受不了中国的无内门厕所；对日本男子随地大小便视若无睹，自己如厕时却要反复放水或按下"姬音"（模仿厕所冲水声音的拟音装置）掩其水声。这种关于如厕的女性意识是日本女性"暧昧度"的独特表现。

姑妄言之，日本女性"暧昧度"的形成由来已久。本来封闭的岛国，1868 年明治维新前，日本又是实行锁国政策的封建制国家。长期主客观的封闭状态，形成日本人缺乏个性的集团性，而社会地位低下的女性更是如此。凡事缺乏自信与主见，处处顾及他人的感觉。

日本女性的语言表达方式是其"暧昧度"的集中体现。尊敬语、郑重语、谦让语、美化语……复杂繁琐的敬语用法曾把初到日本的我搞得晕头转向。慌不择言时，经常数种语法并用地端出一盘"敬语大荟萃"来。即使这样，对方还是不断点头说着："完全听懂了！""你日语说得真好，可以和日本人媲美了！"

在情感表达方式上，日本女性的"暧昧度"，更让你很难从对方委婉闪烁的言辞中，感受到她真正的喜怒哀乐。但让人感动的是：如遇某种尴尬，日本女性的"暧昧度"又会形成一个个台阶让你步步舒缓而下。一句句"凯来都毛"（尽管……不过），必将使大事化小，小事化了，绝不会让你有一丝难堪。

尤其让笔者印象深刻的一件事，某日，我在冈山一座市立小学与二十四名女学生座谈时，一名十岁的女孩子中途举手说："对不起，有个问题我没有听懂，想再向您请教一遍。"这本来无可厚非，谁想她又补充道："这不是因为您的原因，而是由于我的愚蠢，请原谅。"

日本女性的"暧昧度"与生俱来么？

尽管一些国家在评论日本女性的"暧昧度"时已略有微词，但因其特有的亲切、委婉与谦和，日本女性又曾在当时被某国际性组织评为"世界上最有魅力的女性"。照此下去，日本女性的"暧昧度"，只要不至于进化或退化到只说"凯来都毛"的程度，人们就该烧高香了。

2003 年 3 月 17 日于北京

"需要关怀"的日本男人

在一贯奉行"大男子主义"的日本，白天拼命工作，夜晚逗留餐厅、酒吧的庞大"工薪族"阶层的存在，形成了独特的日本男性生活方式。

我曾经打工的一家日式餐厅，既无酒吧那样供男人"泻火"的风俗职业特征，又地处有些偏僻的街巷。然而，开业十年多，即使是在日本经济陷入低谷的时期也一直很火。我不禁琢磨，这家店到底是用的什么绝招呢？经过一段时间的观察，我终于找到了原因。

这家餐厅的当家人是一名四十出头、风韵犹存的女老板，在日本被称为"女将"。除两名厨师外，还设了一名三十多岁、专门陪客人喝酒聊天的女职员。此外，就是我们这些打工的了。平时，无论客人再多活儿再忙，宁可雇临时工，那名陪酒的女职员也只负责陪客人聊天，绝不插手店里的活儿。

原来，奥秘就出在这"聊"字上。那些白日里目空一切的男人，只要一迈进店门，就仿佛换了副嘴脸。他们像大孩子或小青年一样，向女职员轻声倾诉着忧愁和苦闷。身份高些的如科长、社长等，女老板还会亲自上阵。二人以母亲般的关怀和恋人般的柔情，抚慰、开导着这些"需要关怀"的男人。

三杯清酒落肚之后，客人们也没有如在酒吧的那些男人的失常举止。唯一一次让我看到的，是一名已经谢顶的男子，大概是被女老板的柔情和关怀所感动，紧紧拥抱着她长达数分钟之久。由于这家餐厅经营有方，因而固定的常客很多。女老板和女职员也是各侍其主。

男人们之所以愿意花钱向陪酒的女人倾诉衷肠，主要是由于白天在工作场所过于紧张、刻板，几乎连喘口气的工夫都没有，更甭说聊天说笑了。家庭的重负、上司的压力时时困扰着他们，但是又不愿对妻子和周围熟悉的人谈。而在餐厅或酒吧，他们可以面对"不相干"的女人，说出白天不敢说的话，包括对上司的不满以及家庭的烦恼。此时，这些白天的强者们，瞬间变成了渴望得到庇护与抚慰的柔弱羔羊。从餐厅的"女将"、酒吧的"妈妈桑"和陪酒女身上得到些许安慰和鼓励，然后"哪说哪了"，又重新抖擞起精神，去履行需要为之付出毕生精力的男人的职责和义务。

回过头来，我不禁联想起1991年第一次赴日本考察时，曾写过一篇《夜市一景的街头醉汉》。得知日本的法律把醉汉列入"弱者"的行列时，我还感到不可思议。今天终于明白了其中的原因，一贯标榜"大男子主义"的日本男人原来更需要关怀。

　　　　　　　　　　　　　　　　　2003 年 3 月 29 日于北京

日本人最看重什么？

记得在一家日本料理店打工的第一天，还找不到"北"的我，被老板娘叫进营业前被我打扫过的卫生间，一脸严肃地问我："你知道日本人最看重什么吗？"

这一突发式提问整得我一头雾水，一时无从答起。

"看，这就是答案。"老板娘指着墙上的镜子对我说，"面对这样的镜子，客人们会怎么看我们的店？"

顺着她手指的方向，我看到了一只小飞虫的尸体，粘在靠近镜子的中央处，醒目得如同一汪清泉中落进的一粒耗子屎。该死的小飞虫，不知是何时驻足镜面之上，又被何人"就地正法"的。总之，我打扫卫生间的时候，根本没见过它的踪影。

尽管那只不给面子的小飞虫使我蒙受了不白之冤，但老板娘的那句"日本人最看重什么"的问话，却如电熨火烙般印在了我的记忆中。中国人常爱说"不要只看镜面上的事儿"，日本人的观点则恰恰相反，"镜面"是他们最关心的问题，保全"镜面"在他们心中占有极重的分量。

莫名其妙的日式反省

如同老板娘为了获得客人认可带我进行反省一样，日本人常常把获得他人认可，作为衡量自己行为的一面镜子，时时进行自我对照。那种他律性的日式反省，于己于人之苛刻，已经到了自虐的程度。

一次，到我住处来学汉语的福岛智子，不慎在途中被自行车划伤了脚。看到她的伤口在冒血，我赶紧为她上药、包扎。第二天，我接到福岛打来的电话，再三道谢之后便是再三的致歉："真对不起，回家后我才想到，恐怕我脚上的血把你家的坐垫搞脏了。真是对不起呀！"福岛的道歉让我既感动又迷茫。如果她不道歉，我这个"马大哈"无论如何也不会把她脚上的血和我家的坐垫联想到一起。更让我没想到的是，福岛再来我这里上课时，手中居然拿着一个崭新的坐垫！

另有一次，我就某一问题向研究室的一名日本同学请教，她给我做了详尽的讲解。第二天见面时我还未及向她致谢，她却先向我道歉说："我昨天在给你讲解的过程中，显出了有些不耐烦，你不介意吧？"讲得那么细致还说自己不耐烦，如此对自己"鸡蛋里挑骨头"，搞得我无言以对，总不能说"哪里哪里，是我听得不耐烦了"吧？

千人一面的笑脸相迎

日本好友胜浦由子赴北京某大学学习中文一年后又续了一年，结果仍不想回国。问起缘由，答曰："与中国人相处有意思，因为人人富有个性。不像日本人那样，看谁都差不多似的。"后来，她干脆嫁给了一名校友博士生，决意一辈子生活在中国了。

这个例子也许有些极端，但对日本人抱有"千人一面"印象的同胞恐怕不在少数。换句话说，日本人无论自己的心情是喜、是怒、是哀还是乐，一律都是对人笑脸相迎。公共场合，你不会看到日本人之间面红耳赤的争吵和恶语相向的谩骂。即使内心再不情愿，日本人也不会轻率地说出个"不"字，以免伤了人情面子。某日，住在一层的光本幸子突然搬家了。谁都不知道她搬走的原因是什么。后来，还是偶然从房东口中得知，她是嫌住在楼上的人每天动静过大，搅得休息不好才一走了之的。这种事如果是发生在中国人之间，起码是先提醒一下，劝告无效再做打算。而光本幸子呢，之前一直像什么事都没发生过一样，每天微笑着与众人打招呼。

当我与好友小梅提及此事时，她告诉我："日本人就这样，一切以保全面子不伤和气为重。有人甚至到了对你恨得明天让你去死，今天也要对你微笑的程度。"闻及此言，竟使我有些毛骨悚然了！

不容亵渎的体面尊严

在日本，教授和医生是最受人尊敬的职业。如果是"双料"的话，那份体面威风便可想而知了。毕业于冈山大学医学部的汪霞，曾对我讲起关于她的指导教授的一段轶事。

1994 年的一天，汪霞的指导教授在授课前抖开手中的一张字条，问她上面的字是什么意思。汪霞一看上写"油条"二字，便解释说是北京人早餐爱吃的一种物美价廉的油性面食。

教授听罢龙颜突变，冲着汪霞一脸严肃地说道："你回国去吧！从今以后不用再跟我学下去了。学到头将来回国后，你也不过就是个卖油条的。"说罢老泪纵横。

原来在前一天晚上，汪霞的指导教授收看了一条电视新闻，报道的是北京某大学副校长偕夫人一起，清晨在校园门口卖油条的消息。因不知"油条"为何物，便特意记在了纸条上。经向汪霞了解得知，原来是如此低廉的百姓早餐才大光其火。

事情至此并未完结，余怒未消的医学教授继续质问全体学生："你们都来设想一下，当你们清晨上学经过校园门口时，买下了我和夫人卖的面包和咖啡，又是一种什么样的心情？"众学生低着头齐声道了句："对不起！"那情形真好像是他们已买了教授与夫人卖的面包和咖啡。后来，中国的国内舆论也对个别大学教授卖油条、大饼一事微词频出，此事也成为一时的笑谈而已。从这点上看，那位日本医学教授颇有先见之明呢。

"四十层衣裳包裹的羞耻之心"

在我打工的日本料理店内，备有一个可供悬挂十几套服装的衣架。我发现这个衣架一年四季都在营业时间内，挂满客人，主要是男士们清一色的西装。即使是高温多湿的盛夏，日本男子也是个个衣冠楚楚，并且规规矩矩地系着领带。有人将此现象归为日本的"耻文化"，并有"四十层衣裳包裹的羞耻之心"一说。

指导教授的课定在早八点四十分，而实际开课总在八点五十。原因是每次他都要用十分钟的时间整理仪容仪表。掌握这一规律给我带来的既得利益是，早晨又多了十分钟赖床的时间。

课上，教授如果不把提问落实到人，绝对没有谁去主动回答。新年的师生"忘年会"上，唱卡拉OK的前一分钟，同级生的川上洋平还在说自己"完全不行",一张口便语惊四座——整个儿一西城秀树!

2000 年年初我去参加好友原田美登子的婚礼时,听说她的一个好友曾在北京学过汉语,我便与她寒暄,问学到什么程度了。对方回答:"差远啦,我连基本的生活会话还不行呢。"可当我夸赞了她一句"汉语发音很标准"时,您猜怎么着,她跟了句:"你这么一夸,我都找不着东南西北了。"一口地道的京腔京味儿。

原来,日本人的羞耻之心的潜台词是:赢来获得他人认可的最大体面和风光。

2003 年 4 月 3 日于北京

年轻人的就业观

在日本留学期间，我接触的年轻从业人员虽然不多，却从中发现：日趋严重的就业问题，使得他们的就业观呈现出如下趋势。

上学为跳板，就业是彼岸

1999 年，国语系考入研究生院的共有四人：三个日本学生和我。开学后我发现，其中一名叫作藤泽一男的学生，每天不是迟到，就是上课时打盹，要不就是作业完不成。不到半年，藤泽就提出了退学申请。原来，他通过了冈山市政府的公务员录用考试。至此，众师生才明白了藤泽平日无心学习的原因——他把主要精力都放到就职考试上了。

又过了几个月，一起上选修课时认识的高冈纯子，也在一年级后半学期通过了一所中学的教师录用考试，跟老师同学们"拜拜"了。

为什么藤泽和高冈如此轻易地放弃了这份得来不易的学业，急赤白脸地去就业呢？据我所知，日本的公务员录用考试相当严格，教员录用考试也是一年仅有一次。很多应届毕业生在毕业前一旦考试失利，就只能在家待业，等到第二年再去应试。因此，就出现了如藤泽和高冈那样的学生，第一年就悄悄去应试，一旦考上便来个先斩后奏申请退学。又因为就业难人所共知，教授们也不予阻拦，来个高抬贵手——送了之。

刚入学时尚且如此，硕士毕业后继续攻读博士学位的日本学生更是微乎其微。某日，我在研究室里与"前辈"川上和中岛聊天。当问到他们毕业后是否继续攻读博士时，二人均连连摇头，他们的共同愿望是做一名中学教师。不知其他文科类的学部情况如何，教育学部硕士毕业后继续攻读博士学位的学生仅一名。

不求工长久，临时更自由

随着日本终身雇佣制的崩溃，开始出现了离开公司、放弃办公室而去从事临时性工作的"自由人"。据悉，目前全日本有三百多万三十岁以下的"自由人"。这些人经常在大街上游荡，找简单的、按时计酬的零工做。

我认识这样一名女青年。她白天先到一家二十四小时店打工，晚上再到一家料理店打工。我曾问她为什么不找一份固定工作干，她说曾经在一家家族企业工作过。尽管经理还算和善，但经理的女儿是个老姑娘，脾气非常古怪。平日上班时总是吹毛求疵，如果你想请假休息或去度假更是奢望。女青年忍无可忍，索性把工作辞了。她告诉我目前的这两份工作环境非常宽松，如果哪天需要请假，只消提前五分钟给店里打个电话，一句"我今天有点儿事"或者"我今天不太舒服"就不用去了。换作过去那家私人企业，这种情况连想都不敢想。

还有一名男青年，原来在一家小公司工作时，只有一个顶头上司，但也整日对他趾高气扬，把他管得死死的。实在是被压抑得喘不过气来，他便辞去工作，打起了零工。今天到大街上协助施工队指挥交通，明天又去帮某食品加工厂送盒饭。男青年说这样做的好处有两个，一是没钱了就去工作，有了钱就去度假，落个潇洒快活；二是干得好就干，干得不顺心就走人，不用整天看别人眼色行事。这种典型的"自由人"观点，在当今的日本被称为"新懒人主义"。

事业诚可贵，信仰价更高

　　这天，跟我学中文的福岛知子对我说，她就要辞去现在的工作了。我不解地问她为什么，原来那份电话局的工作不是很好吗？福岛告诉我：一段时间以来，原单位的工作越来越忙，部长便安排她星期日加班处理业务。但是福岛每周日都要到教堂去参加集会学《圣经》，因为二十五岁的她在十几岁时就当了"上帝的证人"，十多年来，教堂的活动一次也没落过。如果因为单位加班不去参加活动，她就会失去做"上帝的证人"资格，所以只得辞职。不久，她找到一家出版社电话接线员的临时工作，工资只是原来工作的一半，生活立时陷入窘境。于是，她又不得不考虑再找一份夜工做。

　　比福岛更甚者，有人干脆把信仰当作事业，放弃工作去做"志愿者"，挨门挨户地送书讲《圣经》。有人还把工作做到了各国留学生的身上，把翻译成英文和中文的《圣经》分送给他们。同时，为了给留学生们讲《圣经》而刻苦地学习中英文。值得一提的是，个别留学生深受其影响，放弃对学业的追求，也当了"上帝的证人"。

　　　　　　　　　　　　　　　　　　2003 年 4 月 10 日于北京

中国留学生众生相

她对着月亮发誓

晓楠 1992 年来到日本留学，是中国留学生们的大"前辈"了。工科三年级博士生，还连续两年拿着每月十五万日元的"罗大利"奖学金。不少留学生对她羡慕不已，常问她："你那么顺，诀窍是什么？"奇怪的是，每逢遇到这样的提问，晓楠要么闪烁其词，要么干脆转移话题，从来没有正面回答过。为此，有人还暗地里说她"保守"呢！

直到晓楠博士毕业并赴美国工作之后，我才通过与她前后脚来到日本留学的小卉口中，得知了晓楠一段不平常的经历。

从云南昆明初到日本冈山的晓楠健康开朗，特别是那白皙的皮肤和柔美的身段特别"惹火"。当她开始在一家咖啡厅打工之后，总受到一些不怀好意的日本男人的性骚扰。

一天，一个无赖对前来上菜的晓楠先是进行语言挑逗，接着竟开始动手动脚了。倔强的晓楠气极之下把手中的菜泼了对方一身。那个无赖万没想到看上去娇俏柔弱的她居然来了这一手，在众目睽睽之下灰溜溜地离开了咖啡厅。

事情至此并未完结。收工时，咖啡厅老板面露难色地对晓楠说："今天，你得罪的是店里的老主顾。以后他如果不来了，对店里的生意会有很大影响，所以，只好辞退你了。我知道这样做对你很不公平，也是不得已而为之，希望你能理解。"

还能说什么呢？晓楠拖着沉重的步子离开了咖啡厅。这天正好是八月十五，天上那轮明月好圆好大。而此时这轮明月仿佛变成了一眼深不见底的苦水井，让她冷彻心肺。眼泪像断线的珠子般打湿了她的衣襟："现在，国内的家人肯定是围坐在一起，一边赏月一边吃着月饼聊天，凭什么独独我一人在这里受气受罪？从今天起我发誓，再也不去打什么倒霉的工了！"

然而，不打工今后的生活又如何维持？没过多久，晓楠便投入了她的担保人，一个六十多岁完全可以做她父亲的老男人怀抱。靠着身份地位较高、收入颇丰的担保人，晓楠不仅在经济上渡过了难关，顺利地入学，还拿到了数目可观的奖学金……

晓楠的曲折经历让我心情久久不能平静。现在的她给我的印象，是个面色晦暗、说话支吾、总想把自己包起来的"鸵鸟"，完全看不出如小卉所言当年她那健康开朗的影子。从晓楠在日本留学的最终结局看的确是常人所不及，而她为此所付出的又是怎样的代价啊！

"天之骄子"国费生

在日本，每个月能拿到十八万以上日元的国费生，仅占留学生总数的百分之十八。因为，日本物价高居世界第一，其他国家的留学生是本着"拿到国费才留学"，而中国留学生却是"拿到签证就留学"。所以中国留学生占到留学生总数的百分之五十以上。因其僧多粥少，与其他国家相比，国费生就显得微乎其微了。国费生除享受拿奖学金、学费免交和住房补贴外，入学也占有很大优势，这部分人就自然而然地成为人人羡慕的天之骄子。

杨艳是在出国前就争取到国费的幸运者之一。她嫣然一笑时，脸上挂着一对甜甜的酒窝。而且还有个习惯动作——用右手平放在下巴底下，仿佛要接住她那一串串银铃般的笑声。在国内，杨艳已拿下硕士学位。来日本后，仅半年就考上了博士生。她英文好，导师从不强迫她学日语。因此，从每次的小型研讨会，到毕业前的论文答辩，她都使用英语。生活上，杨艳更是无忧无虑。住的是每月五万日元（合人民币七千元）的房子，每天用餐在学校食堂，每年寒暑假都回国与老公团聚。

除了像杨艳那样带着国费来到日本的留学生之外，日本文部省每年还会分派给各个国立大学一到两个国费生名额。这些名额轮流分给各学部后，基本都被学部长的学生包了，普通教授根本别指望。即使学部长不出面，教授会议也会自然形成决议，把名额"送"给他的学生。

因为是"理所当然"，有些幸运儿反倒不珍惜这份已到手、令众人眼红的"肥肉"。某学部长学识渊博，德高望重，但在还有一年就要退休时，他带的一名仅剩半年就可毕业的国费生，突然一声招呼都不打地擅自辍学，搞得该学部长颜面扫地。

与此相反，本来打算只攻硕士的常虹，在拿到国费后便改变了主意，继续报考博士。拿国费有一条规矩：只能持续，不可中断。常虹的学部长对她真是做到了仁至义尽，在她和另一名优秀的日本考生中选择了常虹，让那名日本学生当一年旁听生。这让常虹感激不尽，从此学习更加勤奋，经常整夜泡在研究室里不回家。以至老公对她发牢骚说："我看全世界就数你忙，你比撒切尔夫人还忙！"

国费生有一条明文规定——"不许打工"。女生们巴不得如此，而那些身大力不亏的男生却感到一堆的剩余精力没处宣泄，便趁人不注意时悄悄去打夜工。这样的国费生，一年下来总计收入要比日本的普通职员还高了。

"临时夫妻"

曾有一则留学生中广为流传的笑话说，当一个丈夫想给远在日本的妻子一个意外的惊喜，突然出现在妻子面前时，妻子正和另一个男人睡在一起。还没等他醒过梦来，妻子温柔地问了他一句："今晚你睡哪儿？"

上面这则笑话，讲的是关于留学生结为"临时夫妻"的事，因属个人隐私，这种情况在中国留学生中是否普遍，我不得而知，但是确有其事。

小 A 六年前告别丈夫，作为研究员来到日本。学期两年，住在留学生会馆，又拿着每月十万日元的研究费。第一年上半年，人地两生语言又不好，没什么感觉一晃就过去了。然而，从下半年起，孤独和寂寞开始困扰她。特别是无须打工，一到晚上更觉无聊。渐渐地，便与同住留学生会馆的另一名研究员你来我往起来。

说不上有什么真感情，当两个人都感觉需要对方抚慰的时候，他们就睡到了一起。留学生会馆人多眼杂，他们都是在半夜悄悄溜进对方房内，又在天亮之前回到各自的屋，一年多下来倒也相安无事。直到小 A 把自己的丈夫也办来日本，她和那名研究员的"临时夫妻"关系才告结束。小 A 的观点是，人对于性生活的渴望，如同肚子饿了要吃饭一样正常，而违背意愿压抑自己才是不正常的。

小 B 是在丈夫留学三年后，以"家属滞在"身份来到日本的。她发现丈夫经常用日语与人通话，一聊就是一小时。问他聊什么，和谁聊，丈夫告诉她，是和同一研究室的男同学聊课题。虽然小 B 还不懂日语，但从丈夫每次跟对方聊天时激动兴奋的表情中产生了怀疑。于是，她偷偷地把丈夫的电话聊天录下音来，求懂日语的好友帮助翻译后果然不出所料，原来全部是丈夫与另一女人的打情骂俏。

帮她翻译的好友担心小 B 会为此与丈夫大闹，可小 B 却说："我辛辛苦苦守了那么多年，如果一闹，岂不是把一个已经快博士毕业的丈夫，拱手让给那个贱货了？只要他能回心转意，我还会继续和他过下去。"

C 君到日本前已有了女朋友，原打算拼命干上一年半年之后，就把女朋友办到日本来。可是到了日本后方知，原来在这里挣钱并非易事。仗着身大力不亏，他找了份搬家公司的工作，一个月累下来好歹能挣二十几万日元。然而，在语言学校学日语的他，一年学费就要交九十多万日元，再加上每月房租、水电、生活费……一年过后，连出国前借的债都没还清，更别说把女朋友办过来了。于是，此事便暂时搁置下来。

不久，学校里一名新来的女生吸引了他，尽管对方在国内也有了男朋友。一开始，他们分别隔三差五地到对方公寓去住。因为嫌远，C 君来到女方住处同居。一段时间过后，为了节省房租，C 君索性把自己的房子退掉了，和女方 AA 制地做起了"临时夫妻"。像他们这样还未成家的两个人，是否会渐渐地由"临时"发展为"长久"，也未可知。

小"砝码"

与常虹在一起聊天，不能轻易谈到孩子。如果是一直分别，倒也可能因为"没盼头"而渐渐适应了。常虹却在不到四年的时间里，从大连到日本，来回接送女儿思思已达三次。特别是每当刚送走思思的那几天，如果谁无意中跟常虹提到"孩子"二字，接下去你就准备着替她接"金豆"吧。

常虹数次接送思思，皆是徘徊于继续还是放弃留学之间。1997 年，常虹把年仅两岁的女儿托付给父母，以研究生身份来到日本，与先于她两年赴日的丈夫团聚了。为不让自己分心，能够顺利考入大学院，常虹连女儿的照片都收藏起来，一门心思地苦苦钻研。没有一点日语基础的她，用了两年时间才考入大学院。入学后做的第一件事，就是把日思夜想的思思办来了日本。

过了一年阖家团聚的日子，取得各科课程的学分并不十分困难。到开始写硕士论文的时候，常虹感到力不从心了。已在日本就职的丈夫根本指不上，每天都是常虹接送女儿去幼儿园。接回家后，女儿又是寸步不离地黏着她。搞得白天上了一天课，想利用晚上时间写论文的常虹根本没法分身。眼看各种发表会、研讨会接踵而至，百般无奈之下，常虹和丈夫决定，托一个归国探亲的同乡把女儿带回国。在机场，常虹搂着女儿哭成了泪人儿。四岁的思思不仅没有哭，还一把把地帮妈妈擦眼泪。看到这种情形，常虹的丈夫也忍不住掉过头去……

半年之后，常虹在一次与父母的通话中，得知了内向的女儿时常在睡梦中惊哭，心如刀割。硕士论文顺利通过，本来准备继续攻读博士学位的她，决定放弃报考，于是又把思思接了过来，筹划着一家三口在日本过一段舒心的生活。

但是，当她把自己的想法对导师谈过之后，坚信常虹一定能学出成果的导师，劝她不妨再慎重考虑一下。其实，一直做着博士梦并于一年前拿到国费奖学金的常虹何尝不想继续深造？面对升学和再次与女儿分别，常虹最终选择了前者。这次，是丈夫请假专程回家送的女儿，而且，常虹没有去机场。

消息传开后，周围的人，特别是一起学习的日本学生表示极度惊讶和不可思议：为了自己的学业，怎么能如此不顾孩子的感受？这不是把孩子当成"砝码"了吗？这种聚聚离离，给处于幼年期的孩子心灵上将会造成多大的伤害？来自于自己内心深处和周围环境的压力，使得背水一战的常虹更加没日没夜地奋力拼搏，最终战胜了系里包括日本人在内的所有考生，赢得继续攻读博士学位的资格。

那时我已学成归国，从与常虹的通信中得知，她已经第三次把思思接到了日本。那么，在她临近博士毕业需要书写十万字毕业论文之前，还会不会把女儿送回国呢？

婧　妹

　　婧妹三十五岁，原为广西一所大学的生物教师，1999 年以研究员身份来到了日本。半年后，本来学习期应为一年，住着留学生会馆又拿着每月十万日元研究费的她突然决定，放弃研究员身份转为自费留学生攻读博士学位。担心丈夫和父母不支持，事先没商量玩了个先斩后奏。又怕朋友泼冷水，干脆也来个守口如瓶。结果是，丈夫后悔当初就不该放她出国，一个亲近的朋友跳起来说她"犯了神经拐弯症"。

　　从公费研究员"跌"到自费留学生，婧妹虽有心理准备，但一下子还是难以适应。从条件接近"三星级"的会馆搬出，住进了租金高出几倍简陋似贫民窟的公寓。第一天晚上，面对家徒四壁、阴暗潮湿的蜗居，倔强的她流下了委屈的眼泪。研究费取消了，断了生活来源，又面临找工打的艰难。

　　好在有我这个先于她一年来日本的朋友，帮她介绍了一家烧烤店。但是由于她的日语基础太差，干的活儿用她自己的话说是"刷碗的老太太"。进店一年后，其他的人工资都涨了，唯独她不见动静，原因是店长嫌她干活儿"手头太慢"。

　　生活上的艰苦自不待言，学习的难度更是陡然增加。说来也真难为婧妹，为了做生物实验，长得秀气苗条的她，每星期都要去一次屠宰场提取猪卵。猪在垂死挣扎时，常常溅得她满身满脸都是猪血。为了取得实验结果，又每每忙到深夜三四点钟。

　　对于当初自己的选择，婧妹也曾后悔过。那是赴日本一年半后第一次回国探亲，不满六岁的儿子童童看到妈妈回来，天天和她腻在一个被窝里，搞得她都没法和久别的丈夫"亲热"。直到有一天童童感冒了，才十分不情愿地自己睡了两个晚上。后来婧妹也患了感冒，可把童童高兴坏了，在床上一蹦三尺高："太好啦！这下不怕传染了，我又能和妈妈睡一个被窝啦！"

一个月的假期即将结束，童童突然变得沉默寡言起来。在婧妹临行那天晚上，只见儿子手捧一个小荧光圈，一字一顿地对她说："妈妈，这是我最喜欢的，你把它带到日本去吧！看到它，你就能想起童童了。"儿子如此明理懂事，反倒比大吵大闹不让她走更让婧妹心碎。回日本后她对我说："孩子太可怜了。早知如此，唉！"

要问婧妹的事儿我怎么知道这么多，因为我和她同住一间蜗居而且无话不谈。直到先于她回国后，我还经常用电子邮件与仍在日本拼搏的她通信。

　　　　　　　　　　　　　　　　　　　　2003 年 4 月 15 日于北京

其木格

1999 年 6 月中旬的一天，在留学生会馆会议室，由冈山市中国留学生学友会发起的"援助其木格同学会议"在这里举行。

一年前来自内蒙古的其木格，是个有着三岁女儿的妈妈。其木格在蒙语里是美丽、手巧的意思，名如其人，她不仅人长得漂亮，还生就一双巧手。在国内一直从事农业机械专业的她，对日本的机械手极感兴趣。当她看到比人的双手还灵活的机械手，摘取和摆放一颗颗娇艳欲滴的草莓时那样自如、到位，感慨之余暗自发誓："我一定要争取把这项技术带回国去，机械手连草莓这么娇嫩的水果都能摘，苹果不是更不在话下了？"

谁知天有不测风云，就在两个月前，其木格感觉胸部阵阵疼痛，接着便出现盗汗、咳嗽、呼吸困难等症状。一开始她以为是学习加打工累的，扛扛就过去了。最后疼得实在扛不住了，她才来到冈大附属医院检查，结果被确诊为胸腺癌。这一诊断，对年仅三十九岁的其木格来说不啻于晴天霹雳："怎么可能！我在国内一直是单位里篮球队的主力啊！"然而，无情的病魔可是不论过往，向她吐出了长长的毒须。接下来，高达一千一百万日元（当年约合一百五十七万人民币）的手术费，对于初到日本自费留学的其木格来说，无异于天文数字，更让她一筹莫展。

在其木格愁肠百结之时，学友会向她伸出了热情的援助之手，成立了"其木格应援会"，向冈山地区的在日留学生及华人同胞发出倡议，呼吁大家献出爱心，帮助其木格战胜病魔，恢复健康，重新回到同学们中间来，继续实现她的理想。这一倡议发出后，得到了冈山地区各大学留学生们的积极响应，纷纷从四面八方赶来，参加如本文开头所述的"援助其木格同学会议"，争相拿出自己辛苦打工挣得的有限收入倾情相助。就这样，凝聚着留学生们亲情和友情的三十余万日元捐款，输进了学友会特为其木格设立的募捐账户上。紧接着，在日华人和认识其木格的日本朋友陆续为她捐款，终于为她凑齐了前期的治疗费用。

其木格住院那天，穿上了那身她平素最喜爱但又一直舍不得穿的白色套裙，让陪她去医院的我为她照了一张相，乐观的她对我笑言道："姐，等我病好了以后，一定要穿上这身衣服让你再给我拍一张。"一直认为自己日语还太差的其木格，随身带了一大包日语书。她说："我必须好好攻下日语，不然怎么谈得上学好专业？硕士念完了，我还想继续读博士呢！"

为身体早日康复实现自己的宏愿，也为回报众多知名、不知名的同胞和日本朋友，其木格把前期治疗中常人难以忍受的剧痛默默吞噬。脊椎穿刺时，医生见其木格疼得满头大汗却不吭一声，反倒劝她说"要是疼得受不了你就喊出来吧"，但是她仍然咬紧牙关坚持着。住院五个月后，其木格接受了日本著名心血管循环外科专家的手术治疗，切除了胸腺肿瘤、一支静脉、一条横膈神经、一片肺和一小块心膜，手术非常成功。

术后第二天，其木格收到了两份被她视为至高无上的礼物——留学生中心教职员工们为她亲手折的千纸鹤，还有研究室全体同仁们为她精心选购的一百朵鲜花。他们真诚祝愿美丽的其木格早日康复，像仙鹤般重新展开矫健的翅膀，像鲜花一样永远年轻漂亮。半个月后其木格出院，朋友们从四面八方赶来为她庆贺。步仁弹起了马头琴，吉木色唱起了《美丽的草原我的家》。听到这无比亲切熟悉却又久违了的歌声，其木格，这位在病魔面前表现得无比坚强的女性，此时此刻却激动得泣不成声："谢谢！谢谢我的至爱亲朋们！感谢你们用歌声把我带回了家！"

　　通过学友会和其木格的导师的斡旋，冈大医学部做出了用研究经费将其木格所患癌症作为特殊病例医治的决定，从而解决了其木格的全部手术费用。其木格的导师还一手包办了其木格的签证延期手续，并为她补交了硕士一年级下学期的学费。

　　2000 年 3 月底，其木格带着众人的厚爱和康复后的喜悦之情回到家乡疗养。但是造化弄人，半年后她又因肺部积水再次返回日本冈大附属医院检查。经穿刺化验、召开病情分析会确诊，其木格的癌细胞已经全身扩散，无法医治了。这一致命的打击，让其木格无论如何也不能接受："我不想死，我人生的目标还没有实现，而且上有年迈的双亲，下有年少的女儿啊！"听到这番令人撕心裂肺的话，在场同胞无不潸然泪下。

　　为延续其木格的生命，冈大附属医院建议她回国接受中医治疗，这无疑又需要一大笔昂贵的医药费。在这关键时刻，在日同胞又一次向其木格伸出了援助之手。在冈山市华侨总会召开的"庆祝中华人民共和国成立五十一周年"纪念会上，新任中国留学生学友会会长，向与会人员再次发出援助其木格的倡议。会后，又给中国驻日本大使馆领事部发函，建议关注其木格回国后的治疗和医疗费用问题，得到大使馆负责人的高度重视。据悉，这一问题很快得到了圆满解决。

　　从其木格通过检查发现异常，冈大附属医院确诊后治疗至今，历时将近一年半，其木格无时无刻不在感受着中日两国朋友们亲情、友情的呵护。身患绝症，对于正当盛年的她来说无疑是极大的不幸。但是，那点点滴滴甘露般温情的滋润，却让她在异国他乡感受到了至高无上的人间真情，这于她又是不幸中多大的万幸啊！

2003 年 4 月 23 日于北京

后 记

人活一世，五味俱全

人活一世，五味俱全

　　之所以把这部纪实散文定名为《五味子》，源于本书的主题和六十五篇文章，全部围绕"酸、苦、甘、辛、咸"的五味人生所作。人活一世，各种酸楚无处不在，常会与你不期而遇，让你猝不及防；苦，也许是最可怕的味道，但是"艰难困苦，玉汝于成"，生活的打磨可以让你更加光彩夺目；甘，尽管是五味中最令人向往的味道，令人心旷神怡，但又往往稍纵即逝；辛，令不少人望而却步，但是正因为它象征着一种态度和格调，所以才让更多的人感觉无辣不欢；咸则多一分不舒，少一分不适，咸淡适中才是生活的最佳状态。人生五味俱全，缺少了哪一种，都会失去原本真实的味道。

　　《五味子》的主人公闫敏，经历过锻工的千锤百炼，亲历过黄河漂流的盖世悲欢，体味过拍摄《魂系高原》的个中艰辛和成功喜悦，担负过妻子因车祸至半瘫的护理陪伴，也留下过某个梦想功亏一篑的遗憾。如今已经步入花甲之年的他，把大半生所经历的一切都当成了享用不尽的财富。

　　《初恋》的主人公，我的初中女同学于秋荣看过文章后告诉我："过去，也有朋友曾经想写我独特的恋爱经历，但是一直未能如愿。今天，你终于帮我实现了这个愿望！今后我要更好地生活，跟你姐夫相伴到老。"

改革开放后第一批"吃螃蟹"的陈兴华对我说："二十七年过去，今天再看你曾写我的《剪出一片新天地》这篇文章，又一次回想起自己八十年代创业时的种种艰辛，真是心潮澎湃，甚至鼻子有点儿酸酸的。"

写完《银婚》，我曾经问过几个朋友能否预测一下男女主人公的结局，几乎清一色的回答是"恩爱一生""幸福永远"，谁也没有想到男主人公的人生戛然而止于银婚到来前的三个月。然而，看过他们的故事，谁又能说这样的爱情不令人称羡？

还有《钻石婚》《婆媳》《陪读妈妈》……文中的主人公无一不是过着普通人每日衣食住行、柴米油盐的生活。无论经历多少世事变迁、人情冷暖和沧海桑田，他们的初心、爱心、仁心不变。

《双楫斋主》和《"幸运老公"》中的两对夫妇，一对是举案齐眉的画坛伉俪，一对是琴瑟和鸣的神仙眷侣。尽管两对夫妻双方的性格如文中所述不尽相同，但是，靠相互欣赏和求同存异，又因此成为了"最容易相处"的绝配佳偶。

《校长"爸爸"》的主人公荆跃，为了给汶川和玉树地震灾后的西藏孤贫孩子提供养教结合的环境，毅然将自己创办的盛基艺术学校改变为纯公益模式。在做校长的同时给予孩子们慈父般的关爱，通过爱心教育、科研教育和国际教育，把初来北京时带着心理创伤，连马桶都不会坐的藏族孤儿们，培养成站在国际舞台上展示中华少年风采的优秀演员。

好友华姐在群里发了一张字条，并注明"1983年干休所共有五十名警卫部队的老干部，三十五年过去，现在只有七人了"。我在心生崇敬的同时，一股要用文字把几位忠诚的老共产党员留下来的紧迫感油然而生。于是，便有了《"二〇后"》一文。写完后，我心中升腾起一股如抢救国宝般的庆幸。

如果说"面人彭""花儿金""彩蛋张""糖人潘"和"都一处"第八代传承人吴华侠，属于民间工艺和"非遗"技艺传承人，那么全书所描写的名人仅有相声表演艺术家冯巩、笑林和跳水运动员曹缘。而我笔下的他们同样是"人"不是"神"，体味过或正在体味着属于他们自己独特的五味人生。

每篇纪实散文的创作过程，其实也是我本人融入其中并自我提升的过程。《钮氏状元厅》《我的妈妈》《姥姥》《女儿的故事》《晓华》和赴日本留学生活系列，都和我的亲身经历密切相关。

自 1991 年以来的二十八年间，我力求用自己的拙笔，把书中每个主人公异彩纷呈的故事，打磨成一颗颗璀璨的珍珠。同时，又从每个故事的主人公身上汲取营养，在感动之余不断蓄积引人向善的能量。我特别欣赏著名已故作家二月河提醒著书人的话，他说"我的作品也不是对着墙想出来的"，要想把作品写得好还是要"下点力气"，如果作家不努力就想得到读者的好评，"那连做梦都不如"。所以，我想问心无愧地说一句：我下力气了。期待与每一位读者产生共鸣，也渴望感受和品味您的五味人生。

感谢国家一级美术师、清代大学士纪晓岚六世孙纪清远先生为本书题写书名。

感谢作家出版社编辑钱英女士和杨新月女士，以她们渊博的知识、丰富的经验和严谨细致的工作，帮助我去掉拙作中许多不成熟的地方，最终有了今天呈现给各位看官的这本《五味子：走进你我的多彩人生》。